风雨鸡鸣

变动时代的读书人

罗志田 著

生活·讀書·新知 三联书店

图书在版编目(CIP)数据

风雨鸡鸣：变动时代的读书人 / 罗志田著. —北京:生活·读书·
新知三联书店,2019. 11
ISBN 978 - 7 - 108 - 06178 - 2

Ⅰ. ①风…　Ⅱ. ①罗…　Ⅲ. ①随笔－作品集－中国－当代
Ⅳ. ①I267.1

中国版本图书馆 CIP 数据核字(2019)第 217510 号

责任编辑　王婧娅
封面设计　黄　越
责任印制　黄雪明
出版发行　**生活·讀書·新知** 三联书店
　　　　　(北京市东城区美术馆东街 22 号)
邮　　编　100010
印　　刷　常熟市文化印刷有限公司
版　　次　2019 年 11 月第 1 版
　　　　　2019 年 11 月第 1 次印刷
开　　本　889 毫米×1194 毫米　1/32　印张　11.5
字　　数　253 千字
定　　价　45.00 元

自　序

　　什么是历史的主体？或谁是历史的主体？这是众多历史从业者萦绕于心的问题。据梁启超的看法，司马迁的写作精神就是"以人物为历史主体"，故他的《史记》也"以人物为中心"。后世虽传承了司马迁所创的"纪传体"形式，其实没得到他的历史精神，盖"《史记》之列传，惟借人以明史"；而"后世诸史之列传，多借史以传人"（《要籍解题及其读法》）。历史的主体是人，这一点当永不忘记。

　　既然历史的主体是人，历史的主体性也当表现在人身上。中国传统史学本特别注重"人"，所谓"纪传体"史书，就是以人为本位来构建历史的典型体现。这一传统流传了两千多年，但在近代遭到强烈质疑，而开风气者仍是梁启超。他那句"二十四史非史也，二十四姓之家谱而已"，流传甚广，百年来多被视为对旧史学的正确概括。那时的梁启超以为，纪传体这种旧形式不过是一篇篇的纪传像"海岸之石，乱堆错落"在那里，简直就是"合无数之墓志铭而成"。而新史学"必探察人间全体之运动进步，即国民全部之经历及其相互之关系"，以寻求历史的公理、公例

《《新史学》《中国史叙论》）。

随着天下的崩散和国家（以及社会）的兴起，逐渐形成以国家为基本历史叙述单位的趋势，个体的人也日渐从历史叙述中淡出。这种新史学风气的影响是持续的，迄今不衰。我在2009年曾提出"把隐去的'人'召回历史"，希望把我们史学中日渐稀少的具体单个的"人"召回到历史著述中来，让读者在"思想"的产生过程中看到思想者怎样思想，构建以人为主体的思想史。不过那主张没产生什么影响。好几年后，王汎森兄还不得不以专文探讨历史叙述中"人的消失"。

其实就是要侧重国家和社会，也离不开个体和群体的人。如瞿秋白所说，想要"了解一国的社会生活，决不能单凭几条法律几部法令，而要看得见那一社会的心灵"。一个社会的心灵，当然只能反映在人的身上。任何个人的观感都有其个别性，然正如滴水可见太阳，个人的观感也无不可以反映所谓时代精神，研究者不难从中看出并把握时代的脉搏。简言之，历史的共性完全可以展现在个人的经历和体验之中。

也只有将每一当事人还原为具体场景中活生生的人物，然后可避免将其过度抽象化，不至于使具体的人被"物化"。黑格尔曾区分哲学史和政治史，前者的特点是"人格和个人的性格并不十分渗入它的内容和实质"，而在后者中，个人正是凭借其性情、才能、情感和性格而"成为行为和事件的主体"（《哲学史讲演录》）。窃以为他所说的政治史也可以推广到非哲学的一般历史研究，我们确实需要更多注意历史中活生生的个人。毕竟人是活的，个人之所以为个人，正因其有思想，有行为，有感情，也有性格。群体亦然。

而人的性格情感，正体现在其言行之中，故孔子早就提倡与其"载之空言"，不如"见之于行事"。我们记人也不能徒载空言，须"直叙其事"，否则便"善恶混然不可明"（李翱《百官行状奏》）。唯不能须臾忘记的是所有行事的主体——人。古人"左史记言、右史记事"的安排，大概就有防止离人而言事的寓意在。

实际上，如果不能真了解一个人，读其书也未必有多深入的了解。陈寅恪曾慨叹，王国维的著述"流布于世，世之人大抵能称道其学，独于其平生之志事，颇多不能解"。读者若不能越出自身所处之时间地域，而与立言者"神理相接"，以想见其人其世，则所称道之学，或亦不免隔膜（《王静安先生遗书序》）。

陈先生关于"是非之论"当然有特指，却也提出一个有更广泛意义的史学问题。很多时候，我们正是通过立言者的著述来理解其所欲言。然而立说之人既有主动的书不尽言、言不尽意，也可能不得不欲语还休，还有许多有意无意间的言而不书；同时大部分言说都存在于对话之中，受到立言对象和周遭观听的影响。张东荪在讨论青年何以"烦闷"时注意到，"一部分人专为反对之言论，以扫青年之兴趣。此辈之言论虽不见于出版物，而交际场中固屡屡闻之"（《青年之悲观》）。

这是一个重要的提醒。中国古人对辨析所见、所闻和所传闻的讲究，表明他们也充分考虑到各自的重要。后之研究者不能不多看立言者本人的及相关的出版物，同时也要尽量了解当时当地交际场中传播的言说，尽管这不得不多依靠间接的史料和史料的间接表述。要知道任何材料都是某种"故事"的陈述，即使道听途说，亦不妨其时有所得。更重要的是，许多从当时传闻得来的二手叙述，或非"事实真相"，但恰可告诉我们那时有关"某人""某事"的传言如何，为我们提供了当时当地当事人认知中的"某人""某事"大致是怎样一回事。与所谓第一手的"实录"性文献相比，这些"所闻"和"所传闻"的异词，别有其史料价值，其重要性并不稍减。

现代中国史中有一个典型事件，就是1926年的中山舰事件。很多人尝试再现其史实，然而由于到目前为止仍是文献不足征，就算说得斩钉截铁，关键部分恐怕还只能是推测——我们现在常把此事理解为蒋介石为首的国民党右派发动事变以打击接近共产党的国民党左派，而事件初期的上海报纸却多以为是蒋介石为首的国民党左派发动事变以打击国民党右派。远距离的传闻当然不必就反映了事情的真相，且这一"所传闻"的异词显然缘于不明真相，但仍清楚地告诉我们，在当时的一般认知中，联俄的实际获利者蒋介石本是国民党左派的一个象征。据此可以重新思考整个事件的来龙去脉。与其得出一个勉强的"定论"，不如把事件放到更宽广的脉络中，以获得某种可能粗疏却更接近原状的理解。

又如胡适1926年对莫斯科中山大学的访问，他自己有日记记载，应属许多人眼中的"实录"性文献。然本人的记录未必详尽，且有其选择性，略去的可能恰是具有"后见之明"的研究者特别想了解的内容。我还见到两份关于此事的他人叙述，记述人毛以亨和汪菊农都是那段时间在苏联的中国人，然均非亲历，而是听中山大学学生讲述，且都是较晚的回忆，自不能要求其特别准确。但这些从当时传闻得来的二手叙述，为我们提供了当时当地身历者认知中的"胡适访问莫斯科中山大学"；与所谓第一手性文献相比，别有其史料价值。正如"知人"需要"论世"一样，任何事件的"真相"本蕴含在其前后左右的时空脉络之中，而"故事讲述者"怎样讲述故事本身，就可以告诉我们许多论世知人的内容。将此同一"故事"的三种不同叙述对看，虽未必能得其"真相"之全貌，却可以有更深入的体会。

自从史学开始追求"科学性"之后，许多史学从业者一直寻求可靠的所谓"第一手"证据（特别是档案），而对无直接"确证"的事宁可"以不知为不有"。这当然强化了史学的严谨性，却也可能犯下了傅斯年所谓"谈史学者极大的罪恶"。

最近看到一位值得敬重的朋友说，袁世凯在戊戌维新的政变时并无告密行为，是目前史学界的共识（非原话）。而这共识的取得，当然是因为没有档案的支持。唯一个人告密还要特地为后世史家留下文字材料，似乎也太有历史责任感了。且也不能排除本有相关的档案存在，而因各种缘故散失了。无论如何，当年几乎人所共知的传闻是，宣统朝的摄政王一上任，就想杀袁世凯为他哥哥光绪帝报仇。以我不专业的猜想，摄政王对当年史事的了解，或远超过后来查档案的史家。他若仅凭"道听途说"就这样想这样做，是否太不对历史负责了？且摄政王的冲动也不仅是传闻，袁世凯虽未被杀头，仍不得不去职返乡。在这件事情上，我们不妨秉持不以不知为不有的态度，就算没有相关档案的出现，也不能让袁世凯轻易免责。

从根本言，中国的近代是个风云变幻的过渡时代。用梁启超的话说，"过渡相"的特点，就是前波后波，"互起互伏，波波相续"（《过渡时代论》）。在各种秩序全方位解体的时代，很多时候真是风雨如晦，个人"以一身立于过去遗骸与将来胚胎之中间，赤手空拳，无一物可把持"，只能徘徊彷徨于过渡期中（黄远庸译大住啸风《新思想论》）。面对这样一个时代，很多文献不足征的史事，如果后之研究者总欲得出一个黑白分明的判断，还要尽量自圆其说，恐怕真如陈寅恪所说，其"言论愈有条理统系"，则去史事之真相愈远。

唯变动时代也有其好处，盖社会的变迁无一息不在进行之中，承平之时，人多不会注意和记录各种细微的变迁，即使有心人也多具"常事不书"的意态。待若干年代后看得出变化时，往事却已难以闻见了。而生于剧变时代的人就不同，像胡适、梁漱溟那一代人，一生中仅武装的改朝换代就身历三次，他们可能每天都感觉到与昨天的不同。年龄相差几岁的人，便恍若易代，难有共同语言。生在这样的激变时代，则常人也容易把变化记下来。当然，很多零碎的事实，若"不能通其前后而观之，则亦不过是一个一个小小的变动而已，并不觉得如何惊心动魄"（吕思勉《历史研究法》），最易为史家所忽略。只有不错过任何细枝末节，方有可能看到枝叶扶疏之盛。如江亢虎所说，"菩萨度人，化种种身，现种种相"（《〈社会星〉发刊词》），无缘者视若无睹，有缘人自能会意。

近代这个风云时代的构筑者很多，读书人是其中一个重要群体。由于曾为四民之首，本以澄清天下为己任，身处过渡时代的近代读书人，尽管社会定位和自定位都出现了变化，一面对新的时世感到困惑,又不能放弃自己的责任,始终在两难的窘境下徘徊、调适并继续努力,真正是《诗经》所说的"风雨如晦,鸡鸣不已"。他们的故事多与读书相关,却又越出读书之外。本书讲述的,就是中国近代这一激变时代的读书人和读书事。

第一组是相对宏观的通论,陈述近代时空转换下读书人身份认同的困扰,以及天下崩散之后他们在究竟归属于国家还是世界之间的踟蹰徘徊。以后各组分别是个体读书人对时代的因应,大致按他们生活和事业的时间为次序。第二组是牵动晚清朝野的标志性人物张之洞、章太炎和梁启超,以及民初以自杀殉清而闻名于世的梁济。第三组主要是新文化运动的旗手陈独秀,附带述及对当时中国影响甚多的美国总统威尔逊。第四组略述五四前后最能感染读书人的胡适,以及他和朋友梅光迪的早期交往。第五组是比胡适等稍年轻在当时却像差了一代的傅斯年和陈寅恪,两人关系密切,对中国学术尤其史学的影响迄今不衰。第六组只有一位,就是自称不是学者却凭直觉成就了大学问的梁漱溟。接下来就到了教过我的老师一辈,他们大约是两辈人。第七组有缪钺、吴天墀和张芝联先生,附带一篇述及北大历史系两位老师的小文。第八组则是比缪钺等年轻一些的余英时、罗荣渠、隗瀛涛和朱维铮先生。

上面这些人不论身世隐显,都与学问密切关联。即使立功胜过立言的张之洞和威尔逊,也是所在时代和地域的学中翘楚。本书非学院写作,无意追求系统全面。所述故事或许惊天动地、荡气回肠,也可能不过就是一些细枝末节。但与他们相关的那些大小不一的行事,多少都反映出所处时代的社会心灵。他们就是近代史的主体，近代中国激变的历程正可借由其人以明。

最后一组可以说是附录，盖已到我这一辈人，甚至包括一点与自己相关的事。个人本碌碌无为，书中所记那些小事也算不上风雨中的鸡鸣，唯差可衬映出世事的风雨本身——我们这一代的生活经历都不那么平顺，说是栉风沐雨或也不为过。我自己还能读大学，要算非常幸运的了，却也三十岁才大学毕业，四十岁才拿博士学位，和现在的年轻人就不可同日而语啦。

过去人常说学问是天下的公器，其实对每一个人来说，学问本是自己的事，现在却越来越成为"公事"了。孔夫子在春秋时对"古之学者为己，今之学者为人"（《论语·宪问》）的时风很为不满，说明那时出现了一个与前不同的倾向——以前的个人是自足的，"学为人"的目标就是"为己"；后来则一个人越来越需要外在的因素来证明自己，逐渐形成人在江湖身不由己的态势。不幸这样的趋势不受改朝换代和意识形态转换的影响，日渐流行，到今日甚至使所谓"职场"中人要做点与"职事"无关的事都要真正"拨冗"始能为之。

本书与《中国的近代：大国的历史转身》一书同于一年前编成，是 2007 年以后我的非学院文字中与人物相关的部分。如我在《中国的近代：大国的历史转身》一书的自序里所说，写作的文类可以不同，却永远是一个读者参与的长程。读者朋友对我这类文字的持续关注，使我不能不对书中的内容有所交代。然而随后各种"为人"的事情即纷至沓来，竟然真无法找到写序的时间，于是一直搁置下来。直到五四百周年的热闹结束，才慢慢可以有些"为己"的时间，得以写出这篇小序。

阅读才是写作过程的完成。这本介于"为人"和"为己"之间的小书本非"公事",它能否有幸攀附于"公器"之骥尾,尚待读者定夺。书中的一些文字原是有注释的,初拟删去,不过出版社的编辑以为保留更符合原来的文风,于是适当简略而部分存留。其中一些文字是为介绍书籍而写,今仿网络风尚,将所介绍的书作为"延伸阅读"列于文后。我要特别感谢本书的编辑王婧娅!也要向她诚恳致歉!她在约半年前就完成了全书的编辑工作,却一直耐心等待着序言的出现。如果换作是我,或许早已抓狂了吧。

2019 年 7 月 16 日

于青城山鹤鸣山庄

目 录

一

二

三

经典淡出之后的读书人

　　近代中国是个全方位的"过渡时代"，出现了共和政体取代帝制这样几千年才有的巨变。这一转变是个发展的进程，发生在辛亥年的政权鼎革不过是一个象征性的转折点，相关的转变此前已发生，此后仍在延续，基本上贯串了包括19到20世纪的整个近代，到现在恐怕仍在延续之中。辛亥前的废科举是后来政权鼎革的铺垫，与此密切关联的，就是一些趋新士人开始推动的"去经典化"努力。社会上四民之首的士不复能产生，思想上规范人伦的经典开始失范，演化成一个失去重心的时代，最终导致既存政治秩序的颠覆。

　　近代日趋激烈的中西文化竞争有力地支持了读书人的"去经典化"努力。问题是任何"经典"都不仅局限在象牙塔里，也存在于老百姓的人生日用之中。传统经典从人们的生活中淡出，使社会处于一种无所指引的状态，引发了一系列的问题。"学问"本身的内涵与外延，以及怎样治学，都成为需要思考和梳理的问题。甚至"读书"这一带有象征性的行为，也开始具有不同的意义。不论在社会还是思想层面，以及新兴的学科体制层面，与"读书"行为相关的一系列范畴，都面临着重新规整的需要。

这样，"读书人"自身也不能不经历着从身份认同到行为取向等方面的波动。他们的社会角色和社会形象，都面临重新界定和重新认识的需要，而其行为也发生了相应的转变。不论是精英还是边缘读书人，都徘徊于读书治学和社会责任之间，往往一身而兼有士人和学人两种身份认同，有时欲分，有时又感觉难以切割为二。

过渡时代的读书人

在中国传统之中，"读书"是一种具有特定含义的行为方式，而不仅是一种直观意义的阅读书籍或与技能性学习相关的行为。它更多强调一种不那么功利、目的性不那么具体的超技能的持续学习（所以为官者需要聘请专业化的师爷），是一种追求和探寻无用之用的努力，以提高人的自主能力，至少改变经济对人的支配性影响（参见孟子所说的"恒产"与"恒心"的关系）。

我所谓读书人的社会责任，是相对于"学"而言，也包含从政议政。以前这类责任与读书治学本无冲突。传统士人不论是否用世，都像躬耕陇亩的诸葛亮一样，随时为"澄清天下"做着准备。在中国传统观念里，政与教息息相关，用张之洞的话说，国家之兴衰，"其表在政，其里在学"。或许是受到近代西方出现的知识分子和专业学人之分的影响，民初人开始提倡学者最好不做官也不论政的取向。但西方也强调知识分子的社会责任意识，而上述中国传统观念仍影响着众多读书人。

以前的士人是进退于江湖和庙堂之间，虽然也有所谓乡曲陋儒,但若以理想型(ideal type)的方式表述,则士人进退之际,基本保持着"天下士"的胸怀。与之相比,后人徘徊于士人与学人之间,已是一个很大的区别。不过,传统的现代影响,仍处处可见。很多读书人的确希望做一个疏离于政治和社会的专业学人,而近代又是名副其实的"多事之秋",国家一旦有事,他们大多还是感觉到不得不出的责任:少数人直接投身于实际政治或反向的政治革命,多数人则不时参与议论"天下事"。

马克思曾说,"陈旧的东西总是力图在新生的形式中得到恢复和巩固",此即最能体现。但这种恢复性的再现又是处于典范淡出之后的语境之中,因而更多是一种无序的再现。如麦金太尔所说,由于赋予其意义的语境已经不再,许多被继续使用的关键性词语仅仅是先前概念体系的断裂残片。不仅术语,行为亦然。时代背景既然与前不同,那些参政或"议政"的读书人总显得不那么理直气壮,仿佛离了本行,往往不免带点欲语还休的意态。

与经典的淡出直接相关的,是清季民初一个延续的争论,即究竟是学术思想决定风俗政治,还是相反。梁启超和多数人赞同前者,而章太炎则反是,他认为"政治本来从阅历上得来的多,书籍上得来的少"。故政治学者未必能做政治家,实际政治中的英雄伟人也不曾讲究政治学。他通俗地指出:"袁世凯不过会写几行信札,岑春煊并且不大识字,所办的事,倒比满口讲政治的人好一点儿。"

在一定程度上,太炎似乎在提倡某种现代意义的"学术独立",特别是让学术独立于政治。然而这一思路后来却成为参与实际政治者的一个重要思想基础，即只有从政治上根本改变现状（更换政权），才能谈到其他方面的转变。而另一些提倡思想改造者，则希望通过改造国民性以再造中国文明。

或可以说，"学术思想"与"风俗政治"的关系成为一个思考的问题，恰是趋新读书人"去经典化"努力的结果。以前"风俗政治"都在"道"的指引之下，"道"的意义虽有灵活波动的一面，但大体意旨仍是明确的。重要的是"道"以经典为载体，若对"道"的意旨有任何不明确，正可从经典中寻觅。"去经典化"之后，"风俗政治"便处在一种无所指引的状态之下，而"学术思想"则扮演着一种身份似明确而意义不确定的角色：它在某种程度上是经典的替代物，但其究竟是否能够承担以前经典所行使的功用，以及怎样完成，的确都还是问题。

章、梁的观念虽对立，其思路仍相近。不论是学术影响政治还是政治决定学术，最后仍落实在具体的个人和群体之上。甲午后日益响亮的口号是"开民智"，但四民社会解体的结果是士人原本具有的楷模地位动摇，庚子后政府已被认为不能救亡，那么，这个任务由谁来承担？

谁来承担国事的责任

梁启超当年已感不能自圆其说，遂提出"新民云者，非新者一人，而新之者又一人也，则在吾民之各自新而已"。用今日的话说，人民可以也只能自己在游泳中学习游泳。章太炎大致分享着类似的思路，不过转而寄希望于"革命"。他说："今日之民智，不必恃他事以开之，而但恃革命以开之。……公理之未明，即以革命明之；旧俗之俱在，即以革命去之。革命非天雄大黄之猛剂，而实补泻兼备之良药矣。"

然而，人民能否在游泳中学会游泳，以及革命是否为补泻兼备之良药，在当时仍是充满想象的未知因素。辛亥鼎革之后，同样的问题又有了一些新含义，因为读书人本身的社会定位也已出现了较大的转变，并带来新的困惑。既存经典在近代的淡出影响极为深远，虽然其表现可能是逐步的，不那么直接和明显。在经典淡出之后，不论新兴的"学术思想"能否承袭以前经典所具有的社会功能，读书人的社会角色可能都需要重新认识，甚至读书人的社会形象也在发生某种转变。

伴随着"去经典化"的推行，从 19 世纪末开始，可见一个日益加剧的读书人自我反省和自我批判的进程，造成了读书人形象的负面转化。梁启超一面主张人民在游泳中学习游泳，一面指责中国"读书人实一种寄生虫也，在民为蠹，在国为虱"。另一读书人林白水也代国民立言，说"我们中国最不中用的是读书人""现在中国的读书人没有什么可望了"。

不久梁启超和章太炎又互相指斥对方（革命党人和戊戌党人）不道德。以梁、章二位在当时的影响力，这样的攻击性论争对读书人的形象具有相当的破坏性；如果双方所言多少有些依据，则其在"道德"方面都有缺陷，而士人的整体形象自然也就更成问题了。

但梁启超自己对"民"和"士"的态度很快有所调整。他在写《新民说》之前曾向往一种两全的境界，即以"多数之国民"的主动来"驱役一二之代表人以为助动者"，以获取"一国之进步"。

到1907年，他已将中国兴亡的希望寄托于"中流社会之责任心"。因为"中流社会为一国之中坚，国家之大业恒借其手以成"。若"一国中有普通知识居普通地位之中流社会，能以改良一国政治为己任"，则国家前途便有希望。

到辛亥革命前夕，梁启超终于回归到四民之首的士人心态，承认"无论何国，无论何时，其撑柱国家而维系其命脉者，恒不过数人或十数人而已"。此少数"在朝在野指导之人"而"能得多数之影从者"时，国家就昌盛。他确信，只要中国"能有百人怀此决心，更少则有十数人怀此决心"，尽全力与恶政府、恶社会以及全世界之恶风潮奋战，中国就不可能亡。他进而表态说："虽中国已亡，而吾侪责任终无可以息肩之时。"

这里的转变至为明晰：此前是想以"多数之国民"来"驱役一二之代表人"，现在转为由少数"在朝在野指导之人"来吸引"多数之影从"了。

入民国后，梁启超的态度仍在游移之中，他一面大力强调"国民运动"的重要性，主张："共和政治的土台，全在国民。非国民经过一番大觉悟大努力，这种政治万万不会发生；非继续的觉悟努力，这种政治万万不会维持。"如果国民的面貌不改变，"凭你把国体政体的名目换几十趟招牌，结果还是一样"。这里对民众"资格"的强调，仍是"新民"思想的延续。

而他在讨论"多数政治"（即西方议会民主制）时又继续说，多数政治要实行得好，关键在于"国中须有中坚之阶级"。即"必须有少数优秀名贵之辈，成为无形之一团体；其在社会上，公认为有一种特别资格，而其人又真与国家同休戚"。以此中坚阶级来"董率多数国民,夫然后信从者众,而一举手一投足皆足以为轻重"。他明言:"理论上之多数政治,谓以多数而宰制少数也;事实上之多数政治,实仍以少数宰制多数。"

稍后梁氏仍以为"恶劣之政府,惟恶劣之人民乃能产之"。但却说中国"大多数地位低微之人民,什九皆其善良者"。善良的人民却产出恶劣的政府,这一"国事败坏之大原",实种因于恶劣的士大夫。盖蠹国之官僚、病国之党人,皆士大夫也。然而他又说:"一国之命运,其枢纽全系于士大夫。"故"今欲国耻之一洒,其在我辈之自新。我辈革面,然后国事始有所寄"。

五四运动后,梁启超一方面强调国民运动不能是一个或几个特定社群的事,应该尽可能使其成为"全民的";但又说,国民"运动要由知识阶级发起,那是没有法子的事"。他主张每个国民都要"反省'我'应该做什么事",以"唤起自己的责任心";同时更要认识到"各人地位不同,能力不同",所以必须有分工。经过自我反省,"知道'我'能做哪件,'我'该做哪件,然后各用其长,各尽其才"。这样的分工不仅"可以收互助的效果",由于是"人人自动的去做",也不至于感觉是"某人指挥某人去做"。

"分工"说似乎让梁启超更能自圆其说,在此基础上,他进一步代士人自责说,"十年的民国闹到这样田地",不是军阀、官僚的责任,而是"一群自命正人君子的人"的责任。他们中的积极者总想通过军阀、官僚施展抱负,而消极者又洁身自好,不肯干预世事。梁氏明言:"我自己和我的朋友,都是这一类的人。"这些人就像人体中的"健全细胞",他们不肯负责,则毒菌自然"猖獗纵横,到处传染"。故"国事之坏,责任不在他们而在我们",也

"只有责备自己"。

可以看出,梁启超在自责的同时,又自我承担起国事的责任。且不论这是否意味着他最终放弃了让人民自己在游泳中学习游泳的取向,但显然更强调读书人的责任。然而过渡时代读书人的自定位和社会定位的转化是延续的,梁启超的困惑亦然。他承认自己"学问兴味政治兴味都甚浓",而前者更甚。他常梦想政治清明,能够"容我专作学者生涯";同时又常感觉"我若不管政治,便是我逃避责任"。所以,"我觉'我'应该做的事",就是像年轻时一样"做个学者生涯的政论家"。

"煞风景"的"狗耕田"

所谓"学者生涯的政论家",看似一种鱼与熊掌兼得的状态,其实就是用已经发生转变的读书人定位意识,来看待以前读书人的常规责任。那个区别于实际之我的引号中的"我",便更多是社会定位的"我",多少带些弗洛伊德所说的"超我"意味,既是自我,又仿佛被一只"看不见的手"所推动,鲜明地呈现出梁启超那种不得不如是的徘徊感。

其他不少人也有非常相似的心态。章士钊的政治立场与梁启超不同,他在五四前也说,中国建国之道在于人人"尽其在我",但仍需"读书明理、号称社会中坚之人"起而带头,负起整理民族、建设新国家的责任。用他的话说,就是"知吾国即亡,而收拾民族之责仍然不了"。这基本是复述梁启超所说的"虽中国已亡,而吾侪责任终无可以息肩之时",但那种想要指导人民的自我承担气概表现得更显著。

陈独秀在探索中国政治不良的责任时,也认为国民决定着政治的优劣,故"欲图根本之救亡,所需乎国民性质行为之改善"。这里当然可见清季"新民"说的延续,但他和许多侧重改造国民性的新文化人(例如鲁迅)一样,似乎都更接近梁启超后来的见解,即主张由觉悟了的读书人来改造国民。尽管新文化人在理智层面想要与民众打成一片,无意把社会分作"我们"与"他们"两部分,但其既要面向大众,又不想追随大众,更要指导大众,终成为难以自解的困局。

身处过渡时代的新型读书人,面临着一系列剧烈的社会和政治转变,其自定位也始终处于波动之中,有着超乎以往的困惑。用郑伯奇的话说:"在白玉砌成的艺术宫殿,而作剑拔弩张的政治论争,未免太煞风景。"传统士大夫本志在澄清天下,其社会定位亦然;而新型读书人却总是徘徊在学术、艺术与政治、社会之间,他们想藏身于象牙塔或艺术宫殿之中,与政治、社会保持某种距离;但不论是遗传下来的传统士人还是新型"知识分子"的责任感,都不允许他们置身事外,所以不能不持续做着"煞风景"的事,始终处于一种"不得不如是"的无奈心态之中,难以抹平内心的紧张。

瞿秋白曾说:"中国的知识阶级,刚从宗法社会佛、老、孔、朱的思想里出来,一般文化程度又非常之低,老实说这是无知识的知识阶级,科学、历史的常识都是浅薄得很。"由于革命实践的急切需要,却不得不让这样的人来充当中国无产阶级的"思想代表",就像"没有牛时,迫得狗去耕田",他自己从1923年回国后就一直在"努力做这种'狗耕田'的工作"。瞿氏后面本特指中国马克思主义者中的读书人，若推而广之，似乎也可从这一视角去理解近代新型读书人在过渡时代中的困窘。

而且这一困窘是延续的：近代百余年间，有不少思想和政治的分水岭，虽在很大程度上影响了读书人在社会中的位置，似乎仍未从根本改变其挣扎徘徊于"士人"和"学人"之间的紧张。

（原刊《读书》2009 年第 2 期）

国家与世界：
五四时代读书人的徘徊

在中国现代史上，五四运动具有某种划时代的意义，这大致是众皆认可的。对北伐前的民国而言，五四更像一个分水岭，把此前和此后的时代潮流大致区隔。

关于五四带来的变化，过去一般较多注意"个人"的淡出和"群体"的凸显（落实在国家、民族之上）。而五四前后也是西潮冲击以来中国人最愿意把自己和"世界"联系在一起的时候。当巴黎和会的结果告诉中国人，"世界"仍是一个外在的区域，尤其世界性的"公理战胜"其实并不包括中国之时，"国家""民族"与"世界"这些新词之间的关系就未必融洽，甚或可能对立了。风潮来时，最易激动的青年学生首当其冲，也是所谓现代社会的常态。

当年的学生因巴黎和会的刺激转而偏向民族主义，是一个不争的现象，但这种转变在我们的历史记忆中似太直白。其实五四带来的变化未必一致：从趋重个人到趋重群体，五四前后的确呈现出很明显的转变；但此前面向世界的趋势却仍在持续，即民族主义的兴起并未立刻导致世界主义的衰落，较明显的转变要更晚才出现。这一动向过去未受关注，部分即因历史的丰富性被忽视，使我们写出的历史都"简明扼要"得像电线杆，其实历史可能更像一棵棵鲜活的树，有主干也有枝叶。

两代人的相互调适

1918年欧战结束后，许多中国读书人将其视为新纪元的开端，康有为、蔡元培和李大钊等见解不同的人都看到了世界"大同"的希望。最能"与过去之我战"的梁启超，更有非常明显的转变。他以前曾经主张世界主义是理想而民族主义是现实，如今却来了个一百八十度的大转弯。

梁启超在清末曾指责中国人没有国家思想，或"知有天下而不知有国家"，或"知有一己而不知有国家"。也就是说，中国人一向重视"个人"和"世界"，而忽视其间的"国家"。如果梁启超看到的真是中国的"传统"（这与"修齐治平"的传统进程显相抵牾），则以反传统著称的新文化运动，倒呈现出明显的传统意味。那时的两大主流正是"个人"和"世界"，最有代表性的可能是当时北大学生傅斯年说的一句话："我只承认大的方面有人类，小的方面有'我'，是真实的。'我'和人类中间的一切阶级，若家族、地方、国家等等，都是偶像。"

当年人所说的"阶级"，略同于今人所说的"阶段"。傅斯年的表述，或许也受梁启超的影响。梁在1912年曾说："我国数千年教义习惯，由国家等而下之，则地方思想、宗族思想、个人思想甚发达焉；由国家等而上之，则世界思想甚发达焉。"而对处于两者"中间之一阶级曰国家者"则少有心得，故国家思想"发育濡滞，而至今未能成形"。两人所见当然也有不同，傅斯年的"中间阶级"较宽，包括了家族和地方，而梁启超却将这些都归于与个人同类的一头，特别强调"国"是最应重视的单位。

到五四时，梁启超的见解已变，主张"国家是要爱的"，但"一面不能知有国家不知有个人，一面不能知有国家不知有世界"。只要把傅斯年所说的"人类"更换为梁启超所说的"天下"或"世界"，则梁氏在清末所斥责的中国"传统"，到五四前后恰成为青年学生心目中的正面价值，并逐渐成为梁启超自己也接受和提倡的主张。

与梁氏在清季的见解相比，这是一个根本性的逆转。以前他最反对中国人知有个人、天下而不知有国家，曾因此而不惜指责其老师康有为；如今却强调既要知有国家，更要知有个人和世界，几乎完全反其道而言之。最能与时俱进的梁启超，显然是在呼应稍早国内新文化运动中兴起的思潮。

傅斯年和梁启超这些言论都发表在五四学生运动之后，可见面向世界的潮流仍盛而未衰。但侧重"个人"的倾向则可见明显的式微，尽管梁启超还试图自圆其说，把"国家"与"个人"和"世界"联系起来，主张应建设一个"世界主义的国家"，并"托庇在这个国家底下，将国内各个人的天赋能力尽量发挥，向世界人类全体文明大大的有所贡献"。但此前排斥个人和人类之间一切中间因素的傅斯年，却逐渐向落实在"国家"之上的"社会"方面转移。

正是五四的变化，使傅斯年感到一种以"社会"为中心的新道德观"必成此后这个时代的一个最大问题"。而"青年的第一事业"，就是"无中生有的去替中国造有组织的社会"。他强调：
"我们在这个世界上，并不仅仅是一国的人，还是世界中的市
民。"但他特别说明："在现在的时代论来，世界的团结，还要以民
族为单位。"故中国人必须养成"社会的责任心"和"个人间的粘
结性"，从"零零碎碎的新团结"开始，进而"以这社会的伦理，去
粘这散了板的中华民国"。这和不久前要否定家族、地方、国家
的傅斯年，显然已相当不同。

或许他们都还憧憬着以个人为基础的"世界大同"，不过，少
壮的傅斯年已承认"现在还只能有以民族为单位的世界运动"这
一现实，而老辈的梁启超仍向往着建设一个"世界主义的国家"。
与傅斯年相类，梁启超也说："我们做中国国民，同时做世界公
民。"但他更强调要"一面爱国，一面还有超国家的高尚理想。凡
属人类有价值的共同事业，我们总要参预"，甚至"目前报酬如
何，我们都可以不管"。因此，对已经"背叛"中国的美国总统威
尔逊，梁氏也能原谅。

可见五四的确是个转折的时代，人人都呈现出某种日新月
异的意态。颇具诡论意味的是，在国家乃个人与世界的中间阶
段方面，傅斯年可能受到民初的梁启超影响；而五四后的梁启超
在偏重个人与世界方面则明显向傅斯年靠拢，那时的傅斯年又
已有所转向，反朝着更早的清末之梁启超的方向转（即世界主义
是理想，而民族主义是现实）。这些转变之下隐伏着万变不离的
中心思想，提示出一个更为根本的趋势："进入世界"其实是好几
代中国读书人向往和努力的目标，但被他人主宰的"世界"是否
肯接纳愿为世界公民的中国国民，其间还纠葛着无数复杂因素，

让人欲语还休。

世界主义余波不衰

重要的是五四后的梁启超并非特例，他所说的"人类有价值的共同事业"具体即指刚成立的国际联盟，也可以说是今日联合国的前身。在巴黎和会以前，从康有为、梁启超到李大钊等具体政见相当不同的士人，都曾把国联与"世界大同"相提并论。但多数人在目睹巴黎和会的结果后已对国联所代表的理念大失所望，而廖仲恺在1920年1月1日发表《中国和世界》一文，仍在庆祝"世界大同的元旦"，他指的就是当年1月10日即将正式成立的国联。

国家主义派要角余家菊后来也回忆说，他1922年出国留学时，国人仍"醉心于世界和平"，对威尔逊在凡尔赛和会的失败，"世人终觉其为偶尔小挫，难阻进化潮"，他自己对"公理战胜"的梦想也仍在持续，要到欧洲后才观感大变："我亲眼看见弱小民族的困苦，亲眼看见各国民性的差异，亲眼看见各国国民意识之发扬，亲眼看见各国之剑拔弩张。"于是"和平的幻想，大同的迷梦，都粉碎了"，从此走上国家主义之路。

当年很多人转向民族主义正因国联所象征的"公理战胜"对中国而言太过虚假，然而梁启超却可以原谅威尔逊，廖仲恺仍视国联为"世界大同"的开始，余家菊的回忆表明不少人分享着类似的心态。要知道梁、廖、余那时在内政方面的见解是相当不同甚或对立的，然而他们在面向世界的倾向上则表现出异曲同工的共鸣，最能表明世界主义的余波依然不弱，仍有相当的影响力。(后来胡适所谓"充分世界化"的提出,才是世界主义真正衰落的表征。世界化而必须争,且须充分,表明此事已成疑问,不得不大肆鼓吹,反映出强烈的危机感。)

后来的研究者多看到五四运动后民族主义倾向增强,但当时的国家主义者则看到相反的倾向。中国的国家主义派在欧战后逐渐兴起,后来发展成为青年党。他们所说的"国家主义",在英文就是今日一般译作"民族主义"的 nationalism,无异于三民主义之一的"民族主义"。或因其视角的独特,他们都观察到中国当时面向世界的非国家主义倾向,并感觉到强大的压力。

国家主义派领袖李璜注意到,清季官定的国家教育宗旨,是忠君、尊孔、尚公、尚实、尚武五项;民国元年新颁教育宗旨,仍不忘"以军国民主义垂示国人"——这"两个教育宗旨均含有国家主义的色彩"。1919 年议定的教育新宗旨是"养成健全人格,发展共和精神",已"由国家主义的教育而趋向平民主义",但至少还有"共和精神"在;到 1922 年又颁布新教育标准共七项,除"注意国民经济能力"一项多少还有点国家的意思,余所关注者为个性、平民、生活、地方等,全然不再考虑"用教育确定国体"和"用教育以绵延国命"的功能了。

国家的教育宗旨应当如何是另一回事,非本文所欲讨论。教育界在五四后呈现出淡化民族主义的倾向,则大致不错。国家主义派要角陈启天说:"自从五四运动以来,一切教育的材料均起了一个大大的改变:人人以为有国家彩色的教材太狭隘,不如采用含有世界彩色的教材;纪述战事的教材太惨酷,不如采用歌颂平和的教材较合人道;培养爱国思想的教材太危险,不如培养文化理想的教材可赞赏。"这些想法"固含有一部分的真理"，然未免"矫枉过正"和"理想过高"，无助于"渡过国家目前的难关"。

值得注意的是，五四后"国家主义"之名显然不那么受欢迎，陈启天在论述国家主义观念时，"为免除与习惯见闻之国家主义相混淆而发生误解计"，特冠名为"新国家主义"，其实他所说的并无什么改变。陈氏并一一论证其"新国家主义"不仅不与世界主义、和平主义、人道主义、国际主义、社会主义、个人主义、平民主义等相违背，且根本是上述主义的"基础"，至少也"与之相辅"。这些说明皆是防卫性的，并不曾正面挑战世界主义。

稍后与国家主义派激烈冲突的国民党，也感受到世界主义的强烈冲击。孙中山到1924年仍"常听见许多新青年说，国民党的三民主义不合现在世界的新潮流，现在世界上最新最好的主义是世界主义"。他在驳斥这一见解时，也不从学理上反对世界主义，仅强调世界主义也是"从民族主义发生出来的"，中国人"要发达世界主义，先要民族主义巩固才行"。到1928年，国民党元老胡汉民仍在论证"世界主义是民族主义的理想，民族主义是世界主义的实行"，颇类似于前引国家主义派的态度。

可知试图拉近世界主义和民族主义的努力持续了较长时间，不少读书人不仅彷徨于其间，且尽量设法微妙地保持住这一两歧性，很少彻底偏向一边。直到20世纪70年代，我还亲见一伙知识青年在乡村中认真学习世界语，为将来的世界一家做准备。后来中国真面向世界了，但获益的是当年学英语的知青。在这个存在"话语霸权"的"地球村"里，英语远比世界语更"世界",实非昔年那些充满理想的青年所能逆料。

涟漪重叠的历史现象

回到五四当时,在学生们因巴黎和会的刺激而转向民族主义之时,教育界还在因应此前新文化运动和欧战掀动的思潮。那些提倡国家主义者的主张本与五四学生的新趋向相近,可是他们却感觉到因五四运动而起的强烈阻力和压力。在一般人眼中,此前向往世界主义和如今倾向民族主义的,都是同一群人(傅斯年便表现出类似的两面性);更可能的是,国家主义者眼中所见,不过是一个带有"礼失求诸野"意味的"涟漪重叠"现象。

徐志摩曾说:"拿一块石子掷入山壑内的深潭里,你听那音响又清切又谐和。余音还在山壑里回荡着,使你想见那石块慢慢的、慢慢的沉入了无底的深潭……"

可以设想,若在余音仍回荡时再掷入一块石子,便会出现两次回音的缭绕。水中看不见的先后两块石子还在慢慢地、慢慢地沉落,而水面可以闻知的余音却已难辨彼此。同样的情形也表现在石块激起的涟漪之上:此前投下的石块所激起之涟漪还在荡漾,而后投下的石块又激起新的涟漪。石块虽有先后,两次涟漪在视觉上却是连接的,前者可能被一些人视为新石块所造成;且触岸之波还可借力反荡,与袭来之新波互动重叠(overlap)。这样一种波动不息的繁复层次虽是历时性的,表现出来却像是共时性的,因而也常被认知为共时性的。

这或许有助于理解历史上那些带有"礼失求诸野"意味的现象:中心区域已形成新的"礼",而边缘区域旧礼的余波却可能被视为新礼的影响。国家主义提倡者将其感觉到的世界主义压力视为五四运动的后果，大致就体现了一个类似的认知。这里并非皆是误解：国家主义者感觉到的压力当然是实际的而非虚幻的，他们不过未曾注意到水下正在慢慢沉落的石子是先后两块而已。

这同样牵涉到学界久已关注的新文化运动和五四学生运动的关联问题，不论将两者视为一个整体还是将其区分对待，都不能否认学生运动本身那分水岭式的意义。傅斯年论"科学"在中国的历程时说，五四前已有不少人立志于科学，但"科学成为青年的一般口号，自五四始"，正是五四使科学从"个人的嗜好"变成了"集体的自觉"。科学仅是一个面相，在其他很多方面，五四也起到了变"个人嗜好"为"集体自觉"的类似催化作用。

戴季陶曾说，在1919年这一年里，中国人从个人、地方到民族、国家，都觉悟到"孤立生活不能适应新环境"，于是产生"一个大大的群众运动"，其意义"就是表示离开孤立生活向共同生活的希望，就是打破孤立生活创造共同生活的努力"。从"孤立生活"到"共同生活"，颇类从"个人嗜好"到"集体自觉"，均体现出一种思想的群体性，正是五四带来的大变。

五四后倾向民族主义的很多是此前向往世界主义的同一群人，由于思想群体性的凸显，更容易形成一种涟漪重叠的表象，多少掩盖了民族主义对世界主义的冲击强度；同时，五四前倾向世界的"集体自觉"在时间的长久和认同范围的广度两方面恐怕都超过了倾向个人的，故民族主义对前者的冲击效果的确不如对后者那么明显快捷。

在"后五四"的几年中，"前五四"的一些要素虽可见中断和转移，但仍有不同程度的延续。五四学生运动确实掀起了越来越高涨的民族主义浪潮，压倒了此前一度得到伸张的个人主义；虽有少数倾向自由主义的读书人不时提及"个人"，就整体而言，侧重个人的倾向从此淡出中国思想界，迄今亦然。但在民族国家与世界的关系方面，由于章太炎所说的"超人超国"（超越于民族和国家）倾向本是近代中国民族主义的一个表现形式，民族主义的波涛盖过世界主义基本呈现为阶段性的，且要到稍晚才逐渐明显，至少在五四后好几年里，此前达到高潮的面向世界的取向仍在持续。

张太雷在 1924 年就说，五四运动之后，以前"对旧社会思想的攻击几乎完全停顿，一切新出版物都换了战斗方面"，却忽视了有人又在提倡东方文化。他强调，"世界文化是整个的"，其中"西方的是更进步的"；东方文化要逐渐赶上西方文化，"以趋于世界文化的一致前进"。故应有针对性地提倡社会主义，使青年学生树立"世界的科学的人生观"。但他同时注意到，一些青年虽能脱离中国旧思想，却"不能扫除他们固有的个人主义的根性"，结果"又走入了个人主义的无政府主义"。

且不论张太雷的观察是否具有普遍性。有意思的是，他不仅主张用超人超国的社会主义来体现世界文化的整体性，以纠正反传统努力的衰歇；还从超人超国的无政府主义中看到个人主义的影响仍在，看来此前那种"个人"与"世界"并重的倾向仍有所延续。

这些复杂的关联互动现象正揭示出五四运动后"世界"也出

现了某种分裂：以前曾是近义词甚或同义词的社会主义和无政府主义，现在已变成一种对立的竞争关系了。无独有偶，"民族主义"也出现类似的诡论性分裂和对立：提倡民族主义的国民党和鼓吹国家主义的青年党虽有学理上的歧异，从西文看其思想资源来自同一个"主义"，那时却互为仇敌，都欲置对方于死地而后快。

　　简言之，五四前中国人面向世界的倾向甚强，故其在五四后的余波仍相当有力。这一显明的现象过去多视而不见，或因我们的史学太追求简洁明快、边界清晰的叙事和定性分析，对历史的丰富性强调不足。前者可能如陈寅恪所说："言论愈有条理统系，则去古人学说之真相愈远。"相反，那种反映处于竞争中的不同面相、让更多当事人"说话"的多面化论著，读起来可能不那么顺畅，或许更接近史事发生发展的原状。

　　　　　　　　　　　　（原刊《南方周末》2008 年 6 月 19 日）

张之洞与"中体西用"

"中学为体，西学为用"是 19 世纪 90 年代以来中国思想界的流行语，如梁启超所言，此语虽是"张之洞最乐道之"，但已形成"举国以为至言"的局面。换言之，"中体西用"基本已成时人共识，说是晚清中国思想的主流，或不为过。不过，"中体西用"恐怕也是最被后人误解的近代核心表述之一，而且有些误解从当时就开始了；同样，在其名著《劝学篇》中整合诸家之说、将"中体西用"表述得最为系统的张之洞及其用心所在，也迄今仍被许多人所误解。

"中体西用"的当时之义

过去讲到"中学为体，西学为用"时，通常倾向于将其说成为了维护纲常名教，也就是说，这一取向的重心是在"中学为体"之上。但若仔细考察当时的时代需要和张之洞等人的思想资源及其当下的关怀，则虽然各方面的人确实都有要维护中学之"体"这一根本目的，但他们在实践的层面，注重的仍是引进西学之"用"的手段。

　　在中国人心目中没有"西学"及其"体用"这一参照系存在之前,本无所谓"中学",也不存在对应的"中学"之"体用"问题。如果没有被迫或主动学习西方即"西学为用"的时代需要,"中学为体"恐怕根本就不会成为士人所考虑的问题。一言以蔽之,在晚清士人的中体西用这一体系框架的表述之中,"中体"的确置于"西用"之前,唯从其产生的历史看,"中体"实在"西用"之后。

　　从实质言,"中学为体,西学为用"是晚清士人在近代西潮冲击下逐步形成的一个变革性共识:中国传统的政教模式已不适应当时的局势,必须有所改变,有所革新;而既存思想或知识资源又不足以因应当下的变局,故变革的一个主要内容就是学习西方。如毛泽东所说,"要救国,只有维新;要维新,只有学习外国",这是许多近代中国士人得出的最后结论。

　　从魏源到梁启超(甚至更后)的许多中国士人都一直在寻找一个中西文化的会接点,希望能接受或采纳异文化的某些部分以整合进自己的文化之中。从这个角度看,魏源提出"师夷之长技以制夷"表达的是与"中学为体,西学为用"相似的愿望。而清季不少讲"西学源出中国"的士人也不过是为了"投合吾国好古之心,而翼其说之行",他们与讲中体西用的士人一样,希望在保持中国认同的基础上,为引进西方文化找依据。

　　若细察时人之意,恐怕他们的短程目的和重心都在"西学为用"之上。不仅《劝学篇》中讲"西学为用"的篇幅多于讲"中学为体"者,张之洞更明言中学也以"致用为要",可知全书都重在一个"用"字上。更重要的是,张氏又说,如今言西学,"西艺非要,西政为要"。他在"设学"一节中具体指出:小学堂可以先艺后政，中学堂就要先政后艺，"大抵救时之计、谋国之方，政尤急于艺"。

这里的"西政"意味着什么？梁启超在 1896 年曾将西学分为"学""政""教"三大类（后者与基督教相关，可暂不计），今日属于"理科"的各学科多归入"学"，而"政"则不仅有史志、官制、学制、法律等，还包括农政、矿政、工政、商政、兵政、船政等"实用"科目，囊括今日所谓"社会科学"以及"科技"之"技"（义更宽泛，似含"管理"和"研发"等），皆人类运用其知识于社会，注重实用，而有别于偏重学理的文、理科。后来费孝通也曾把人类知识分为"知道事物是怎样"的"自然知识"和"应该怎样去处理事物"的"规范知识"，与此分类相通。

"政"的这种跨越今日所谓文科和工科的包容性显然与后来逐渐为中国人接受的西学分类不甚相合，故此后"工科"的那一部分渐被"艺学"取代。张之洞所谓"西政"和"西艺"的区分反映出时人对西学的进一步认识，其"西政"大概更多指谓西方的各种应用性制度，与再后确立的"政治学"尚有较大区别。（到 20世纪初年邓实办《政艺通报》时，与"艺学"并立的"政学"约即时人口中的"法政／政法"，实更接近"社会科学"，开后来所谓"大法学"的先河。）

如果按严复所说"中学有中学之体用，西学有西学之体用"，这样的"西政"到底是"西学"的"体"还是其"用"？不少人可能会认为更接近"西学"之"体"，这或是大量晚清人迟迟不肯迈出从接受"西艺"到学习"西政"这一步的关键。然而，时人言用而必及西，已暗示中学至少在当下并无多大用处，至少传统的经世致用思想在一定程度上可以说已经"失传"。张之洞及其同时代人可以引为依据的思想资源，其实有限。

以西学存中学的颠覆性

故张之洞承认："今欲强中国、存中学，则不得不讲西学。"不仅国家的强盛，就是中学的保存也不能不靠讲求西学。似乎引进西学，还能在文化层面起到恢复中国"经世"传统的功用。正像孙家鼐所说："中学有未备者，以西学补之；中学有失传者，以西学还之。"由此看来，中体西用这一取向虽重在"西学为用"，与维护纲常名教不仅无冲突矛盾，反有补救之功。

不过，中学既以致用为要，西学复以西政为要，则中体西用这一体系之中的"中体"其实已被"西用"挖了墙脚。张氏等所欲维护坚持的，也就只是中国文化的基本价值观念而已。其余一切，大约均可不同程度地"西化"。《劝学篇》曾说："世运之明晦、人才之盛衰，其表在政，其里在学。"必依此传统思路，才可以理解晚清士人在自认中学无用之余，从"弃卒保车"的引进"西艺"退到"弃车保帅"的学习"西政"那种踌躇反复而"不得不如是之苦心孤诣"。

可知中体西用取向不仅不像许多人说的那样"保守"，反是在学西方的路上迈出了新的一大步。但这里还有一个具体矛盾：国家局势的危迫似已呈现出时不我待之势，为"强中国存中学"，讲求西学已成新教育的主流；而不论可致"富强"的西学还是渐呈"无用"的中学，均以"繁难"著称。学子的精力本是个常数，在规定时间内实难兼顾中西两学。如张之洞所言："不讲新学则势不行，兼讲旧学则力不给。"

那么，怎样在制度上和方法上具体落实"中体西用"？如何在主要讲求西学的同时保存"中士"之认同？在这样的窘境下，正是张之洞本人提出了一种后来日渐流行的"守约"之法，即在课时上保障西学为主的同时，以"损之又损"的方式削减中学课程内容，以存其学。用今日的话说，就是"以简化的方式保存传统"。

要知道"损之又损"语出《老子》，后面一句是"以至于无为"，虽然再后一句是"无为无不为"，或即张氏意之所趋，但也不排除停留在中间而达不到最后境界的可能。据说后来司马承祯论养生治国，就把这句话缩略为"损之又损，以至于无"（见《夜航船》），可知这是一种相当富于想象力且具颠覆性质的主张。

张之洞所谓守约是从"破除门面始"，实即重新规划整合中学的门类。整理后的中学已非旧态，实际需要读书的数量极少。最具革命性的是，若觉这些已大大约简的书仍太多，"则先读《近思录》《东塾读书记》《御批通鉴辑览》《文献通考详节》。果能熟此四书，于中学亦有主宰矣"。

这可是在废科举之前，读书量"损之又损"到这样的程度，仍算是维持了"中学为体"，宁非石破天惊之论！且此新"四书"中实无一经，中学里最基本的经学已被整体性地束之高阁。只要将张之洞建议清末一般学子所读之书与民初胡适为"出国留学生"所开的近万卷"最低限度国学书目"做一对比，就可知张氏"守约"之法的革命性有多足。

具有如此突破见解的张之洞向被视作守旧、落后的代表，而胡适固久被奉为趋新象征,清末世风的激变,以及清季民初学界、思想界的扑朔迷离,实在超出我们过去的认知!

颇具诡论意味的是,尽管张之洞一向趋新,当日编《张文襄公大事记》者居然也以《劝学篇》为张之洞"由新学复返于旧"的表征!编此书者本应对张氏有所谓"了解之同情",然实不知张,恐亦未曾认真读其书,而仅以传言为依据轻率成书。这就揭示出一个问题:张氏以及《劝学篇》的"守旧"形象其实很早就被"塑造"出来了。

张之洞"守旧"形象溯源

一般视张之洞为"守旧",多因《劝学篇》在戊戌维新时为帝后双方所共同欣赏,而张氏在政变后不仅未吃亏,反得重用,其书也为朝廷赞助而大力推行。后人常说张善逢迎,大约不差;但又说其急印《劝学篇》以图免祸,则恐未必。《劝学篇》刊于《湘报》时距政变尚早,彼时光绪帝方亟亟于改革,后之结果尚难逆料;且张氏本支持维新,《劝学篇》之意旨恰在从学理层面维护新政,哪里有什么预谋退路的远见。

从真守旧者的眼光看,《劝学篇》书中颇有可议之处。戊戌当年已有人上奏指出:"近年以来,嗜西学者恐专言西学之难逃指斥也,因诡言中学为体,西学为用;中学为本,西学为末;以中学兼通西学者,乃为全才;此欺人之谈也。"而新创各学堂"类皆以中学饰为外观,掩人耳目,而专致志惟在传布西学;以洋人为宗主,恃洋人为护符"。可知真旧派已看破张之洞真意,其所攻也早已直指张氏本人。

叶德辉当时也指出张之洞观念与康有为观念的共同处,他说:"《劝学篇》言保国即以保教,国强而教自存。此激励士夫之词。其实孔教之存亡,并不系此。"按张氏关于保国保教的言论与康、梁当时的同类表述基本"雷同",他也接受西人以力之强弱分教之文野的观念,明言"国不威则教不循,国不盛则种不尊"。而叶氏则以为,中国文化本不"以兵力从事",更不能"以强弱大小定中外夷夏之局"。

那时看出张之洞与康有为观念相通者不止叶德辉一人,徐桐到庚子年仍在指斥"《劝学篇》尽康说"。这样看来,若慈禧太后有意黜张,理由原也充分;张氏能借《劝学篇》以免祸,实因慈禧太后无意广为株连。其中很重要的一点考虑,即政变后"六君子"被杀,久已平息的满汉意识又见增长。当日理藩院右侍郎会章的奏折说得很明白:

> 近日外间浮言,颇有以诛戮皆属汉人,遂疑朝廷有内满外汉之意。夫我朝之于满汉,本无歧视;即今日办理逆党,我皇太后、皇上岂有成心。无如康党借此谣传,于大局实有关系。此际株连,则非朝廷宽大之意;明白宣示,又似近于描画,更适以实康党之言。惟有择汉人中之忠正不挠者,褒奖数人,则群情定矣。盖附逆者既有显诛,则效忠者自应厚赏。拟请于四月初一日以来,所有封奏条陈,其能论变法之非宜、斥伪学之乱正者,分别褒扬录用,则正气长伸,邪党自解。夫公忠大义,出之汉人,则所全者尤大。

此公或属真守旧者,然极有识见。特别是知道涉及满汉一类事不能"明白宣示",被诛杀之既皆汉人,更应同时在汉人中选择数人,专从"论变法之非宜,斥伪学之乱正"方面予以褒奖,使"公忠大义,出之汉人",可谓甚识就里。其实"康党"并不反满(几年后还与革命派辩论不应反满),但当年愿意"借此谣传"者确有人在,真是可能动摇"大局"。

会章在其附片中具体提出:当梁启超"秉康逆之教煽惑湖南时",绅士"王先谦等,连呈力抵邪说,保持大义。湖广总督臣张之洞,亦为《劝学篇》以救正之"。他将《劝学篇》刊本附呈,明确建议"特予褒奖"。明显趋附维新的张之洞能够不出问题,或即因慈禧太后有这方面的考虑,乃借《劝学篇》为由放他一马。

中西文化的分与合

说到底,"中体西用"牵涉到中西文化体系究竟是否可分的问题。晚清许多中国士人都倾向于文化体系是可分的,故采纳异文化之成分以重组自身文化至少是可能的。"中学为体,西学为用"正是这一观念的典型表达,希望达到一种主要讲求西学而又保存中国认同的理想境界,士人也可以广泛接受西方学理而不觉十分于心不安。

但当年的西方传教士基本主张文化体系完整不可分,对异文化要么整体接受,要么全盘拒斥,即其所谓"欲求吾道之兴,必先求彼教之毁",没有什么中间立场。这样的观念也长期影响着中国士人,当时号称最谙西学的翻译大家严复就认为中西各有体用,"分之则并立,合之则两亡"。那时他已接近推行全盘西化的主张了，但其心中犹暗自希望西化虽不成，却可退而得到将中西两学"合一炉而冶之"的实际结果。

晚年严复仍秉持原有观念，但在应用层面上，则有根本的转变。他认识到从前融合中西的愿望已成"虚言"，继续下去"终至于两亡"，故在民初主政北大时，拟将当时尚存的经文两科合并为一，"尽从吾旧，而勿杂以新"，通过完全讲治旧学来"保持吾国四五千年圣圣相传之纲纪、彝伦、道德、文章于不坠"。

但在一些人眼里，严复掌校时北大校风又以尊西趋新为表征，蔡元培的印象便是当时"百事务新，大有完全弃旧之概。教员、学生在自修室、休息室等地方，私人谈话也以口说西话为漂亮。那时候，中学退在装饰品的地位了"。

可以说，严复早年的文化整体论与西人要么拒斥要么接受的整体论有区别，他希望文化不可分却可合，在实践层面与中体西用观以文化可分论来寻求中西文化的会接还是相通的。但其到晚年则接受了西人的整体观念，既然文化不可分也不可合，中西结合之路走不通，就只有一面回头维系自身文化，一面让西学也尽从其西。

许多论者引用严复"尽从吾旧"的主张以证其晚年"保守"，却对北大校园里竞相"说西话"的现象视而不见，其实这最能反映他中西各有体用且"分之则并立"的基本观念，这看上去的"保守"实是严复个人的进一步西化。

后来许多新文化人也认为中西文化俱为整体，但态度更激烈。梁启超观察到，辛亥鼎革后，时人因"所希望的件件都落空，渐渐有点废然思返，觉得社会文化是整套的，要拿旧心理运用新制度,决计不可能"。鲁迅即引用当时的新权威易卜生所说的"All or nothing"("全部,或全无")来表述中西的整体性对立。他指责中体西用观是想"学了外国本领,保存中国旧习",然而"世界上决没有这样如意的事"。

有意思的是,"上午'声光化电',下午'子曰诗云'"的现象,在鲁迅看来体现出"折中"中西的徒劳,却正是严复试图在北大"区分"中西的努力!

以近日文化人类学的一种观点,"文化"和国家、民族、阶级等过去几乎视为"天然"之物相类,皆不过是人的构建物(construction)。由这意思看,套用晚清人习用的表述方式:我自能造,亦自能改,原无所谓文化是否可分的问题。

不过这是近些年的新见,当年的中西人士不仅很少具有这类见解,恐怕反多分享着此类后出观念所欲破除之成见。君不见那些接受此类观念的新学人,也常常有意无意使用诸如"文化建构"(cultural construction)一类词语,说明其仍将"文化"视为某种具有规定性的概念,可用来界定其他"人的构建物"。借用一句文化批评人的套语:"文化"这一人的构建物在被构建出来以后,即获得"脱离母体的独立生命"了!

思考"他们的问题"

对《劝学篇》当年同时得到帝、后两党的青睐,阮雁鸣曾提出一种新说。他以为,张之洞"提出之中体西用论,涵义广泛,立论模棱。其对'何者为体? 何者为用? 体与用之界说何在? 体用之间的关系何如?'等等问题,并无明确申说;此其间,留下不少回旋伸缩余地,让朝廷人士来作官式的诠解,自圆其说,借此掩护满清帝制"。

此似不无所见,但帝制对当年的朝廷乃是天经地义,绝不会想到还需要有所"掩护"!而自负的张之洞更未必同意,他当然会认为自己对体用的"申说"再清楚不过。则阮氏以为"不明确"者,或更多提示出后之解读者所"希望看到"的"界说"已大不同了。

马克思曾说,19世纪的法国小农"不能以自己的名义来保护自己的阶级利益,……他们不能代表自己,一定要别人来代表他们"。或者可以套用马克思的话说,已逝的往昔是无语的,它不能在后人的时代中表述自己,它只能被后人表述。

这样,史家"代昔人立言"的责任其实相当沉重。治史者若按自己"希望看到"的见解来提问,多难免"六经注我"。那些视张为"保守"的研究者,竟然对前引徐桐等时人言说视而不见,值得反思。同样,对19世纪乃至大半个20世纪的中西士人来说,"文化"的确具有某种不证自明的意味,而且他们也确实在思考文化的分、合问题。若依据文化不过是人的构建物这类新观点来提问和解答,我们处理的其实更多是"我们的问题"。

恐怕要先确立并尊重往昔以及昔人的"他人"性,像陈寅恪建议的那样"以观空者而观时",循"以他观他"的认识取向,"返其旧心",尽可能"不改原有之字,仍用习见之义",才能提出并处理昔人当时思考的"他们的问题"。如是,尽管"文章千古事",或能"得失寸心知"。

(原刊《南方周末》2004年6月17日)

国器章太炎

在清季民初的过渡时段,遗存的士与新生的知识分子共存,那一两代读书人的心态和行为常有相互覆盖的现象。像章太炎这样最后一代的士,早年处于思不出其位的时代,所谓"不在其位,不谋其政",那时的议政就是参政;晚年却不得不议政多于参政,有时甚而不问政治。这恰体现了从士的时代转化为知识分子时代的社会大潮:他们在思想上仍欲为士,但社会存在却分配给他们一个越来越近于知识分子的社会角色,给这批人的生涯增添一笔悲剧的色彩。

1900 年严复至上海,太炎曾将其著作呈上,欲得"大将为施绳削"。严复对其文章至为欣赏,赞太炎能"自辟天蹊,不以俗之轻重为取舍",实希望他专意于学术。但太炎则以"嵇康之遇孙登"来比喻他和严复的交往。按《晋书》说嵇康从孙登游三年,临别时孙登劝嵇康避世不出,"康不能用,果遭非命"。太炎此比虽示谦退,显有不听劝而终欲入世参政之意。然嵇康虽欲用世而不容于世,太炎之言不免有点谶语的意味。后来章氏虽不至死于非命,但其参政论政也多不能为世所接受。

"政治家"或"文章士"？

章太炎不但好论政，也善论政。前者为时人所共知，而常为研究者所忽略；后者则一向甚少得人首肯。刘成禺说太炎"与人讲音韵、训诂，不甚轩昂；与人谈政治，则眉飞色舞"，则其喜好可见一斑。章氏自认其长于论政，更在其学问文章之上。据周作人回忆，清季太炎在东京讲学时，已颇叹世人不了解他，常对人们只请他讲学不满。他曾一再十分认真地对弟子们说，你们不知道，我所长的是谈政治。周氏在北伐期间一时激动曾写过一篇《谢本师》，那里面也说，他知道先生"自己以为政治是其专长，学问文艺只是失意时的消遣"。

可知太炎自诩长于政治绝非虚言，但章氏弟子大都不同意老师的自定位，以学问名家的黄侃即觉太炎论政是"用其所短"；周作人也说，东京听讲的学生们都读过太炎的政论文章，虽没有什么不同的意见，却仍以为老师的伟大一在反满，二是学问，实在看不出多大的政治才能。北伐期间太炎颇热衷于"反赤"，周氏乃因"先生好作不大高明的政治活动"，与一些学生一起对章表示不满。其实反满何尝不是政治活动，何以革命就"伟大"，反赤就"不高明"？这多半是带有政治倾向性的评价，并不足说明太炎是否真正长于政治。

章门许多弟子基本是文化人或学问中人，对实际政治了解不足，很可能看不懂老师的政论文章，恐怕未必真知其师。太炎弟子中能对老师稍具"了解之同情"者，大约要数鲁迅。他以为："先生的业迹，留在革命史上的，实在比学术史上还要大。"所以他给章太炎的定位,乃是"有学问的革命家"。有一点大体不差:言革命时的章太炎,正处时代思想言说的中心;而其学术贡献虽大,却未必总能占据当时学术言说的中心。

鲁迅强调:"战斗的文章,乃是先生一生中最大、最久的业绩。"这里当然也还有一个差异,即何者可算"战斗的文章",恐怕太炎自己与鲁迅的标准就未必相同。与周作人一样,鲁迅对太炎晚岁的政治表现也甚不以为然。若依太炎本人的意思,后来许多人认为其"反动"或"落伍"的那些政论,应该也都很有"战斗性",不仅不是什么"江郎才尽",或者还是"瘐信文章老更成"呢。但鲁迅能认识到太炎的政论超过其学术业绩,已属甚少见的知音。

的确,太炎的学问,当世即甚少有人置疑;而其论政,则向为人所轻,早年便有"章疯子"之称。据说此称号最初还是太炎自己使用,但很快就成为论敌习用的诟骂,三人可以成虎,重复的次数多了,人们多少要受其影响。结果一般多认为太炎论政的文字,不必认真看待。民元时统一党等合并为共和党,太炎颇有异议,连函张謇陈述其见解。张謇颇不以为然,在其日记中说:"连接章函电,槎枒特甚,乃知政治家非文章士所得充。"

张謇虽是状元出身,后来却长期进退于官商之间,致力于"官督商办"的实业,所以不免感觉太炎迂腐,所言不切实际。然而另一位曾经为官、后终老于学界的金毓黻则看法不同,他在1920年说,"章太炎氏之学,精约独至,前无古人",然"考其成功,乃在流离颠沛之时,迫而后出"。到"近三五年,处境渐亨,著述之业,转见衰歇;间有言论,乃近政客"。金氏显然不看重太炎的政论。

　　章太炎究竟是"政治家"还是"文章士"？我们如果细读太炎的《自定年谱》，里面除少年时多涉及其读书外，其成年后讲述政治活动和言论的内容，远远超过论学者。可知太炎的自选身份认同，恰是一个主要关怀政治的士人。周作人指出，太炎对政治的关怀本是"出于中国谬见之遗传，有好些学者都是如此，也不能单怪先生"。去除其褒贬的春秋笔法，此语终点出有意参政乃中国士人的传统，还算稍有所见。

　　传统的士人把"立功"置于"立言"之上。章太炎曾两次为自己寻墓地：民初被袁世凯软禁时选择葬在"攘夷匡夏"的明刘伯温墓侧，1936年国难危重时则选抗清英雄张苍水墓侧。其自选的盖棺定论恰侧重于"立功"而非"立言"，且均以"攘夷"为标帜（不过前者抗元而"匡夏"有成，后者抗清却失败，大致合于当时的国势）。鲁迅说太炎是"有学问的革命家"，20世纪50年代的浙江省长谭震林说其是"反帝哲人"，两者合起来最接近太炎的自定位。

一语足定天下安危

　　像章太炎这样最后一代的士，晚年虽基本以讲学为主，看上去很像专业知识分子；但他们确如周作人所说，是与传统士人一样参政不成之后才做学问。尽管他们常常被迫（而非主动）回归学术，大都出于天下无道、不得不退隐以挽救人心的被动选择。其要想参政的传统情结一直都在，且"出仕"的愿望到老并不稍减。一有机会甚至一有可能，他们仍旧要"出山"身与直接挽救世道的努力。

太炎参政愿望表现得最明显的,是在 1923 年拥黎元洪反直系时,他有一次与人论及内阁总理人选,发现拥黎派诸人或不愿出山,或能力不足,皆有不合适处;而他自己则不仅会"毅然不复推辞,且于草昧经纶,亦自谓略有把握",几乎是毛遂自荐了。但黎元洪等或与张謇看法相类,并未认真考虑太炎的愿望。太炎直接参政的机会不多,然其在民国历史关键时刻的策论,以今日的后见之明来看,不仅不是隔膜的书生之论,且都颇能切中时弊。

章氏的政治主张,多本"天下为公"的理念,而少注意一派一系的私利。辛亥起义后,太炎首先提出"革命军起,革命党消"的主张,继而先主张建都武汉、复主张建都北京,更参与筹组中华民国联合会(后改统一党),皆实行其自定位的"任调人之职,为联合之谋"的宗旨,而有悖于他所在的同盟会一党的利益,故颇为革命党人所侧目。

民元时中国军政势力形成三大中心,除北京外,尚有黄兴任留守的南京和副总统黎元洪坐镇的武汉。太炎上书袁世凯,教之"以光武遇赤眉之术,解散狂狡;以汉高封雍齿之术,起用宿将;以宋祖律藩镇之术,安慰荆楚",希望获得真正的全国统一,进而使中国"复一等国之资格"。这是广为引用的名句,但引者多受国民党(同盟会)观念影响,以此诟太炎以革命党人身份而助袁。其实章太炎以国士而献策于中华民国新任大总统,追求的是国家的安定统一,自不必以党派观念而非议之。

若就其策略具体言之,则不仅不是什么书生迂论,反处处是切实可行的要着。但当时的革命党人与袁世凯，皆顾及自己派系私利，而不以太炎所论为然，致民元时大好局面，迅速被破坏。充满希望后的失望，远甚于无望。民国乱象的造因之一，即是许多人的极度失望。后之研究者多从革命党观念看问题，独归咎于袁世凯（甚者复又归咎于中国文化）。且袁氏固然自私，党人也多乏公心，恐怕双方都有相当的责任。

进而言之，袁世凯不能用章太炎所献方策，自有其特定的考虑，但不能据此说太炎的谋略不高明。当时参谋次长陈宧也曾对袁世凯献计，欲逐步化解废除各地军政势力，其计大致即由前引太炎一段话化出。唯陈之所虑皆以巩固袁个人地位为先，而不以全国的真正统一为重，结果在增强中央政府权力的同时，也强化了南北的畛域之见，为后来的南北对立伏下隐患。

据说章太炎在民元进北京，见了当时的参谋次长陈宧就视其为"中国第一等人物"，但同时也指出，"他日亡民国者，必此人也"。盖陈知章所献方略之功用，而章知陈识其策，唯其心不全在"国"，反多顾及一方之私利。后来太炎去世，陈宧称世无知音，并云他是真知太炎者。陈氏明确指出，章氏一语，足定天下安危。

中外之别大于内部政争

在民初的中国，列强实际已成中国权势结构的一个组成部分，故有内政与外交实已打成一片而不可复分之说。既如此，攘外与安内也就成为一个问题的两面了。1913年外间传言袁世凯欲称帝，章太炎就对他说："夫非能安内攘外者，妄而称帝，适以覆其宗族,前史所载则然矣。法之拿破仑,雄略冠世,克戡大敌,是以国人乐推。今中国积弱,俄日横于东北,诚能战胜一国,则大号自归;民间焉有异议? 特患公无称帝之能耳。”

与章太炎一样,孙中山也注意到那时俄、日两国对中国的影响力。不过章主张借攘外以安内,而一向主张利用外力于内争的孙中山则意在先安内后攘外。孙在 1922 年曾说:“在列国之中,有两个国家,尤其和我们休戚有关。这就是我们的近邻日本和苏联。假如这两个国家都成为我们的盟友,当然最好,如果不能,至少也要获得其一,我们的革命工作才能顺利进行。”

两位老革命党所关注所思虑的相同,而实际的策略则相去甚远。这正是老同盟会人章太炎后来激烈反对国民党联俄的根本出发点。换言之,孙中山等国民党人已认识到其统一中国的努力势必与列强发生这样那样的冲突,故他们原则上坚持收回在不平等条约中丧失的国权,在策略上却以为不妨在获取全国统一的斗争中利用外力,待取得国家统治权后再向列强挑战。但熟悉史事的太炎则认为,中外之别大于任何内部政争,中国历史上在内争中引入外力的结果通常都对中国不利,故他强烈反对即使是策略上的引外力入中国,并根本视之为“叛国”。

五卅事件使章太炎态度一变,因外患显然压倒了内忧。他在致黄郛的信中说,他不赞成孙中山“扩大民族主义,联及赤俄”,但孙氏“反对他国之以不平等遇我者,是固人心所同。沪汉变起,全国愤然,此非赤化所能鼓吹。斯时固当专言外交,暂停内哄”。当时段祺瑞任命黄郛为外交委员,黄辞谢之。太炎以为:“为人格计,固应如是。但此次交涉,匹夫有责;督促政府,仍宜尽力。"当中外矛盾与国内政争出现冲突时,后者要让位于前者;国家需要与个人出处有所矛盾时,国家需要应该优先。

北伐前后,章氏突然异常活跃,不仅大发政论,更或直接或间接奔走于各军政势力之间。太炎在北伐前夕本来支持黎元洪联合奉系打击吴佩孚,后来见奉军的张宗昌部用白俄军队打中国人,即以为是"叛国之罪",旋转而联吴反奉。世传冯玉祥接受苏俄援助后,太炎于 1925 年末发表通电,说冯玉祥既"与俄通款",则其"叛国之罪既彰,外患之罪斯立"。他的结论是:"中国主权,重在法统之上;苏俄侵轶,害居关东之前。"两害相权取其轻,故当舍奉而讨冯。

北伐军兴,章太炎因国民党军用俄国顾问,视联俄的南方为"卖国",所以站在北方一边,并支持他几年前曾经反对过的孙传芳讨赤。时北洋军阀方自内斗不息,而太炎则早见到北伐军的厉害,故力劝吴佩孚等"将北事付之奉晋,而直军南下以保江上。开诚布公,解除宿衅,与南省诸军共同讨伐。志在为国,不为权利;虽有小愤,待事定而后论之"。他并预言,若反赤方面不能团结一心,则"巨憝不除,虽有金汤,危如朝露;猝被俘虏,要领即分;何地位之可冀、恩怨之可复哉"!

若从国民党立场看,章太炎此计是不折不扣的"反革命"。唯太炎既视联俄的南方为"卖国",所以决心支持"反赤"的北方。假如跳出国民党比北洋军阀更"正确"的南北之见,纯粹从军事战略角度言之,则太炎的战略眼光,实较北洋号称能战的吴佩孚为高,安能以书生陋见视之。倘吴能听章之言,则北伐的进程绝不可能那么顺利。但吴未将南方力量放在眼里,仍全力打击北方的冯玉祥。结果北伐军一举而定三湘、迫武汉,待吴醒悟,为时已晚。

太炎虽然深"苦主兵者不能尽听吾言,乃令丁零群丑,轶荡中原",然似也早知其所谋难以扭转世运,在几年前就作一印云"亚父者范增也",此时更感到"恐终身遂与此翁同揆"。其实范增也须遇到项羽一类人主才可稍有作为,北伐时反赤一方的"群帅"是否有项羽一类人物已很难说,关键在于他们并不准备像项羽任用范增那样借重太炎。这些军人恐怕更多像当年的张謇一样,视太炎为不能从事实际政治的"文章士"而加以利用罢了。

到 1927 年,章太炎在其六十岁的《生日自述》已有"见说兴亡事,拿舟望五湖"之语。既然已有"兴亡"发生,太炎只能由兼善天下转为独善其身,不得不退出政治而泛舟江湖。北伐军占领江南后,太炎所考虑的重点已是保持"名节"。他认为:"拔五色国旗立青天白日旗,即是背叛中华民国。"虽然"自恨学行之薄",不能像范桀、王应麟那样足不履新朝之地,但决心"宁作民国遗老"。

民国的隆中对

然而,到九一八之后,严重的外患使章太炎面临一个身份认同的挑战:作为"民国遗民",他可以不认同国民党政府;作为中国人,他却不能忽视国家这一实体正在遭受侵略这个现实。太炎最恨政府不抵抗,但他一开始尚处沉默,因为"拥蒋非本心所愿,倒蒋非事势所宜,促蒋出兵,必不见听",除了沉默,别无他法。1932 年东三省全部沦陷后,太炎终不能再沉默,不得不公开表示"搁置"其"反对一党专政"的主张，支持中央政府，将其爱国落实到国民党"党治"之下的整体中国之上。

当日军对华北威胁日亟时，太炎又给当局献策，建议将北方之中共力量"驱使出塞，即以绥远一区处之。其能受我委任则上也；不能，亦姑以民军视之"。盖"与其使察、绥二省同为日有，不如以一省付之共党之为害为轻也"。

此计的倾向性且不论，从策略角度看，的确高明。首先是中国人不打中国人而共击日本，最合时宜。从国民党的私利看，若中共得绥远，即处对日之最前线，此时为自保也不得不与日寇死拼；则国民党不仅可省下"剿匪"的兵力以对外，而日军亦必因与中共的交战而削弱。倘若中共竟不去前方，在国人面前须有个交代，则因不抗战而大受非议的南京政府在国内的地位也可稍有改善。

但那时的当局者恐怕敌视共产党不亚于日本军，太炎此计终未见听。不过这一次不听，局势很快就发展到对国民党当局极为不利。到 1935 年，章太炎观察到："为今日御敌计，欲乞灵外援而人不助我也；欲改良政事而时不我待也；欲屈志求和而彼谋求无厌也；欲守险穷山而入不可复出也。"这一分析，实将国民党政府既不能战、又不能和的尴尬局面说得透彻无比。太炎以为，虽然第四策"差可苟延祚运"，但也只能是"姑经营以待末路"。

后来国民党果然退入西南"守险穷山"，其结局也基本如太炎所说是"姑经营以待末路"。抗战后虽也曾复出，几年内即不得不退出大陆，"转进"台湾。则章太炎当初的预见，实不亚于诸葛孔明之隆中对。1935 年时即能有那样深远见解的,举国似未见第二人,实乃名副其实的国器。可知太炎自谓其"于草昧经纶略有把握",所言不虚。

有人或指责章太炎一生论政,立场反复,变化频仍,缺乏原则性。其实章太炎论政有一特定原则,即他自己所谓"但论今日之是,不言往日之非"。这也有其思想基础,他早就注意到"丘壤世同,宾萌世异"的历史规律,故"上古以来,百王有政教,各持一端"。这样,"欲经国宁民者,不得不同于世俗",而世俗又是在不断变化的,"昔人所即是非,亦与今人殊致"。民初中国政治局势变化急剧,既然侧重"今日"之表现,则其所论必因时因事而变。

不过太炎变的只是态度,所据的原则其实是不变的。他一向主张中外之别大于国内的派系之分,1925 年曾明言反对"广东的党政府"(包括中共及正与其合作的国民党)。盖"共产是否适合我们的国情,还在其次。现在的共产党,并非共产党,我们可以直接称他'俄党'。他们不过借着'共产主义'的名目,做他们活动的旗帜"。然而在九一八之后,当华北的宋哲元欲以共党分子之名制止学生运动时,他又主张"学生请愿,事出公诚。纵有加入共党者,但论今之主张何如,何论其平素"。态度似乎数变,而立场则始终如一。

观章太炎一生论政,秉持只看今日、不计以往的原则,似乎非常实际;而其所论,又常从理性出发,即揆诸当时局势选出最佳策略而进言。且其论政多从中国整体出发,眼光远大;所献之策,常常是最应当做的。不过,实际政治最好也只能在"最应当"和"最可能"之间妥协:上焉者或因不得已而妥协,下焉者根本就选取对当局之个人或政团最有利者而为之。太炎计之所出，有时要求领袖要有天下为公的愿望，有一定程度的超越性；而民国政治人物，似又不能不顾及本派本党利益，实难超越。结果太炎所献之策，几乎无一被采纳，故给人以所论不中的印象。

有人或者会说，既然所献之策无一见纳，实说明都过于理想而不切实际。其实不然，所谓切合实际，主要看是否具有可行性。观太炎上述各策，明显对各当局者有利，且并无太多实行的困难；只是当局者另有所虑，是不为也，非不能也。盖前述各当局者，派系的私见往往超过理智的判断：凡事不仅要对自己有利，还希望完全不对他人有利；即使是所谓"双赢"的局面，也不愿接受。结果还是自己吃亏，利了他人。这中间的互动关系相当微妙细致，此处就不能详论了。

（原刊《南方周末》2005 年 8 月 11 日）

越是时代的越永恒：
梁启超文本的跨世纪解读

近代中国对同时代读书人影响最大、所谓开一代风气者有三人，即曾国藩、梁启超和胡适。古有所谓立德、立功、立言三不朽之说，在杜佑看来，立德目标太高，常人难以企及；而"立功遂行当代"，"立言见志后学"。从旧的传统立场看，曾国藩或许兼具三不朽（唯因杀人太多而德终有亏）。论事功，三人呈递减之势，除个人的因素外，也提示出时代的转变，即士人的政治和社会影响日渐萧索（其中当然有废科举的影响）。若论影响的持久性，梁、胡二位反超过曾。在章太炎门人挟革命余威而掌控民初教育机关和舆论之后，曾氏的影响即随桐城派的失势而式微。

五四那一代大学生大约是曾国藩还能影响较广的最后一代中国读书人，罗家伦在五四后曾劝留学生出国只带三部中国书，即《十三经白文》和曾氏编的《经史百家杂钞》及《十八家诗钞》，略见一斑。罗氏的建议是在因应那时梁启超和胡适正在给年轻人开国学书目一事，吴稚晖当时就说，梁启超"已是历史上一大人物"，有事功方面更大的责任，这类属于立言的事应让给胡适去做。这或代表一些人的看法。实际两人在此事之上的竞争也以那时正在推动整理国故的胡适"获胜"而结束，大体反映出两人当时影响力的盛衰——至少就青年学生而言，胡适的影响已远超过梁启超。

但胡适也是受梁的影响成长起来的，他坦承其"个人受了梁先生无穷的恩惠"。据他后来回忆，在其少年读书时，梁是当时最有影响力的思想家，他的文章，"明白晓畅之中，带着浓挚的热情，使读的人不能不跟着他走，不能不跟着他想"。许多少年人追随着梁启超的激烈主张"冲上前去"，胡适自己就是其中的一个。

可知梁启超影响的疾速上升是与曾国藩的淡出相伴随的，而这与报章杂志在近代的兴起密切相关。报纸、刊物等外来表述方式到19世纪末才真正勃兴，梁氏可以说最成功地运用和发挥了这些新传播媒介的力量，在形成近代新思想论域方面起了极大的作用。严复后来回忆说："任公文笔，原自畅达。其自甲午以后，于报章文字，成绩为多。一纸风行，海内观听为之一耸。"

到1902年，梁启超的影响名副其实地达到如日中天的程度。比他年长的黄遵宪说："此半年中，中国四五十家之报，无一非助公之舌战，拾公之牙慧者；乃至新译之名词，杜撰之语言，大吏之奏折，试官之题目，亦剿袭而用之。精神吾不知，形式既大变矣；实事吾不知，议论既大变矣。"与他年相若的孙宝瑄同年也说，梁启超"于我国文字之中，辟无穷新世界"，其"闳言伟论，腾播于黄海内外、亚东三国之间"。当时"凡居亚洲者，人人心目中莫不有一梁启超"。后一句或稍夸张，若将范围限于中国读书人,却大体概括出梁氏当年影响的广泛。

这样的影响至少持续了数年,到胡适在上海读书时依然风采不减。在胡适的记忆中,梁氏著作中对他影响最大的就是1902—1903 年间发表的《新民说》。与今人常将"新民"二字连读为名词不同,胡适知道"新民"的"新"字主要是动词,意谓"改造中国的民族,要把这老大的病夫民族改造成一个新鲜的活泼的民族"。这正是胡适终生坐而言、起而行想要实现的目标,故他承认,《新民说》"给我开辟了一个新世界,使我彻底相信中国之外还有很高等的民族,很高的文化"。

又许多年后,号称"但开风气不为师"的胡适已更多成为历史研究的对象,而梁启超的影响虽难比当年,仍不绝如缕。今天中外很多关于"中国"和中国文化的认知,仍随时可见梁氏观念的痕迹。不少梁氏的"创新成果",如所谓"中国即世界""知有朝廷而不知有国家"等,今日已渐成为中外的学院认知了。这一方面可归因于"梁笔"的感染力,梁启超曾自称"其文条理明晰,笔锋常带情感,对于读者,别有一种魔力",信然,胡适在二十五年后重读其《新民说》,就"还感觉到他的魔力";另一方面,也因为梁氏那敏锐的感知力,能把握时代的脉搏,常常言众人之所欲言,故成为代表时代的声音。

可以说,20 世纪中国思想史上很多风行的观念,往往能在梁启超的表述中找到踪影。《新民说》是梁氏最具代表性的作品之一,用胡适的话说,此乃梁氏"全副心思贯注"而出。或因此,这篇长文也一向受到研究者的重视。如张灏先生的《梁启超与中国思想的过渡》便以三章的篇幅讨论此文;狭间直树教授也曾在仔细校核文本的基础上写过《〈新民说〉略论》;前些年黄克武先生复以《新民说》为基本史料,写出其《一个被放弃的选择:梁启超调适思想之研究》之专书,去年已由台北的近代史所印出修订再版,并有大陆简体字版。

梁氏著述以浅显著称,常常使人忽视其中所蕴含的深刻思想。更因梁启超一向提倡"与昨日之我斗",他与时俱进的速度实在惊人,故其整体的表述又不免有时含混,甚至自相冲突。这样,对梁氏的言论,既要看较长时间里同类观念的关联衍化,更要侧重其特定时间里的重要文本进行深描式的解读。《一个被放弃的选择》就是后一取向的一个代表,此书以《新民说》为基本史料,分析20世纪初期梁氏思想的内涵与变迁,及其在近代思想史上的意义。

全书共八章,除导论和结论外,第二至七章分别是:《新民说》的创作背景与影响;目标:自我与群体的关系;梁启超对知识的看法;梁启超对世界历史与中国现况的观察;梁启超对实现目标之方法的看法;谭嗣同的《仁学》及其与梁启超调适思想之异同。书的封里有全书的介绍,简明而清晰,值得引述在这里:

> 作者认为梁启超及其《新民说》有以下三个十分突出而又往往受到误解的特点:一、他具有很强的幽暗意识,对人性的黑暗面有深刻体认;二、他尊重个人自由,认为中国应创造一个富强安定的环境,以回应帝国主义的入侵,而达成此群体之目标的最重要的方法,是以制度化的方式保障个人的自由权利,就此而言他的思想类似于弥尔(穆勒)所代

表的西方自由民主传统，而与卢梭、黑格尔、马克思的民主
传统不同，并与集体主义或国家主义异趣；三、他的观点一
方面固然受到西方思想的影响，但另一方面与中国儒、佛传
统密不可分。

作者更进一步以为，上述幽暗意识、对个人自由之强调
与对传统的爱好是结合在一起的，三者密切联系而相互增
强。从中国近代思想发展的趋势来看，梁氏代表的是温和
渐进的调适思想，而与谭嗣同、孙中山等人主张激烈变革的
转化思想有所不同。在 20 世纪初年，中国思想界正处于此
一思想抉择的关头，开始之时两者势力相当，其后愈来愈多
的人放弃了梁启超的调适思想，采取革命派的转化主张。
此一思想的变迁，并配合其他的外在因素，造成了近百年的
革命与混乱。

本书是对特定历史文本的细密解读，读法可以因人而异，体
会自不妨见仁见智。文本的主旨和指谓固不必因多次的解读而
产生太大的移易，但每一次新的解读必然增进对文本的理解。
因此，有了上面的章节概略和作者自身肯定的全书简介，书的内
容和主旨基本上不必复述。下面我想要说的，是该书在研究取
向和方法层面的一些启示。

黄先生用墨子刻（Thomas A. Metzger）所提出的"转化"
（transformative approach）和"调适"（accommodative approach）
两取向来表述辛亥革命前后中国思想光谱的两个代表倾向，即
光谱一端的激烈变革和另一端的渐进革新，分别以革命派和改

革派（立宪派）为代表。这一类分当然是言其大，有意思的是，他又以钱穆所说中国思想史上的"经术派"和"史学派"来概括两派的区别，前者偏理想而试图彻底改造世界，后者重现实而主张步步为营的渐进改革。不具备贯通中西的识见，恐难做出这样的类比。

廖平曾说，经学中的今文为哲学、古文为史学，蒙文通先生以此为"不易之论"。盖今文家重微言大义，实即采纳汇集了诸子百家之言以恢宏儒学；而古文家则对孔、孟之学"以旧法世传之史视之，以旧法世传之史考论之"，后来形成以训诂见道的取向，其僿陋者只见章句训诂而不曾见道，就连旧法世传之史也不能固守了。按庄子的说法，诸子都是要以其道易天下的，也就是黄先生所说的据理想以改造世界。故诸子和今文家皆以能自圆其说为鹄的，重在讲道理，不特别重视史事的准确；而古文家则注重证据的可靠可信，要实事求是，的确近于史学。章太炎在将经学"六经皆史"化以后，特别强调治经学和子学的方法不同，就是着眼于讲道理还是讲事实的重要差异，即区分廖平所说的哲学和史学。不论使用什么标签，中国历史上确有这两大倾向在，固无疑义。

到中国近代，激烈变革取向寻求的是根本性的突变，故形成"毕其功于一役"的观念，孙中山最乐道之。与之相关的另一取径，就是电影《地道战》里那句"打一枪换个地方"的名言。能"毕其功于一役"则最理想，一举不行，则换个方向再来，仍希望一次性地从根本上解决全部问题。在精神上固然是前赴后继，在取径上则表现为此赴彼继，当年甲午海战失败即弃海军而改练陆军,就很能反映这一近代特色。这个取向特别能体现人的主观能动性,或即孙中山爱说的"革命精神"。

而调适思想则希望在分进合击的原则下推行渐进的局部改革,在哪里跌倒就在哪里爬起来,故注意事物的先后联系,以"发展"眼光看问题,看重时间轨道上新与旧的继承与发展,即使推陈出新也希望借"温故"而"知新",于是"整理国故"就成为"再造文明"的前提。新文化运动时章士钊、胡适、顾颉刚等都曾在不同程度上提倡或实际努力于这一方向,支持他们的基本思想资源便是胡适鼓吹最力的"历史的眼光",或其所谓"祖孙的方法"。胡适甚至主张,"我们无论研究什么东西,就须从历史方面着手",的确是名副其实的"史学派"。而在清季提倡这一取向的,正是梁启超。

具有诡论意味的是,在很多清季读书人的心目中,梁启超所提倡的恰是另一个方向,即走激烈变革的"破坏"之路。前引胡适对《新民说》的看法便不在"调适"一面,而胡适个人虽有激进的倾向,整体上显然未必能归类到"转化"类型之中。这或提示着对《新民说》的解读仍有进一步开拓的余地,黄先生著作中已经注意到读者的接受和反应,似还可增强,则更能从不同侧面呈现近代中国思想光谱的多彩特性。

张灏先生已注意到梁启超思想的连续性及其对传统中某些价值的认同,即梁启超未必像他许多同时代人所见的那样是一位激进的文化革命论者,梁氏看到了中国文化传统复杂多变的一面,而他自己对中国传统的态度也是复杂多变的,有时不免偏于学理,有时也顺应时俗,同时仍希望在一定程度上保留中国的文化认同。这或者意味着梁氏身上同时有"调适"和"转化"的两面，不过当时人更多接受了其"转化"的一面，而黄先生则要重申其"调适"的一面——那个"被放弃的选择"。

这样，黄著应该是沿着张著方向推进的学术发展。不过，如黄先生在《自序》中所说，张先生对其关于群体和个人的看法便有不同意见，一些已经出现的书评似乎也对此有所商榷；而梁启超究竟偏于急进还是缓进，与他重个人还是重群体相类，都是近代史研究中非常值得梳理和厘清的重要思想问题。

我想，定性的判断，尤其说"个人"在梁启超思想中的分量，的确只能是见仁见智。胡适1933年的看法似支持黄先生所见，在那年12月22日的日记中，胡适约以1923年为界把中国现代思想分成两段：前一段是"维多利亚思想时代，从梁任公到《新青年》，多是侧重个人的解放"；后一段则是"集团主义时代，1923年以后，无论为民族主义运动，或共产革命运动，皆属于这个反个人主义的倾向"。这一以英美思想为依据的分期侧重的就是个人主义和集体主义，而胡适显然读出梁启超在清季已经偏向"个人的解放"了。

然而，这对胡适而言恐怕也带有后见之明的意味，因为据其回忆，他自己当年就特别能接受梁启超提倡的"破坏"，甚至对梁氏后来"不坚持这个态度"而感到遗憾。他说："有时候，我们跟他走到一点上，还想往前走，他倒打住了……我们不免感觉一点失望。"在梁启超去世的1929年，胡适拟作的挽联仍非常强调其对"神州革命"的贡献。他以为，梁氏的《新民说》"可以算是他一生的最大贡献"。因其"篇篇指摘中国文化的缺点，颂扬西洋的美德可给我国人取法的,这是他最不朽的功绩"。

胡适在一两年后的回忆中具体指陈了梁启超究竟颂扬了哪些可给中国人取法的西洋美德。他约略同时写有中英两种文本的回忆,中文本中大约多用梁氏原字,字意较泛;英文本则常加以明确的界定,或更能见其具体所指。以下括号中是英文本的意思。从梁的文章中,胡适读出梁所特别强调中国人缺乏的是:公德、国家思想(民族主义)、进取冒险、权利思想(个人权利观念及对此的奋力捍卫)、自由、自治(自我控制的能力)、进步(对进步之无限可能性的信念)、合群与政治能力(有组织的集团协作之努力的能力)及私德(注重躯体文化[bodily culture]和卫生)。

胡适把"私德"解读为"注重躯体文化和卫生"或不免太多发挥,部分或因其难以确定一个可以让西人接受的对应词,部分也可能反映出胡适并不特别欣赏梁启超当年所说的"私德",故稍有损益,以为尊者讳。而他把"权利思想"释为"个人权利观念及对此的奋力捍卫"虽未必完全反映梁启超之所侧重,倒确乎有点"维多利亚思想时代"侧重个人解放的意思。总体看,虽然胡适也特别强调了公德、国家思想及合群等,其中与个人相关的部分也确实不少,大体仍可见一个集群体与个体于一身的梁启超。

如黄先生所指出的,对当时的中国知识分子来说,《新民说》表现出来的"梁氏的'革命'精神,以及他所说的中国文化的缺点与西方文化的长处,是最吸引人的部分;而他保守与调适的主张,却不那么受到重视"(第60—61页)。不过,或许不完全是时人放弃了梁启超的调适取向而选择革命,而是梁氏自己也在两者之间徘徊。

　　一度也曾倾向革命的梁启超在1903年访美之后有一次彻底的思想转变。他发现中国人并不具备作为共和政体基础的国民应有之资格，故转而倾向于君主立宪，最后更转向开明专制。向来研究梁启超者都注意及此，黄先生也有深入细致的分析。但不赞成革命的梁启超在辛亥革命前夕也不能不承认："在今日之中国而持革命论，诚不能自完其说；在今日之中国而持非革命论，其不能自完其说抑更甚。"已经好几年过去了，仍觉不赞成而又找不到足够的理由反驳，反映出他在思想转变后那种"皇皇然不知何途之从而可"的状态是持续的。

　　有些清季人当时也未必在革命与立宪的论争中把梁启超置于立宪一边，蒋百里在《浙江潮》上所写的《近时二大学说之评论》就把梁启超的"新民说"和当时的"立宪说"分列为"近时二大学说"来进行讨论，可以提示出一些时人的看法。实际上，当时所谓"立宪派"很多是在国内以合法身份正式鼓吹或推动立宪的，而梁启超毕竟是一个匿身海外的逃亡者，那些具有合法身份的人是否视梁氏为同派，恐怕还真有些疑问。而梁氏自己在思想转变后的重要理论著作《开明专制论》中更明言，中国民众资格不仅不能行共和立宪，连君主立宪也不行，所以才要实行他所谓的开明专制。

　　这已隐约提示出梁启超后来主张的革命与立宪共同说。他在辛亥革命十周年时提出："当光绪、宣统之间，全国有知识有血性的人，可算没有一个不是革命党。"他把今日所说的"立宪派"称为注重"政治革命"者，而把今日所说的"革命派"称为主张"种族革命"者。"两派人各自进行，表面上虽像是分歧，目的总是归着到一点"，即双方的主义全同，不过"手段却有小小差异"。而辛亥革命是两派"不约而同的起一种大联合运动"：武昌起义之前有四川谘议局人士主导的保路运动，武昌起义后响应而宣布独立的也多是"各省谘议局"。故清季"所谓立宪运动、革命运动，都是诉诸一般民众，合起来对付满洲政府"的国民运动。

这个说法不能仅视为想要在革命成功后分享"胜利果实"，多少也还有些史实的依据。梁启超那时正大力强调"国民运动"的重要性，以为国民才是共和政治的基础，国民的觉悟是政治发生和维持的保证。承续着他的"新民"思想，梁启超对民众的"资格"特别看重，如果国民的面貌不改变，即使"把国体政体的名目换几十趟招牌"，结果都不会是两样。

黄先生在本书导论中提出，19 世纪与 20 世纪之交，中国思想界的主题是富强与民主。若真如此，则对比一下康梁师徒的态度，是非常有启发的。想做教主的康有为长期提倡"物质救国"，而梁启超则特别注重"新民"。依我个人的陋见，梁氏超越时人的一大长处，正在于其不仅思考物质层面的富强，而更侧重今日所谓"人的现代化"，虽不必一定就归到所谓"民主"，却强调人本身的改造。这当然可能源自严复的民智、民力与民德说，但正如黄先生所指出的，在梁启超思想中，"为了达到目标，不但要吸收西方科学与其他知识以提升'民智'，同样重要的是，必须要依靠传统学术以培养'民德'"（第 104 页）。

正是在这一方面，新文化运动时期关于改造"国民性"的辩论和主张，延续了清季要想"新民"的思考和努力。新文化运动的要角之一鲁迅在 1908 年说，中国当时的富国强兵之说是"惟枝叶之求"而未得"本根之要"。他指出，"欧、美之强"，其"根柢在人"；故与列国竞争，"其首在立人。人立而后凡事举。若其道术，乃必尊个性而张精神"。在整个中国近代思想史上，新文化运动是少有的侧重个人的时段，胡适后来能从梁启超在清季时的观念中看到"维多利亚思想时代"侧重个人解放的意思，亦良有以也。

这样看来，对梁启超的《新民说》进行细密的文本分析不仅非常有必要，而且还可以进一步深入。今日少年可能觉得梁启超的文字已经过时，何况还是单一文本。其实历史文本可以脱离作者之母体而获得独立的生命，更需要不脱离其所产生的时代而被理解。"越是民族的就越是世界的"是时下常挂在人口的话，若可套改一下，则或可以说，"越是时代的就越是永恒的"。且从史学角度言，一个针对特定目的而产生的文本，固不妨有些超出作者意识层面下意识甚或无意识的言外之意，而作者本身的立意仍是不能不充分考虑和认真对待的。所有这些，都只能通过深入细密的解读去探索。史贵能见其大，而不避其细。细节永远是重要的，只要研究者对其所处理的时空背景有一个框架性的通盘认识，特定人物、文本、言说便能在枝叶扶疏中显露其意趣。

两岸现在的史学受拜物世风之影响，复经新近的西潮冲击，已不那么侧重经典文本的分析，而更关注下层老百姓的吃喝玩乐。这对弥补过去的缺失当然是非常有益的，然而治史者若皆麇集于此，或不免矫枉过正。其实，研究吃喝玩乐还能分析出微言大义，就像傅斯年当年提倡的"动手动脚找东西"，都是西学的长处。学而时习之固然是必要的,但也不要忘了中国读书人的传统强项恰在于文本的解读。

傅斯年在北伐后曾说,外国人治中国史自有其长处,即善于"解决史籍上的四裔问题",凡中国人所忽略的从匈奴直到满洲等问题,"在欧洲人却施格外的注意。说句笑话,假如中国学是汉学,为此学者是汉学家;则西洋人治这些匈奴以来的问题岂不是虏学,治这学者岂不是虏学家吗"? 这些方面,傅先生都主张学习效法,如他后来所说:"借镜于西方汉学之特长,此非自贬,实自广也。"

但傅先生也注意到:"西洋人研究中国或牵连中国的事物,本来没有很多的成绩;因为他们读中国书不能亲切,认中国事实不能严辨,所以关于一切文字审求、文籍考订、史事辨别等等,在他们永远一筹莫展。"几年后他重申:"西洋人治中国史,最注意的是汉籍中的中外关系,经几部成经典的旅行记,其所发明者也多在这些'半汉'的事情上。我们承认这些工作之大重要性,我们深信这些工作成就之后,中国史的视影要改动的。不过同时我们也觉得中国史之重要问题更有些'全汉'的,而这些问题更大更多,更是建造中国史学知识之骨架。"

以前人们多注意傅斯年"欲步法国汉学之后尘,且与之角胜"(顾颉刚语)的一面,但殷墟发掘使他自信增强而观念转变,逐渐从"自广"到侧重"更大更多,更是建造中国史学知识之骨架"的那些"全汉"的问题。要知道学术固然是世界的,国际学术有互助也有竞争;既有竞争,似乎也不能不顾自己之所长,专在自己所短的方面与人较量。而中国学人之所长,不正是在"文字审求，文籍考订，史事辨别"一类吗？我总觉得傅先生后来引进严耕望特别是扶助王利器和王叔岷两位川籍学者，多少也与这一思虑相关，盖其治学取向非常不符合一般认知中的史语所风格，在不少新史家眼中甚至有些落伍，却得到傅先生的庇护，恐非无因而至也。

其实梁启超在 1924 年就说："中国的史料，错杂散漫，未经整理过的，实在丰富的很。"试问"整理此种资料，究竟是谁的责任呢？谁最适宜于干这事呢？外国人因有语言文字及其他种种困难，自然不能干。中国的老辈，也还是干不下来，因为他们不知道治史的新方法"。他的结论是，"这个责任，是应该中国现在的青年负担"，而且要"通西学知道新方法的人，才最适合干此事"。

当然，今日外国学者的中文水准大为提高，有些人在"文籍考订"等方面也有超过中国学者的成绩。而且，异文化的视角可以提供一些生于斯长于斯的本文化之人忽略或思考不及之处，恰可能是"本土"研究者所缺乏的。史语所的另一位元老李济很早就从学理上论证了异国与本土眼光的互补性，他多年来一直强调研究一种文化必须用该文化的语言载体进行思考，但同时也指出双语研究者有许多长于只能使用本文化单一语言的研究者之处，故他实际提倡一种对特定"文化"的双语互证研究模式，惜未受到应有的关注。

结合梁、傅、李三前辈之所言，如果能够有双语思维的长处，又"通西学知道新方法"，而发挥中国学者的固有长处，则"整理"中国史料以获取新知，应该是比一般人更上层楼的。黄克武先生便是这样一位学者，而又能不为世风所移，专注于经典文本的解读，宜其所获良多。他在本书导论中提出："在 20 世纪初年，当中国面临着思想抉择时，为何人们排斥渐进改革的路子，而选择了革命？换言之，是何种思想模式促使了这一种选择？"在我看来，这是一个需要继续认真思考和解答的问题。

（原刊《中国图书评论》2007 年第 2 期）

延伸阅读：

　　黄克武：《一个被放弃的选择：梁启超调适思想之研究》，台北近代史所专刊，2006 年

有计划的死：
梁济对民初共和体制的失望

　　对不少中国人来说，1918年秋天是个可喜的季节，据那时进入开封二中读书的郭廷以回忆："有几件事使我们学生很兴奋。首先是徐世昌当了总统，我们本来不知徐世昌是何许人也，但知道他是翰林，是文人，美国总统大多是文人，现在中国文人居然也可以做总统，当然是可喜的现象。"其次是"欧战告终，协约国胜利。中国也是协约国的一员，学生们又大为高兴，彼此大谈公理战胜强权"。再加上国内南北双方也各派代表准备和谈，"眼看国内也将和平统一，全国上下对国家前途都抱着莫大的希望"。

　　在很多人对1918年寄予希望之时，前清京官梁济却看出了大问题，他在这年11月10日以自杀警示国人。从后见之明看，梁济弃世的时机选择实在不佳，几天后第一次世界大战以协约国战胜而结束。中国居然成了战胜国，举国皆感喜从天降，形成一次政府与民间互动的"普天同庆的祝贺"。直到5月初巴黎和会带来绝望之前，几个月的一片乐观之声无形中删略了一些不那么如意的消息和言论。故梁济不仅未曾达到他的警世目的，甚至没能影响到多数人的愉快心情。

有一种说法，行为也是文本，而文本一旦脱离作者之母体，便获得独立的生命。这是文学家欣赏的理论，也更多适合于文学。（如《红楼梦》就可以脱离作者来看，很长时间里读者不知谁是作者。）但史学就未必然，一件有意识的个人行为，尤其是那些非常规的行为，对行为主体本身的立意，不能不充分考虑，认真对待。

梁济的自杀也颇为人所道及，因为他明言自己"系殉清朝而死"，当时和稍后多数人大致都是由此认知其行为，而研究者却往往超越于此而立论。其实行为者的自述是不容回避的，否则无论褒贬都不啻将其视为"独立生命体"而随意解读。然而这是一次有计划的死，梁济曾用了几年的时间相当仔细地计划和安排自己的弃世，特别希望世人按照他的设计来认识他的自杀，故确应更仔细地考察他本人想要表达的意思。欲知梁济为什么要殉清，或需简单回顾民国代清这一史事。

清季新政与民国代清

过去对清季十年的研究主要集中在"革命党"方面，包括革命思潮的兴起、"革命派"与"保皇派""立宪派"的斗争、革命党的发展及其内部分歧等。在大陆，"资产阶级"的形成与特点又是其中一个重点。近年对清季社会史、文化史的研究较热，对政治史的研究相对较冷。但历史研究在扩大研究视野的同时，其主体性的问题仍应是那些具有"时代意义"的"重大问题"（未必是"宏大问题"），在不少社会、文化史研究者的心目中，确不同程度地存在着"政治史"的缺失。这样发展下去，或多或少会导致史学的"细碎化"倾向。不过目前尚不足虑，我们的主要问题仍是虚而不实，连不少貌似"细碎"的小题目也仍以空论为主。

此前一个重要的缺失是对清政府（中央和地方）的研究较少，且多注意朝野的"对立"，论述朝野共同尝试以变革求维持体制的努力者尤少。近年虽有一二较好的书，并未改变基本的趋势。这样，既存的研究实际小视了晚清权势结构的变化程度，也很难解释最需要回答的问题：在没有特别明显的倒行逆施的情形下，何以会发生革命？清廷何以那样快就崩溃？这或是最需要深入探索的。

清廷最后十年并无太多特别明显的暴戾苛政和"失道"作为，至少不到历代一些亡国之君"倒行逆施"的荒谬程度（如果此前的历史叙述大致是确实的），社会上也少见此前历代王朝末年所发生的"土地兼并"严重一类现象（即使作为新经济因素的工商业亦未引起类似的激变）。因此，革命的发生及其迅速成功必须从其他方面做进一步的梳理和研究，也只有这样才能真正认识到辛亥革命的历史作用和历史意义。

当时种族因素得到革命党方面的强调，固有其实际存在的背景（特别是亲贵内阁的出现），也可能是因为以汤武革命来论证造反的正当性显得依据不足。体制上的积重难返自然具有关键作用，但外国的全面入侵及外国在华存在成为中国"权势结构"的一部分是一个思考和解释出现革命的重要因素。（所谓"权势结构"不仅是政治、军事和经济的，也包括社会、心理及文化的，是众多因素的合力。）外力入侵造成了既存权势结构的巨变，清廷面临一个与前相当不同的历史局面，需要处理的很多都是名副其实的"新问题"。政府的失败部分即因为不善于应对这类新问题，因而不能满足民间的期望，结果被构建出相当数量的"失道"作为，刺激了士人和民众的不满，终促成了革命。

中国传统政治讲究的是社会秩序的和谐，其基本立意是统治一方应"无为而治"，即孔子所说的"为政以德，譬如北辰居其所而众星共之"。所谓"治世"，即统治一方从上到下均可以无为，而天下的社会秩序仍能和谐。故"政治"的意思就是以政教为治和政事得到治理，即贾谊所说"有教然后政治也，政治然后民劝之"。百姓受教而化之，各亲其亲，则政府对内的职责主要在老幼孤独等弱势者的福利问题，当然可以无为，且可以趋向"无为而无不为"的境界。不过，这样一种社会秩序的理念，与其说是一个可以完全实现的目标，不如说是一个值得争取可以趋近的理想。

这样，传统政治与西方经典自由主义的主张相通，基本是一个不特别主张"作为"的"小政府"模式。这方面的内容拙文《数千年中大举动》已有所讨论，这里仅非常简要地重申一二。正因"作为"方面的要求不高，故产生与此配合的轻徭薄赋政策，不提倡政府与民争利。问题在于，轻徭薄赋的"小政府"在遇到外患时便常显捉襟见肘之窘境，以富强为目标的晚清"新政"举措基本是西来的，与近代西方重"管理"的观念是"一家眷属"，而与"无为而治"的传统取向恰是对立的。

庚子后新政的主要内容包括兴学堂、办实业、治警察、行征兵等，而其中一大项为地方自治，范围包括成立府州县城乡镇自治组织、调查户口和岁入岁出、设立自治研究所等。所有这些都受西来的"管理"观念影响,需要巨大的财力支持。而清政府的现实困境是,新政的推行很大程度上已经超越了本已不堪重负的中央财政的承受力。解决之道有二:一是进一步增加税收品种和数量,这是西方的常识,然非中国民众所习惯,必然造成对新政的敌视;二是借外债,也是史无前例之举,且在民族情绪上升的年代,借外债很容易招致读书人群体的反感。

换言之,若不解决小政府的问题,清季政府实际陷于一个诡论性的微妙处境:不作为则无能,欲作为则无财,而解决之道又处处威胁自身的统治正当性。虽历史不能后设,试想若政府将捐纳和借款所得款项悉数转换成赋税而施之于民,恐怕其因"失道"而崩溃的时间还更快,其所受时人和后人的诟病亦绝不更少。

或可以说,包括废科举在内的晚清新政有一致命的弱点,即当时已形成一股内外夹攻的政治变革压力,在政府终于认识到全面改革已是刻不容缓并主动推行自上而下的系列改革措施之日,却正是大量过去维护朝廷的那些士人开始对政府失去信任之时。在士人心态与清廷政策颇有距离的情形下,各类改革的不断加速进行也反映出政府希望可以借此挽回士人的支持。

废科举就最能证明朝廷改革的决心,但其不仅彻底打破了传统中国政治统治模式,而且连带摧毁了传统中国社会结构,使两千年为四民之首的士人这一社会轴心无所适从,故推翻帝制的革命和新建以西方为榜样的共和政制都可以说是逻辑的结果。辛亥革命的"容易"是明显的,蒋梦麟后来回忆说:"革命号角一响,政府新军相继向孙中山先生投诚。短短几个月之内,统治了中国几百年的清朝帝室就像秋风落叶般消逝了。"革命的"容易"当然有其原因:事情总要了结,国家需要安定,革命者需要"胜利",妥协则满足各方面的要求。今人常常忽视的一个要点是,事情最终是以"禅让"的方式解决的。

正因为民国代清是妥协的结果,除易姓外的其他问题还需要解决,所以对政治人物的真正考验是在此后的尝试共和之上。特别是民国最初几年,解决得好则气象一新,可取信于天下,而诸事易为;不然则麻烦开始。惜各方气度眼光都不够远大,而民间的不满开始。如蒋梦麟所回忆:"胜利的狂欢不久就成为过去,庆祝的烛光终于化为黑烟而熄灭。"

鲁迅也曾记得民元之时他"觉得中国将来很有希望",但到民国二年之后事情"即渐渐坏下去"。傅斯年更形象地描述说,民国元二年间的状态像昙花一般地怒发,而民国三四年间则像冰雹一般地摧残。可知民国代清不过两三年,就曾引起士人的普遍失望。当时对于帝制甚或"复辟"的尝试,最为史家所诟病,或也提示出一种向传统寻求思想资源的倾向,而帝制和"复辟"的失败恐怕也连带着影响了"传统"在此后的命运和作用。

无论如何,要明确认识民国代清是"禅让"这一基本事实,才能了解梁济想要表述给社会的意思。

对共和体制的绝望

梁济明言,他的死"系殉清朝而死",但又并非"以清朝为本位",而是以其所学之先圣纲常和家传遗教为核心的"义"为本位。他进而说："效忠于一家一姓之义狭，效忠于世界之义广。
鄙人虽为清朝而死，而自以为忠于世界。"（按此"世界"为世道、
社会之同义语，未必是地理意义的。）换言之，他的自杀既是殉清
又不止是殉清。这至少在技术层面也是需要说明的，因为清非
此时而亡，梁济自问"殉节之事，何以迟至数年"？又自答道，当
初若死，"纯然为清朝亡国，目的太小"，他不能"糊糊涂涂牺牲此
身"，要"看明世局弊害"，特别是"观察明白民国是何景象"，而后
有所行动。

最后一语是关键。本来"中华改为民主共和，系由清廷禅授
而来"。清之兵力非不能战，以不忍民生涂炭，乃"以统治权移转
于民国。原谓此为最良政体，俾全国人民共得乂安也"。假如
"因禅让而得民安，则千古美谈，自与前代亡国有异"，似乎也可
以不必殉节；若"徒禅让而民不安"，则"清朝即亡于权奸乱民之
手"，是不能不殉的。他七年观察的现象是，"南北因争战而大局
分崩，民生因负担而困穷憔悴，民德因倡导而堕落卑污，全与逊
让之本心相反"，结论是"清朝亡于权奸卖国"。

梁济在辛亥革命前已看到"近十年来，朝野上下人心风俗败
坏流失，至于不可弹述"。当时的问题是"人敝"而非"法敝"，后
者可更改制度以救治，前者只能"从品行心术上认真砥砺，使天
下回心向善"。故"救亡之策，必以正心为先"。正是在此基础
上，他一度以为"革命更新，机会难得"，可借机舒缓社会矛盾。
虽说"国粹莫大于伦常"，不能轻易更改，但若使"全国人民真得
出苦厄而就安舒"，则价值相抵，可以"不惜牺牲伦常以为变通之
策"。故"辛亥革命如果真换得人民安泰，开千古未有之奇，则抛

弃固有之纲常,而应世界之潮流,亦可谓变通之举"。

他强调,共和与专制应该是平等竞争的关系,"因乎时世,各就其宜而用之",而不必"作仇敌之势,互相嫉忌"。民国代清,"吾国开天辟地之新共和"乃是"数千年一改革之好机会",若当政者能利用之以"为民造福",便不"辜负清廷因爱民而牺牲大位之心";反之,则"此番大举动"实得不偿失。且"以本无共和程度之国,既已改建共和,不能反汗,惟有抱定不忍妨害社会共同生活之心",视此"数千年改革之大机会"为"可重可珍",据"以民为主"的"共和之原理",尽可能"稍分人民之痛苦,减轻人民之愤怒,勿授人民以革命之口实",或"可以杜再来革命流血惨祸"。

最重要的是,清廷之上还有更为根本的"中国"在。清既禅让,就是民国在代表中国。故"清国者,数百年一改之国也;民国者,我三古遗传万年不改之国也"。此语的表述不是特别清晰,然意思仍可理解。梁济以为,国之长远存在,必赖有立国之道,即凝聚"国民使不离析之一种信条"。从"中国立国之本根"看,曾经"断送清国"者,也"可以断送民国"。今"清国已亡,无须恋惜;民国未亡,若不重此立国之道,促使其国不国,岂不大可痛乎"!其最后所说可能不国之"国",就是超越于政治体制和统治实体变更之上的"中国"。故他之死虽"可以谓之殉清,亦可以谓之殉中国"。

而"欲使国成为稳固之国,必先使人成为良好之人"。正义、真诚、良心、公道等"吾国固有之性,皆立国之根本"。梁济承认"清季秕政酝酿,风俗日媮",若民国"有人提倡正义,注重民生,渐渐向好处做去,则世道有人补救维持,不至于黑暗灭绝",他或可不死。"无奈民国以来，专尚诡谋，不由正义，自上下下，全国风行，将使天理民彝丧失净尽"，至"全国人不知信义为何物"。若"国性不存，国将不国"，只有以身作则，"以诚实之心对已往之国"，望世人亦"以诚实之心对方来之国"。故其死"非仅眷恋旧也，并将唤起新也；唤新国之人尚正义而贱诡谋，然后旧国性保存一二"。

家庭与社会的责任

计划甚久的梁济也预测了世人对他自杀各种可能的反应，他说，只有那些"注重须先有良好人民而后国可以立，不专靠死板法律以为治"的人，才是"真能知我心者"。此语看似旧派针对趋新倾向的老生常谈，其实反映出梁氏对社会问题的观察和思考相当深入，远过常人。他曾指出："今世风比二十年前相去天渊，人人攘利争名，骄诪百出，不知良心为何事，盖由自幼不闻礼义之故。子弟对于父兄，又多有持打破家族主义之说者。家庭不敢以督责施于子女，而云恃社会互相监督，人格自然能好，有是理乎？"

这是一个相当深刻的观察，"家庭不敢以督责施于子女"的现象说明，清季兴起的"打破家族主义之说"至少在城市趋新社群中已形成某种思想霸权，并衍化为有力的社会约束和自我禁抑，使督责子女成为"政治不正确"的行为，而拱手将教育的责任委诸社会。有意思的是，梁漱溟似乎不知父亲心中这一层自我约束，在他记忆中，父亲对他"完全是宽放的"，甚至"很少正言厉色地教训过我们"。他"只记得大哥挨过打，这亦是很少的事"，他自己则"在整个记忆中，一次亦没有过"。梁济对梁漱溟兄弟的不同态度，很可能提示出城市趋新社群对"家庭督责子女"态度的转变；而梁济有这样的自我约束，也说明他未必是个"旧派"，至少不是一个单纯的"旧派"。

在民初社会责任大增之日，却适逢思想和行为的"解放"大受提倡之时。在新文化运动期间，社会本身（或表述出的"社会舆论"）似乎也不便太多干预所谓"私人行为"，于是约束的职责又让位于法律。如梁济所见，"今高谈法治，先使人放荡不加拘束，专恃法律万能，且曰自入轨道，即成大治"，与"先圣治国，必先使人有良心，又敬慎而成事业，所以纳民于轨物"的方式大相径庭。

这样一种将培养教育"人"的职责一层层向外推移的走向，或滥觞于晚清。梁启超在20世纪初年提及他读到的康有为哲学思想，便有"破国界"和"破家界"的内容。后者主要着眼于解除家长的责任和负担，主张任何人的子女出生，即养于政府所立的育婴院，"凡教养之责，皆政府任之，为父母者不与闻"。稍后梁氏自己在其著名的《新民说》中提出，中国过去一家之中，各成员皆"委弃其责任，而一望诸家长"，是造成家庭问题的一个重要原因。故他主张家长之待其子弟，"还其权利而不相侵"，则其"自能各勉其义务而不相仗"，如是则家必兴。

康有为的"破家界"主张已明确提及父母不必负"教养之责"，而梁启超复从权利和义务角度"理性"地思考家庭成员之间的关系，这类思考恐怕是稍后主要倡之于无政府主义者的"毁家"说之先声。这一系列对家庭的"改革"思想，特别是论证"毁家"理由的述说，使"家庭"或"家族"不久即成为代表"旧"的主要负面象征之一，形成中国"现代社会"与传统社会的一大差异，是人类历史上少见的现象（这不必是受西潮影响，盖彼时西方社会中家庭并非负面象征），也产生出一系列的社会问题。而法律即使在最理想的状态，也并无责任和能力来处理那些尚不到"作奸犯科"程度的社会问题。

在新文化运动时期"高谈法治"的世风之下，梁济却认识到法治非万能，而人的良心和对事业的敬慎是社会安宁的基础，确异于时流。他其实是想提倡一种法治和人治互补的取向，其学理基础则是社会和谐的整体性，即从个人、家庭到社会各层级都应该负起相应的教育约束职责，不能一味向外推卸责任，致使法律不堪重负。在民初"自我"得到大力揄扬的时代，却又实际流行着这样一种外向的逃避责任取向，不识者固安然无忧，看到问题所在的梁济却难以安心，只好带着"世界会好吗"的疑问告别人世。

其实康、梁并未将其所思所论贯彻到自己家中，其所表述的更多是对于中国或人类社会"应该如何"的思考。然而，很多时候实际造成破坏的未必都是正面提倡破坏的激进主张，像康有为这样主张将家庭的责任委诸国家，或像梁启超这样从权利和义务角度看待家庭成员之间的关系，其对家庭关系的瓦解作用，或未必就逊于直接的"毁家"主张。敏锐的梁济已觉察到社会舆论的压力，他在内心虽不能苟同，却又自觉地据此约束自己的行为。个人与社会之间这种不赞同却又不得不尊奉且欲语还休的紧张，远超出梁济个案的意义，不能不让人掩卷三思。

（原刊《南方周末》2006 年 11 月 30 日）

永远是他自己的陈独秀

在 20 世纪的中国历史上，有一位亲身参与了从辛亥革命到抗战几乎所有重大事件的大人物，他就是生于安徽怀宁（今安庆市）的陈独秀（1879—1942）。陈氏的一生，可谓命途多舛（一次被绑，四度入狱），又充满传奇色彩——他是晚清秀才，文字却偏向《文选》一脉；他又是留学生，然不以留学闻，甚至究竟到过几国留学，后人都不能肯定；他在清末就参与了著名的《国民日日报》的编撰，可是迄今也不确定其中哪些文章是他所撰写；他是清季《安徽俗话报》的创办者，那时便关注"国家"和读书不多的人；入民国后，又创办了《新青年》（该刊初名《青年杂志》，次年因办有《上海青年》的基督教青年会提出商议，改名《新青年》。以下除个别行文外，一般称《新青年》），提倡文学革命和伦理革命，可以说只手掀动了新文化运动的大潮。

陈独秀性格鲜明，被好友称为"终身反对派"；然而他对自己所提倡的事业，却"不容他人反对"。他数次留学日本，尊崇法国文化，却在五四后明确提出"拿英美做榜样"的主张，又身与"以俄为师"的实践，一身而映射出现代中国学习榜样的转向、思想权势的转移。他是中共的创建人和早期领袖，却被中共开除；不久又以中共首领身份被当局拘捕，身陷囹圄。他的北大朋友认为他曾是自由主义者，他的中共同事发现他不懂马列主义。他以一个"没有父亲的孩子"开启自己对童年的回忆，带着"世无朋友实凄凉"的感觉离开了人世。

这样充满对立、紧张和颠覆的传奇人生，起伏跌宕，有时就在转瞬之间，对当事人恐怕不轻松，对研究者则可能是财富，需要进一步体味。且陈独秀自号"独秀山民"，也被他人视为"不羁之才"，实非随波逐流之辈。然而他的一些人生重大转换，又常在须臾之间，表现出"与时俱进"的一面。虽可说是往往走在时代前面，或如他自己所说"事实迫我不得不如此"，但这样变动不居，又如何坚持他固有的本色和思想的独立？这些显然都还有可以探讨和陈述的余地。

发出时代的声音

从少年时候起，陈独秀就不算默默无闻，只不过闻名的范围不同。他十七岁以第一名进学成为秀才，在当地就是名人。后来留学日本剪监督之辫，回乡组织安徽爱国会，到参与辛亥革命和二次革命，在东京和安徽，均非碌碌无名之辈。但真正使他名满天下的，还是他的文章和他所办的刊物，特别是《新青年》。还在1914年，陈独秀已因发出了时代的声音，在遭到短暂的"举世怪骂"之后，很快成为具有预见的先知；他自己也因此改变了对世人和出版的悲观，以创办《新青年》开始了人生的新路。

先是袁世凯在1913年秋间被国会选为正式大总统，不久即解散国会,使很多读书人对共和的期望变成了失望。因参加二次革命而逃亡在外的陈独秀于次年致函编辑《甲寅》杂志的章士钊说:"国政巨变,视去年今日,不啻相隔五六世纪。"一年间的改变,竟不啻五六百年,强有力地表述出"国政巨变"对读书人的冲击。陈氏把那时的中国人分为两部分:一是"官吏兵匪侦探",一是其余所有处于"生机断绝"状态的人。在这样的局势下,"外人之分割"反成为"国人唯一之希望",他自己也准备赶快学习世界语。

最后一语大概是故意言之,以彰显中国可能被外人分割的判断,不必视为实述。不久陈独秀为《甲寅》撰《爱国心与自觉心》一文,再申中国"瓜分之局"已不可逃,更提出"国不足爱,国亡不足惧"的痛言。该文引起大哗,《甲寅》杂志也收到很多"诘问叱责之书"。但约半年后,当初不得不因陈文而"逊谢"读者的章士钊却说:"爱国心之为物,不幸卒如独秀君所言,渐次为自觉心所排而去。"甚至梁启超新近发出之"惊人之鸣(按指其《痛定罪言》一文),竟至与举世怪骂之独秀君合辙,而详尽又乃过之"。故陈文实"写尽今日社会状态",不啻"汝南晨鸡,先登坛唤耳"。

《爱国心与自觉心》一文发表于 1914 年 11 月,次年初即有日本"二十一条"的提出,虽印证了"亡国"的现实紧迫性,然而在危难之际,举国兴起一股"爱国"的高潮,与陈文主旨适相对立。在这样的情景下,何以陈独秀反能以先见之明警醒世人呢?因为他的意见反映了当时读书人的一个倾向,即眼光向外,探寻中国问题的外在解决;更因为袁世凯政府未能审时度势,很快开始大举"筹备帝制",引起很多人的反感。

以共和制取代帝制，本是中国数千年未有的大变局。尝试一种前所未有且所知不多的全新政治体制，对任何个人和群体，皆非易事。既入民国，用当时人的话说，国体改变已是定局，对新政治模式的探索，主要落实在政体层面。观各类非"革命派"人士的言论，不论其内心是否赞同民国，大体都在接受国体改变的现实之下，探讨未来政治运作的各种可能性（康有为等更将政治提升到政教的高度）。而"筹备帝制"的举动，一方面把国人对共和的思考从政体引回到国体层面，同时也使国人本已外向的眼光又被引回国内。

从晚清开始，由于时人强调从"大一统"向"列国并立"的转换，"国家"很大程度上从纵向的上下关系转为横向的中外关系。（例如，"国乐"以前是指最上层的国家级乐典，而后来则专指与异域音乐区分的中国音乐。两者大致都是"国家"的代表，但一是内在的，侧重上下；一是外在的，指谓各国之一的中国。）因此，当眼光向外时，更容易体现国与民的一致；而眼光一旦内转，便可能看到国与民的对立。

就袁世凯一方而言，走向帝制或许是解散国会之后的自然发展。但其间的"二十一条"风潮大大改变了民风士气，在中国兴起一股强劲的民族主义风潮，如何凭借此东风以整合内部，既是当政者的机遇，也是其所面临的问题。从技术层面言，当年北京政府在外交上不无成功之处；然其最终对日屈服，仍成为国耻的象征。此时不展现"卧薪尝胆"的雪耻意愿，反欲改变国体，适从政府角度予人以"国不足爱"的观感。

国人眼光由外向内转换，便有人想起了被解散的国会。著名报人包公毅即慨叹,自从"国民意思之机关"被取消后,国民虽有热心,却无"正常之机关以代表民意"。《申报》一位重要撰稿人分析说,正因国与民之间没有联络机关,则"国自为国,民自为民。故民虽欲爱国,而无法可爱;民虽欲救国,而无法可救"。这里民意的"代表",即代为表述(representation)民意之本义,故他们虽从通上下的传统思路在思考"国"与"民"的"联络",却也直达代议制的本源。

用章士钊的话说,当时中国的问题在于"国与人民全然打成两橛"。如果这是一个新现象,当然也就是共和制度下出现的新问题。换言之,在帝制改共和这一根本转变之下,"国"与"民"的关系显然需要厘清和重构。陈独秀敏锐地感觉到,在对共和失望的普遍焦虑中,形成了国与人民两分的语境。他的文章虽有些言过其实的故意表述(这是清末民初不少士人惯用的一种言说模式),其核心恰在探讨民国新政治模式里"国"与"民"的关系,呼应了许多读书人之所思,并言及其所欲言。

民初的几年间,并非"世无英雄,遂使竖子成名"的时代。比陈独秀大不了多少而早享大名的严复、章太炎、康有为、梁启超等皆健在(影响最大的梁启超比陈仅大几岁),并未停止其努力。陈独秀能一举引起瞩目,即因其只眼独具,提出了很多人积蓄于心中的关键问题,发出了时代的声音。当年多数读书人并不熟悉共和新制背后所蕴含的学理基础,难以区分"国家"和政府(章士钊可能是少数的例外)。政府既然以其行为证实"国不足爱",遂使陈独秀引起"举世怪骂"的言论,反成为带有先知先觉意味的预言。其文章的示范作用明显,不过短短几个月,思其所思、言其所言者颇众。

传统中国社会虽然主张以民为本，负"澄清天下"之责的，却是四民之首的士。伴随着四民社会的解体，晚清逐渐兴起把国家希望寄托在一般人民之上的"民"意识（参见柯继铭的研究）。但这一新兴的"民"并未表现为一个思虑相近的整体，恐怕也不一定有承担天下重任的自觉意识。陈独秀强调自觉心重于爱国心，已隐约提出解决中国问题要从"国"转向"民"。而"自觉"的提出，尤意味着每一个体之"民"都需要有所提高，以认识到自身的责任。

不过，当"民"之规模乃数以亿计之时，他们就是有参与政治的意愿，也缺乏参与的实际可行性，何况多数老百姓并无参与的愿望。而当时正在兴起的青年学生，社会地位虽尚处边缘，却既有参与的意愿，其数量也大到足以左右其身与之事业。陈独秀在致《甲寅》的通信中曾对举国之人多"无读书兴趣"深感失望，也不看好办杂志。但其文章引起的热烈反响，可能改变了他的认识。章士钊在讨论陈文社会反应时特别指出，那时"国中政事，足以使青年之士意志沮丧"。这一观察，或许对陈独秀有所提示。他随即因《甲寅》被迫停刊而决定创办《青年杂志》，专注于读书人中的青年一辈。

或因其自身地位不那么显赫，或因其对精英读书人的失望，陈独秀似比当时多数人更早体察到中国社会变动产生的新力量（梁启超也曾看重少年，但其主要关注仍在已确立社会地位的精英身上）。《青年杂志》创刊后不久，复由于偶然因素而更名《新青年》，无意中把范围缩小到青年中的趋新者之上，反增强了影响力。这些直觉和远虑交织的选择,固半带偶然,却适应了中国社会变动的新趋势。在听众决定立说者命运的时代,陈独秀和《新青年》一呼百应的契机,已然具备。

从国家到个人的觉悟

1915 年 9 月,《青年杂志》刊行,陈独秀在《社告》中明言:"国势凌夷,道衰学弊。后来责任,端在青年。本志之作,盖欲与青年诸君商榷将来所以修身治国之道。"他进而提出:"今后时会,一举一措,皆有世界关系。我国青年,虽处蛰伏研求之时,然不可不放眼以观世界。"这就确立了刊物的两个主要倾向,一是面向青年,一是面向世界。同时也明确了该刊的宗旨,就是要从"道"和"学"这样的基本层面着手。该刊第一期除了国内外"大事记"栏,基本不及政治。陈独秀并在"通信"中申明:"改造青年之思想,辅导青年之修养,为本志之天职;批评时政,非其旨也。"

那时的中国并非风平浪静,正发生着辛亥鼎革以来的政治大变。1915 年 12 月,袁世凯称帝。1916 年春,袁世凯放弃帝制,不久去世。与帝制的短暂重现同时,还出现了所谓"再造共和"的武装局面。这些名副其实的"国家大事",此后一两年间的《新青年》均未曾正式议论(仅仅在"国内大事"栏述及),确实体现了无意"批评时政"的办刊意向。对中国面临的问题,陈独秀正探索着某种更为深远的最后解决。

在该刊第一篇文章中,陈独秀即希望"新鲜活泼之青年"能"自觉而奋斗",不应像很多人那样,年龄是青年,而身体和脑神经已进入老年。一年后刊物更名《新青年》时,他更借机辨析说,

"新青年"不仅要从生理上和心理上区别于"老者壮者"，也要有别于那些身心接近老者壮者的"旧青年"。

基本上，新刊物仍在贯彻陈独秀此前关于"爱国心"与"自觉心"的论旨。陈独秀强调，只有"敏于自觉勇于奋斗"的少数青年以"自度度人"自任，然后中国"社会庶几有清宁之日"。在士人以天下为己任的时代，"澄清天下"本是他们的责任，如今陈独秀基本把这一责任转移到少数"新青年"身上了。同期杂志还刊发了高一涵的《共和国家与青年之自觉》，进一步把"国"与"民"的关系落实到新的"共和国"与"青年"之上，并强调后者的"自觉"。

陈独秀随即撰写《今日之教育方针》一文，提出教育的责任在民间不在政府，而教育方针，应侧重了解人生之真相、个人与社会经济之关系、未来责任之艰巨等。其中最重要的，仍是要明确国家的意义，以厘清国与民的关系。他认为，欧洲近世文明已达国家主义阶段，唯国家过盛，不免侵害人民权利，于是兴起"惟民主义"，强调主权在民，实行共和政治。中国的国情，国民犹如散沙，国家主义实为自救之良方。但应了解"近世国家主义，乃民主的国家，非民奴的国家"。人民应自觉自重，不必事事责难于政府，也无须争什么"共和国体"。只有"惟民主义之国家"，才是"吾人财产身家之所托"。

此时陈独秀所说的"民主"，仍对应于君主；而"惟民主义"，或即后来流行的德莫克拉西，却意近共和。三年后他还在说，"现在世界上有两条道路：一条是向共和的科学的无神的光明道路；一条是向专制的迷信的神权的黑暗道路"，而新派人物"总算是倾向共和、科学方面"。这里共和与科学的并列，大约就是稍后脍炙人口的德先生和赛先生之滥觞。而对应于德莫克拉西的，正是共和。所以，陈独秀所鼓吹的"惟民主义之国家"，侧重于共和政治的政体层面，而非其国体层面（即对应于君主的民主）。

到1916年初，陈独秀"盱衡内外之大势，吾国吾民，果居何等地位，应取何等动作"，写出了著名的《吾人最后之觉悟》。他提出，首先要从政治上觉悟到"国家为人民公产"，中国"欲图世界的生存，必弃数千年相传之官僚的专制的个人政治，而易以自由的自治的国民政治"。由于最终影响政治的是伦理思想，中国"多数国民之思想人格"必须变更，要在政治上自觉其居于主人的主动地位。若"伦理问题不解决，则政治学术皆枝叶问题"。故"伦理的觉悟，为吾人最后觉悟之最后觉悟"。

厘清"国"与"民"的关系以建设一个现代的国家，是陈独秀一生言论的核心。这一系列文章表明，陈独秀关于"国"与"民"关系的思考已大致定型。此时他最为关注的，是改善中国和中国人在世界上的地位，即以"民族更新"为基础，与白种的欧洲竞争，为中国争取"世界的生存"。所有这些，都取决于中国人的自觉，使"国民"而非"国家"居于政治的主动地位，以实现他所期望的"惟民主义之国家"。

在此从"国家"到"国民"的倾斜之中，对"自觉"的强调，意味着群体性"国民"的努力，必须落实在每个"国民一分子"身上。陈独秀实已指向"个人"的自觉，并更多寄希望于青年。在此后的几年中，有"我"日益成为趋新言说中的一种"必须"，从生活到学术的讨论，处处可见"我"的存在。

而不论"国民"是群体的还是个体的，思想、伦理等方面的改造都成为首要的努力目标。陈独秀提出从"政治"到"伦理"的觉悟层次，就是要将侧重点从"政治"上的努力转向"文化"，具体主要表现在两个方面：一是与思想之表述相关的文学革命，一是与思想本身相关的伦理革命。

从文学到伦理的文化革命

当年所谓文学革命，主要是表述方式（文体）的革命。在中国传统里，文体与个性本密切相关。顾炎武在讨论历代文体转变时曾说，"诗文之所以代变"，是因为"用一代之体，则必似一代之文，而后为合格"。但"一代之文沿袭已久，不容人皆道此语"，且后人总是模仿前人之陈言，也不利于表述自我。结果，"不似则失其所以为诗，似则失其所以为我"。这一文体与自我之间的紧张，即是文体不能不变之"势"。有这样的传统，在民初自我彰显之时，表述方式首先成为关注的焦点，也是自然的发展。（方式转变确立后，表述者本身及表述的内容一类问题才应运而提上议事日程。）

先是胡适在1916年初致函陈独秀，提出"文学革命"之八项主张。后在陈独秀鼓励下正式成文，则易言为"文学改良"，将其在《新青年》通信中已引起争议的八项主张正式提出。陈独秀更进而撰写《文学革命论》以响应，他一面指出胡适是首举文学革命义旗的急先锋，他自己不过是在"声援"，同时仍提出了有些不同的"三大主义"，即推倒雕琢的阿谀的贵族文学，建设平易的抒情的国民文学；推倒陈腐的铺张的古典文学，建设新鲜的立诚的

写实文学；推倒迂晦的艰涩的山林文学，建设明了的通俗的社会
文学。

然而两人所提的具体方案，仅在《新青年》作者读者中有进
一步的讨论，更多的人显然并未侧重"文学"本身的改与革，却逐
渐拥戴着提倡者走上以白话写作之路。不论在时人的关注里还
是后人的记忆中，"文学革命"都逐渐演化为一场"白话文运动"。
后者是一次名副其实的革命，成为整个新文化运动最持久的遗
产，并真正改变了历史——今日白话已彻底取代文言，成为几乎
唯一的书面表述形式，即使在所谓"象牙塔"的精英学术圈里，也
很少有人能以文言写作了。

如果说文学革命侧重于思想的表述，陈独秀同时也关注着
思想本身的革命。那时的《新青年》，仍在贯彻不"批评时政"的
宗旨。但陈独秀所谓伦理的觉悟，本基于伦理思想决定政治运
作的思路，故虽口不谈政治，而意仍在政治。同理，文学革命也
绝非仅仅停留在表述层面，而自有一条从文学到思想、社会再到
政治的内在理路。

在陈独秀看来，欧洲革命是全面的，包括政治、宗教、伦理道
德和文学艺术；而中国革命则仅限于政治，且都虎头蛇尾，不够
充分。由于革命锋芒未曾触及"盘踞吾人精神界根深蒂固之伦
理道德文学艺术诸端"，故单独的政治革命对中国社会"不生若
何变化，不收若何效果"。有了这样全面"革故更新"的视野，他
就从"孔教问题喧呶于国中"看出了"伦理道德革命之先声"，把
当时讨论广泛的"孔教问题"与文学革命、思想革命都作为更大
"气运"的一部分，结合起来进行考虑。

陈氏的思路很明确，即"新旧之间绝无调和两存之余地"。孔教"根本的伦理道德适与欧化背道而驰，势难并行不悖。吾人倘以新输入之欧化为是，则不得不以旧有之孔教为非"。换言之，孔教之不能不"非"，实产生于欧化之"是"。正因新旧中西之间的对立，这些反传统者又最能"看见"传统的整体力量。用陈独秀的话说："旧文学、旧政治、旧伦理本是一家眷属，固不得去此而取彼。"

第一次世界大战那几年，中国读书人对西方的了解进一步深化，在反对国际强权的同时又要推行欧化，于是出现了"西方的分裂"；与此同时，趋新者确实感知到来自"传统"或"历史"的整体压力，于是出现了"中国传统的负面整体化"。在这样的语境下，陈独秀稍后明确指出："要拥护那德先生，便不得不反对孔教、礼法、贞节、旧伦理、旧政治。要拥护那赛先生，便不得不反对旧艺术、旧宗教。要拥护德先生，又要拥护赛先生，便不得不反对国粹和旧文学。"

他们对西方不再全面崇拜，而是选择了民主与科学；却因感觉中国传统是个整体，而必须全面反对。在此进程中，如傅斯年所说，陈独秀"在思想上是胆子最大，分解力最透辟的人"。他特别擅长把学理的表述改为大众化的口号，充分体现了他对群体心理的敏锐感觉和对读者的理解。大体上，陈氏以伦理觉悟的主张把国人的注意力从政治转出，走入文学和思想伦理的革命；又使这些后来被称为"新文化运动"的努力，从文学、思想等走向全面反传统的文化革命。

这些革命之所以能迅速影响到全国，也因为陈独秀半偶然地成为北京大学的文科学长。这样,《新青年》这一刊物及其作者群体(大部分为北大文科教授)的言说,就成了引起广泛注意的全国性大事。先是陈独秀在1916年冬到北京募集股本以组织新的出版机构,适逢蔡元培将到北京大学任校长,遂聘陈独秀为文科学长,1917年到任。陈氏本有教育经验,也一向关注教育。在其担任学长期间,北大文科的影响,可见明显的扩大。当年北大的简称即是"大学",从那种独一无二的称谓中,就不难理解该校文科学长的全国性影响了。

陈独秀如何办学,历来称述不多。他自己和胡适,也都曾在1920年慨叹北大学术氛围的淡薄。但陈独秀同年也特别指出,此时北大已确立了一种宝贵的"精神",即"学术独立与思想自由"。前者多对外,体现在"无论何种政治问题,北大皆不盲从";后者偏于内,即"各种学说随己所愿研究",而"毁誉不足计"。这虽是陈氏赞扬校长蔡元培的话,应能代表他自己的努力目标。多年后,经历了国民党"党化教育"的学人,才进一步认识到这一精神的可贵,坚信其必"与天壤而同久,共三光而永光"(陈寅恪《清华大学王观堂先生纪念碑铭》)。

从康、梁到胡、陈的时代转折

如前所述,民初并非世无英雄的时代。此前影响最大的康有为、梁启超等虽仍努力于思想界,却如余英时先生所指出的,"以思想影响而言,他们显然都已进入'功成身退'的阶段"。一个日新月异的时代,通常也是推陈出新的时代。从立言者角度看,胡适那时即因填补了中国思想界一段空白而"暴得大名"。

从追随者角度看，康、梁的许多追随者或也随时代之日新而"功成身退"，另一些或未能跟上时代而被推出了第一线。由于听众的缩减，立言者即使努力，也只能在有限的范围里继续其典范地位。

陈独秀在反驳康有为时曾指出，在中国这样宗教信仰相对薄弱的社会，需有"高尚纯洁之人物为之模范"，以构成"社会之中枢"。康氏曾是"吾国之耆宿、社会之中枢"，在民初却面临着是否能继续"为小子后生之模范"的危机。陈独秀在自传中曾说他一生先后做过康党、乱党和共产党，所以这几乎就是昔年追随者的挑战宣言。康有为之所以未能跟上日新月异的时代，很大程度上正因"小子后生"的不再拥戴，终被昔日的康党陈独秀所取代。

胡适在1918年即注意到这一重要转折，他曾以上海大舞台为中国的"缩本模型"，指出在台上支撑场面的"没有一个不是二十年前的旧古董"。但他也看到了时代的变化：二十年前，是叶德辉等人在"骂康有为太新"；二十年后，是陈独秀等在"骂康有为太旧"。这就是中国二十年来的"大进步"。

简言之，陈独秀既因发出了时代的声音而引起瞩目，在立言方面占得了先机；又因关注到社会变迁的新兴群体而赢得了大量追随者（五四运动后学生的兴起进一步确立了《新青年》的地位）；更因倡导从国家向国民、从政治到文化的转向，而起到开风气的作用。故闻其名的范围迅速扩大，终形成全国性的影响。他与胡适一起，很快取代康、梁，成为代表时代的标志性人物。

那时曾在湖南第一师范学校念书的毛泽东后来回忆说，他和周围的同龄人，都受到《新青年》杂志很大的影响，他自己更"非常钦佩胡适和陈独秀的文章。他们[胡和陈]代替了已经被我抛弃的梁启超和康有为，一时成了我的楷模"。作为"小子后生之模范"，康有为和梁启超两位广东人被胡适和陈独秀两位安徽人所取代，是那时很多人的共识。

胡、陈两人都在清季就开始用白话写作，他们推动白话文运动，自然得心应手。且如余英时先生所说，"胡适对中西学术思想的大关键处，所见较陈独秀为亲切"，而陈则"观察力敏锐，很快地便把捉到了中国现代化的重点所在"，故能提出"民主"与"科学"的口号。两人的协作，真是新文化运动的天作之合。而他们的个性一张扬而一稳重，也颇能互补。

但正是陈独秀的个性及其表述思想的方式和态度，造成很早就开始的"抑陈扬胡"现象。鲁迅曾说："假如将韬略比作一间仓库罢，独秀先生的外面竖一面大旗，大书道：'内皆武器，来者小心！'但那门却开着的，里面有几支枪、几把刀，一目了然，用不着提防。适之先生的是紧紧地关着门，门上粘一条小纸条道：'内无武器，请勿疑虑。'这自然可以是真的，但有些人——至少我是这样的人——有时总不免要侧着头想一想。"这话有其倾向性，但仍颇传神，两人一张扬而近于虚张声势，一防卫心重而谨言慎行，大体不差。这段有些"抑胡扬陈"的描述，也最能说明"抑陈扬胡"现象何以形成。

也许是巧合，陈、胡二人皆早年遭遇父丧，教养多自母亲。陈独秀对少年的回忆，即他"自幼便是一个没有父亲的孩子"。后来虽有继父，但关系似不甚融洽。用胡适的话说，陈独秀曾

"实行家庭革命"。广东方面,甚至传闻他曾组织什么"讨父团"。
而胡适虽提倡他人实行"家庭革命",自己却无表率的行为。再
加上胡适对人一向温和周到,陈独秀则不注意细行。在特别注
重人际关系的中国社会里,这一差异非同小可。胡适1921年的
日记曾说,外间传说陈独秀力劝他离婚而他不肯,"此真厚诬陈
独秀而过誉胡适了! 大概人情爱抑彼扬此,他们欲骂独秀,故
不知不觉的造此大诳"。这里所说"人情"的"不知不觉"非常重
要,提示着"抑陈扬胡"那时便已成时代认知(perception)。

在文学革命那次表述方式的革命中,表述方式本身也决定
了社会认知和历史记忆的形成。在一般认知和记忆中,其提议
从"革命"退向"改良"的胡适,比陈独秀更为"温和"。其实若回
向原典,看看具体的主张,这一形象大可再做分析。胡适提出的
"八条"(即须言之有物,不模仿古人,须讲求文法,不作无病之呻
吟,务去滥调套语,不用典,不讲对仗,及不避俗字俗语),就有六
条是否定;而陈提出的"三大主义",还一一都有推倒和建设的两
面。所以陈虽有"必以吾辈所主张者为绝对之是,而不容他人之
匡正"的气概,其实际主张,却是破坏与建设并列的。

在胡适自己的记忆里,他一开始提出的就是完全否定的"八
不主义"。他稍后自供说,过去那些主张都"是单从消极的、破坏
的一面着想的"。到回国后"在各处演说文学革命,便把这'八不
主义'都改作了肯定的口气",化为四条"一半消极、一半积极"的
新主张,成为一种"建设的文学革命"。而"一半消极、一半积极"
正是陈独秀所提三大主义的特点,故胡适后来在口号上和具体
主张上恐怕都受了陈独秀的影响,不过在表述上仍维持原来出

以温和的态度,遂使许多后之研究者也和时人一样,仅从"革命"与"改良"的标识,就得出陈独秀比胡适更激烈的印象。

可以说,"抑陈扬胡"的现象形成既早,也受到多种因素的影响。但在当事人心目中,陈、胡的领导作用是共同的。陈独秀自己在 1940 年 3 月蔡元培逝世时说:"五四运动,是中国现代社会发展之必然的产物,无论是功是罪,都不应该专归到哪几个人;可是蔡先生、适之和我,乃是当时在思想言论上负主要责任的人。"胡适稍早也说,五四学生运动,就是陈独秀和蔡元培这些"威尔逊主义麻醉之下的乐观者"带动"一般天真烂漫的青年学生"所酿成的。

实际上,蔡元培作为北大校长,当年更多扮演的是后援性的荫庇角色。但两人都提到蔡,凸显出北大在新文化运动中的凝聚作用。如前所述,文学革命和伦理革命都因倡导者所具有的北大文科学长身份而增强了全国性的影响,然而陈独秀个人的道德问题也因此成为舆论的关注对象,并终成其离开北大的导因。陈、胡二人也从此逐渐分道扬镳,更演化出不同的历史记忆。

当时北京新旧之争相当激烈,旧的一方曾以陈独秀私德不检为攻击目标。北大校长蔡元培在汤尔和等浙江籍教授的策划和支持下,于 1919 年春决定取消文、理科学长,而改设一教务长统辖文理教务。结果,启用他为文科学长的人为撤换他而废除了这一职位,陈独秀也因此改制而"自然"成为普通教授。五四学生运动后不久,陈氏因发传单而被捕,被释放后南下上海避难,参与组织中国共产党,走上一条相当不同的道路。

这样看来，陈独秀和胡适共为年轻读书人"模范"的时间，其实不长，所谓胡、陈时代，与康、梁时代同样短暂。但两者对时人和后人的影响，都不止于典范被共同接受的时段。在瞬息万变的近代中国思想史上，各类人物大都难逃章太炎所说"暴起一时，小成即堕"的现象。但多数"小成"者在时过境迁之后，便真成过眼烟云，不复为人所记忆；而这两个"时代"，却都印证了历史的转折，成为一个思想时段的象征，在历史上留下了不可磨灭的痕迹。

胡适后来认为，那次解除陈独秀文科学长的决定，导致了陈离开北大，"以后中国共产党的创立及后来国中思想的左倾，《新青年》的分化，北大自由主义者的变弱"，皆起于此。故这一决定不但影响了"北大的命运，实开后来十余年的政治与思想的分野"。而主使陈独秀解职的当事人汤尔和有不同看法，他以为陈独秀本"不羁之才，岂能安于教授生活"？即使没有这次的改聘，最后还是会脱离北大。

按陈独秀本是从实际政治中回归文化、教育事业的，在他当时的言行里，确实看不出多少又要走向实际政治的意向。然而陈氏之可能走向实际行动，也有其半内在半外在的逻辑理路：从外在视角看，他在1919年5月已注意到当权的"少数阔人"在面临提倡新潮者的挑战时，"渐渐从言论到了实行时代"，似已有运用国家机器处置的思想准备，则新思潮一方，或也须有相应的行动；从内在理路看，既然伦理的觉悟是最后的最后觉悟，则觉悟到了头，下一步也只能是行动了。

走向行动的政治革命

早在《青年杂志》创刊的第一期上，陈独秀就提出了他心目中的近世三大文明，即人权说、生物进化论和社会主义。在民初的中国，或许因为"国体"问题带来的困扰，任何与"国家"对应的范畴都容易引人瞩目，而"社会"以及相关的"主义"尤其受到思想界的普遍关注（当年很多中国人常顾名思义，视社会主义为与社会相关的主义）。那时不仅趋新者和激进者有此思虑，就是接近政府的"安福系"和偏于守旧的孔教论者，也都在思考和探讨各种类别的社会主义。如果说社会"主义"还偏于思想一面，不少人进而向更实在的社会"改造"发展。

陈独秀在1919年提出："最进步的政治，必是把社会问题放在重要地位，别的都是闲文。"若"社会经济的问题不解决，政治上的大问题没有一件能解决的。社会经济简直是政治的基础"。若比较他三年前所说的"伦理问题不解决，则政治学术皆枝叶问题"，即可见其观念的明显转变。从思想伦理到社会，虽然仍延续着轻"国家"而重"国民"的取向，但已渐从个体的"自觉"向群体的"自治"倾斜。以前他的思路是伦理思想决定政治，现在他提出社会经济是政治的基础，讨论的虽皆是非政治的面相，却都意在政治，且呈现出逐渐向实际政治靠拢的趋势。

当初无意"批评时政"时，陈独秀曾说："国人思想，倘未有根本之觉悟，直无非难执政之理由。"其隐含的意思是，国人若有了根本觉悟，便可以批评政府了。还在1917年，有读者指出《新青年》表现出了从重学说向重时事转移的趋势，陈独秀一面重申不批评时政的"主旨"，却又表示，遇到"有关国命存亡之大政，安忍默不一言"。到1918年夏天，他虽仍坚持"国家现象，往往随学说为转移"，但终于正式谈起政治来。陈氏以为，行政问题可以不谈，至于那些关系到"国家民族根本的存亡"的政治根本问题，则人人应谈，不能"装聋推哑"。这时他转而强调，国人"彻底的觉悟"，必须落实到对政治根本问题"急谋改革"，才能避免国亡种灭的局面。

大概因为《新青年》同人和读者中很多仍不主张谈政治，陈独秀在1918年底创办《每周评论》，以谈政治为主。次年五四学生运动发生后，颇有学生被捕。陈氏于6月初在《每周评论》上撰文，主张青年要有"出了研究室就入监狱，出了监狱就入研究室"的志向。几天后，他自己就因散发传单而被捕，关押近百日。从这时起，在各种内外因素推动下，陈独秀彻底告别不谈政治的主张，从思想改造走向直接诉诸政治行动了。

不过，陈独秀那时提倡的"民治主义"，是偏向自由主义的。他明言："杜威博士关于社会经济（即生计）的民治主义的解释，可算是各派社会主义的公同主张，我想存心公正的人都不会反对。"而中国若实行民治，要"拿英美做榜样"。到1920年5月，陈独秀已和共产国际的维经斯基有所接触，他给胡适写信反对北京学生继续罢课时强调："政府的强权我们固然应当反抗，社会群众的无意识举动我们也应当反抗。"体现出他对自由主义确实深有体会。

胡适和傅斯年都说过，陈独秀曾经是个自由主义者。胡适以为他成为共产党半出偶然，而傅斯年却认为有其"自然的趋势"。两人所说都有道理，如果陈独秀在北京有忙不完的事要做，如果他不是偶然和维经斯基同时出现在上海，他或许真不会成为共产党。另一方面，社会主义不仅素为陈独秀所关注，更对那时各类中国读书人都深具吸引力。必充分认识及此，才可以理解为什么张东荪、戴季陶都差一点成了中共的创始人。把这些人聚合在一起的是社会主义，使他们终于分开的，也是对社会主义的不同理解。

从学理言，现代自由主义本与社会主义相通。而自由主义在中国的"黄金时段"，正是从"二十一条"到巴黎和会那几年。当时美国的在华影响也一度高涨，外有威尔逊总统提倡各民族自主的"十四点计划"，内有学者型的驻华公使芮恩施和恰来中国讲学的杜威，三者都甚得中国读书人之心，合起来产生了很大影响。但威尔逊在巴黎和会的"背叛"，同时断送了美国在中国的政治影响和中国自由主义者的政治前途。中国人在摈弃了以日本为学习榜样后，经历了短暂的"拿英美做榜样"，终转向更长久的"以俄为师"。

陈独秀自己身上也体现了这一转折。他在1918年底尚称威尔逊为"世界上第一个好人"，到次年初即已感觉威尔逊提出的是"不可实行的理想"，故称其为"威大炮"。再到1920年秋，他进而主张输入学说应该"以需要为标准"，即看其能否解决中国社会的实际问题。此前中国或需要输入达尔文的社会进化论，到那时则中国的"士大夫阶级断然是没有革新希望的，生产劳动者又受了世界上无比的压迫，所以有输入马格斯社会主义底需要"。

　　前引陈独秀的自由主义表述，大致在其参与创建中国共产党的前夕，这意味着他从自由主义向马克思主义的立场转移，几乎在瞬间完成。但马克思主义绝非一两天可以速成，中共创立时也在上海的李达回忆说，陈独秀即使在担任中共领导之后，也"并不阅读马列主义著作"；对关于中国革命的马克思主义理论，他是既"不懂，也不研究"。甚至《向导》上署他的名字的文章，大都是同志们代写的"。

　　如果此说有些依据，陈独秀在该刊上的言论，就要小心辨析了。其实不仅《向导》，《新青年》8 卷 3 号上署名陈独秀的《国庆纪念的价值》一文，从文风到遣词用字，都与他此前（以及此后很多）文章不同，也基本可以确定为代作，不论是否经其润色，最后定稿显然不出他手。

　　或可以说，陈独秀不过是在立场上转向了马列主义，并未系统掌握其理论。唯以对学理一贯敏锐的感觉，他对马列主义也有大体的把握，并很快与自己的固有主张结合起来。他曾先后以为伦理思想和社会经济对政治起着决定性的影响，马克思主义关于经济基础决定上层建筑的理论显然与此相通，成为他后来经常运用的解释工具（在反传统或"反封建"方面，五四前后中国的自由主义者与中共党人的态度本甚接近）。同一理论也为他关于旧事物皆一家眷属的见解提供了新的出路，现在他可以采取革命的手段，倒过来从国家机器（即旧政治）入手，去全面推翻旧文学和旧伦理。

　　陈独秀于 1920 年在上海参与创建中国共产党，次年当选为中共首任总书记，直到 1927 年被撤职。1929 年，他因公开反对中共在中东路事件后提出的"武装保卫苏联"口号而被开除出党。1932年10月,却以中共首领身份被国民政府逮捕。1937年出狱,一面从事抗战宣传,同时也开始对共产主义理论进行反思。在贫病交加中辗转流徙数年后,于1942年5月病逝于四川江津(今属重庆)。

大体可以说,陈独秀从提倡思想领域的革命到直接投身政治革命,既有偶然的巧合,也有其不得不如是的逻辑进路,更与外在时势的演变相契合。章太炎在清末曾提出:"目下言论渐已成熟,以后是实行的时代。"类似的倾向在五四后的中国思想界相当流行。然而一旦"行动"成为主导的倾向,"思想"本身就可能退居二线。这可能意味着读书人在整个社会中地位的下降,想要追赶时代者,或许不得不进行一定的自我约束,甚至自我否定。陈独秀却不是那种愿意屈服于时势的读书人,在真正走入行动的时代后,他仍在继续努力,但实际政治显然不是他的强项。

很多年之后,中国的革命终指向了文化本身。这未必是陈独秀那一代人思想和言行的逻辑发展,但苍穹之上,似隐约可闻"最后觉悟之最后觉悟"那缥缈的余音——文化既是中国人长期的自负,也是其可以自负之所在;那曾经是形形色色中国读书人憧憬对象的革命,则是20世纪中国名副其实的一条主流。当两者结合在一起,即最具吸引力的"革命"也要在最高层次进行时,出现史无前例的"文化大革命",似乎也可见其来有自的轨迹。

一生定位

陈独秀在南京狱中时，曾为乡后辈汪原放写过一张条屏，上面说："天才贡献于社会者甚大，而社会每迫害天才。成功愈缓愈少者，天才愈大。此人类进步之所以为蚁行而非龙飞。"不论这是抄自他人还是自作，都是自抒胸臆。陈氏对中国社会，一向责任心重而畅所欲言，贡献不可谓不大；但社会对他的回报，则声誉虽隆而"成功"实少。他在狱中书此，恐怕对所谓"社会迫害"，深有隐痛。

陈氏本人的自定位，其实也是充满犹疑的。1922年他为科学图书社题词，回忆从二十多岁的少年时代起，就"为革新感情所趋使"而办《安徽俗话报》；奋斗了二十年，除"做了几本《新青年》，此外都无所成就"。那时他已投身实际政治，而自己可视为"成就"的，仍是文字的贡献。但后来在狱中写自传时，却说自己"一生差不多是消耗在政治生涯中"，并自认其大部分政治生涯是"失败"的。这"失败"的感觉，应与牢狱生涯无关。出狱后他仍说："我奔走社会运动、奔走革命运动三十余年，竟未能给贪官污吏的政治以致命的打击，说起来实在惭愧而又忿怒。"

或许是"英雄不夸当年勇"，晚年的陈独秀已几乎不提《新青年》时代的光辉。当记者向他求证，是否如传闻所说"今后要专做文化运动，不做政治运动了"时，他连忙否认。他承认自己的"个性不大适宜于做官，但是政治运动则每个人都应该参加"，尤其"现在的抗日运动，就是政治运动"，那是不能不参加的。这大致仍如他1918年恢复谈政治时所说，关系到"国家民族根本存

亡"之时,人人都不能"装聋推哑"。但这样一种非实际的政治,
也隐约揭示出参与者自定位的尴尬。

在抗战的艰苦时期,陈独秀以自己不够成功的经历鼓舞国
人说:"我半生所做的事业,似乎大半失败了。然而我并不承认
失败,只有自己承认失败而屈服,这才是真正的最后失败。"永不
向失败屈服,的确是典型的陈独秀精神。他那时特别强调:"即
使全世界都陷入了黑暗,只要我们几个人不向黑暗附和、屈服、
投降,便能够自信有拨云雾而见青天的力量。"重要的是"不把光
明当作黑暗,不把黑暗对付黑暗",在那"黑暗营垒中,迟早都会
放出一线曙光,终于照耀大地"。

所谓不把光明当作黑暗,不以黑暗对付黑暗,针对的不仅是
侵略者,更是整个人类的前途。这已部分回归到自由主义的立
场,是他晚年的深刻解悟,更表现出对人性的信心。他注意到,
由于"强弱"成为"判荣辱"的标准,于是"古人言性恶,今人言竞
争",这不仅是表述的转换,更是善恶的混淆。在"举世附和"作
"人头畜鸣"的现状下,必须有哲人出来辨别黑暗与光明。他知
道这样做的代价,然而"忤众非所忌",哪怕"坷坎终其生"。陈独
秀仍寄望于少年的个人自觉,希望他们"毋轻涓涓水,积之江河
盈;亦有星星火,燎原势竟成"。

那句"忤众非所忌,坷坎终其生",既是言志,也是实述。鲁
迅曾说,真的知识阶级,"对于社会永不会满意",他们"感受的永
远是痛苦",而"看到的永远是缺点",总"预备着将来的牺牲"。
陈独秀一生的不够"成功",很大程度上正因为他坚持扮演战斗
不息的哲人角色,时时都在"忤众"。所以胡适说他是"终身的反

对派"，他也乐于接受，仅指出这是"事实迫我不得不如此"。的确，为了坚持"探讨真理之总态度"，他"见得孔教道理有不对处，便反对孔教；见得第三国际道理不对处，便反对它"。一切"迷信与成见"，均不放过。他的目的，是"要为中国大多数人说话，不愿意为任何党派所拘束"。

晚年的陈独秀，已被共产党开除，又不可能认同逮捕他的国民党，还不得不配合政府和两党抗日，处境的确艰难。但他坚持表态说："我决计不顾忌偏左偏右，绝对力求偏颇，绝对厌弃中庸之道，绝对不说人云亦云豆腐白菜不痛不痒的话。我愿意说极正确的话，也愿意说极错误的话，绝对不愿说不错又不对的话。"一言以蔽之，"我只注重我自己独立的思想，不迁就任何人的意见"。他更顽强地说："我已不隶属任何党派，不受任何人的命令指使，自作主张，自负责任。将来谁是朋友，现在完全不知道。我绝对不怕孤立。"

实际上，很少有人真能"不怕孤立"。英雄也有落寞寂寥之感。在他弃世的前一年，听说一些后辈友人在屈原祭日饮酒大醉，陈独秀赋诗赠友，起首便言"除却文章无嗜好，世无朋友更凄凉"。那是中国很不如意的时候，大家心情都未必轻松。而别人还能相聚饮酒，他却僻处乡间陋室，孤身面对老病。已过耳顺之年的陈独秀，或渐趋于从心所欲，终于撕下了"超我"的面具，不再像鲁迅看到的那样虚张声势，而是回向"本我"，在后辈面前实话实说。

他仍然不曾"屈服"，却也不复倨傲，坦承无友的凄凉。然而，能说凄凉，就不那么凄凉。面具既除，轻松旋至。寂寞之中，透出几分淡定,减去多少挂怀。更关键的是,陈独秀不再以奔走政治自期,而是回归了文章士的行列。这一回归的重要在于,他一生事业的所谓失败,也都随"政治"而去。在"文章"这一领域里,他永远是成功者,也始终不乏追随者。

这是否即陈独秀最后的自定位,我不敢说。与他有过接触的人中,大都不甚承认他事功方面的作为,却推崇他在思想方面的贡献。最典型的,是昔日政敌吴稚晖在挽联中说他"思想极高明"而"政治大失败"。傅斯年或许是陈氏真正的解人,他不仅确认陈独秀为"中国革命史上光焰万丈的大彗星",更看到了其不迁就任何人而"只注重我自己独立的思想"的特质——陈独秀未必如胡适所说是"终身的反对派",其实"他永远是他自己"!

（原刊《南方都市报·阅读周刊》2010 年 11 月 29 日、12 月 2 日）

陈独秀与五四后《新青年》的转向

2009年是五四学生运动九十周年。不过，很多人心目中的"五四运动"，还会往前后各推移几年，是所谓"广义的五四运动"（也有人径名为"新文化运动"）。其实，两种"五四运动"不仅时间长短不同，就连其象征性的口号也各异：一般视为五四基本理念的"民主"与"科学"，更多适用于广义的五四；而当年游行的学生口里所喊的，却是"内除国贼、外抗强权"一类口号——两者间实有一段不短的距离。

不过，即使那些持广义五四说者，也基本不反对以1919年的学生运动作为整体的象征——大家照样每逢"周年"就发表纪念的言论。可以说，两种"五四运动"的并用已经约定俗成，从研究者到媒体，大家都共同使用这两个含义其实各异的概念，而不觉其间的冲突。这反衬出一个我们可能注意不多却实际存在的事实，即五四的形象原本就不那么"一元化"。随着对五四的研究日益加增，今人对所谓"五四研究"本身，也新见日多。五四的形象，乃更加扑朔迷离。

五四研究与五四形象

敝友杨奎松教授最近从"非专家"的角度总结几十年来的"五四研究",引用了周策纵1960年归纳的关于五四的三种见解,发现"过去几十年后,当今流行观点似乎依然如故",即一、正统观点:五四的主旨是爱国、反帝,五四的意义主要在于开启了中国的新民主主义革命;二、保守主义观点:五四是中国激进主义思潮的滥觞,中国后来的道德败坏、人性泯灭等,都与激进思潮借五四盛行,破坏了中国的传统文化密切关联;三、自由主义观点:五四是一场思想解放运动,可惜半途夭折,是所谓"救亡压倒了启蒙"(《南方都市报》2009年4月19日)。

这是奎松兄应北大团委邀请所做的演讲,个别语句或未仔细斟酌,甚至不排除是记录者的笔误,而演讲者也未及细看。如文中的"保守主义观点"把"中国近代以来革命不断"归咎于五四,我猜就是一个记录者的笔误。而其把出自李泽厚先生的"救亡压倒了启蒙"一语视为"自由主义观点"的代表,虽说是借鉴了周策纵先生更早的分类法,恐怕也可斟酌。李先生说此话时是否从"自由主义"立场出发,及其现在是否持自由主义立场,或许都还可以征询他本人的意见。同时,把这一表述定性为"自由主义",别的自由主义者是否能接受,也还不一定。

这些小问题并不影响全文的重要性。上述总结的潜台词是,五十年来的五四研究,变化其实不大;或者说,与1960年以前不同的见解,都未能成为"流行观点"。前者会让很多五四研究者失望,后者似乎提示着两种可能:一是那些"流行观点"本身有着强大的排他性控制力，使"异己"观点最多也只到"存而不论"的程度；二是许多相关研究，至少是过去十多年关于五四的历史研究，有些人基本视而不见。

由于上述"流行观点"本相当对立，其竟然能配合默契地排斥其他见解，这样的"共谋"即使在无意之中形成，或不过无形之中相辅相成，仍有些令人费解，故第二种可能或许更接近实际。今日学术多元，论著数量大增，师生所读书不尽同，学生所读书也各异。一些研究为他人所视而不见，在目前已是常态。在我参与的多次招生口试中，考硕士的本科生和考博士的研究生所读的书，就有很大的差异，两类人心目中的学术前沿和学术榜样也相当不同。

过去十多年关于五四的研究，仅以我所读过的看，难以容纳进上述三种观点之中的，不在少数。我自己也写过一些与五四相关的文字，更没有一篇的见解与上述三种观点相类，完全可以说是不入流。这样当然也有实际的好处：奎松兄在文中曾很谦逊地说他"不是研究五四运动史的专家"，而北大历史系则有两三位研究五四的专家，"要是他们听说杨奎松讲五四，很可能会笑掉大牙"。我既然不曾预流，当然也就不在那两三位专家之列。其直接的好处，就是我的大牙，除原来已掉的一颗，都还健在。

可是我不太能笑，因为奎松兄提出的问题是严肃而深刻的。他"深感疑惑"的是：五四运动"到底是成功了，还是失败了？是破坏了，还是根本就没有形成什么巨大的破坏？它实际上究竟意义如何呢"？他认为："这一争论的核心之点，其实是一个历史事实的问题。"我非常同意这一看法,"意义"确实可以争论,也是许多人一直关注的;但要厘清"历史事实",只能让五四回归历史。

其实五四的内容和意涵本来相当丰富,有些史料相当充足的面相,正类过去十多年关于五四的具体研究,长期被视而不见,对研究者而言实处于一种存而不论的状态。另一方面,经过了长时期各种取向的解读,在一些面相愈来愈清晰的同时,也不排除被诠释者增添了不少"作雾自迷"(熊十力语)的成分。如今很多人已在思考怎样继承"五四遗产"甚或是否应当跳出"五四的光环",然而不论是广义还是狭义的"五四",不仅未到盖棺论定的程度,甚至连一些基本史实都还没搞清楚,仍是一个言人人殊的状态。

五四的遗产是多方面的,不同的人可能看到不同的面相。政治家、媒体人、文学家、艺术家、研究者,所见各不相同。历史本意味着过去的生命融入了后人的生命。五四已经是历史,不论我们对其已知多少,也像一切历史那样,早已活在我们的血脉之中,影响着"我们当前的生活与思想"(蒙思明语)。从这个角度言,五四给我们的影响,恐怕是招之未必来,挥之难以去。但作为历史的五四,却仍然需要进一步的探索和了解。

孔子说:"贤者识其大,不贤者识其小。"现在我要讨论的就是当时的一件小事:五四时最重要的一份刊物《新青年》,后期出现了明显的转向。这一转向与其创始人陈独秀的关联密切。然而过去由于史料不足征,使之成为一个长期争论的问题。最近相关的一些书信,特别是陈独秀给胡适的好几封信,出现在拍卖场。这些信件曾在北大展览，我得到两位朋友帮助（一位是不宜提及姓名的重要人物，一位是忘年交的青年朋友），从嘉德拍卖会关于古籍善本的介绍中阅读了这些信件中的大部分。这些关键性的史料，对了解那一事件有直接的帮助，谨结合当时相关史事，与读者分享。

五四前后的《新青年》

今天我们都知道《新青年》在五四时的主流地位，但其重要性的凸显，还直接得益于 1919 年的学生运动。陈独秀在 1918 年承认，《新青年》发行已三年，尚不十分得意。他说，本刊三年来"所说的都是极平常的话，社会上却大惊小怪，八面非难。那旧人物是不用说了，就是咭咭叫的青年学生，也把《新青年》看作一种邪说、怪物、离经叛道的异端、非圣无法的叛逆"。从这一自述可以看出，《新青年》已较有影响，但负面观感仍较强。最重要的是，很多青年学生也不赞同该刊的言论，并参与到"八面非难"之中。陈独秀本人也因此"对于吾国革新的希望，不禁抱了无限悲观"。

可知学生运动之前，该刊物的发行并不很理想，影响也不如我们后来认知的那样正面。然而五四之后，一切都不一样了，《新青年》借此东风，大受欢迎。可是好景不长，五四后不久陈独秀即因发传单而被捕，后来更南下上海避难，参与组织中国共产党。《新青年》的风格和内容，在此期间发生了相当程度的转变，最后正式成为中共的刊物，却又未能办多久。学界对于《新青年》后期的转向，一直有些争议。除一些人事因素外，主要是《新青年》何时正式成为中共的刊物。

在相当一段时间里,不少人认为 1920 年 9 月出版的《新青年》8 卷 1 号已是中共的宣传刊物,其理由除内容多介绍苏俄外,还因刊物的封面也有改变:正中为一个地球,从东西两半球分别伸出两手相握,暗示中国与十月革命后苏俄的接近。想象力更丰富的,甚至认为是暗示了全球无产阶级的团结。前些年有人曾写了很有力的反驳文章,举出很多事例,表明事实并非如此。文章的论证大体可立,我想其所说是对的。

其实我们本不必进行这么多"科学"论证,后期参与过《新青年》编务的当事人沈雁冰早在 20 世纪 40 年代初就有这方面的回忆,后来也收入《茅盾全集》,并不是什么稀见材料。但不论是主张 8 卷 1 号已是中共刊物的还是反对者,似乎都很少"借鉴"这一说法。(不排除是我孤陋寡闻,有人借鉴而我未见。)以前偏向科学治史的人大多不很信任回忆录,尤其沈雁冰将其公开发表,减少了一般治史者眼中的可信度。如果他把此事写成秘密报告放进档案,隔了多少年后再由后来的研究者"发现",恐怕命运就大不同,或许早已成为此事的最重要史料了。

且看沈雁冰是怎么说的。他回忆(本段与下两段基本是沈氏原文,但颇有剪裁,并略更易,使之接近今日阅读习惯):五四前后,《新青年》原在北平编辑,并由数人轮流。陈独秀由北平移居上海,编辑事务亦由陈一人主持。后杂志与亚东图书馆(按应为群益书社)脱离承印与代理发行关系,在上海自立门户。同时"新青年社"内部亦有变动,"元老"之中,有几位已经貌合神离。

移沪后之第一册《新青年》即载有陈独秀《谈政治》一文,封面上有一小图案，为一地球而上东西两手相握。内容多一专栏，似名为"苏俄研究"。可以说是结束了过去的以"文学革命"为中心任务的《新青年》，而开始了以"政治革命"为中心任务的《新青年》。据说"新青年社"若干老干部不同意《谈政治》一文之立场，争持久之，终使陈独秀挟《新青年》在沪立门户，以为政治斗争的武器。但此时中国共产党尚未成立，《新青年》及陈独秀虽已被目为赤化，与第三国际亦未有正式关系。

而且，《新青年》虽开始"谈政治"，在"理论"方面实甚驳杂。译登罗素之著作，而对其思想体系并无批判。"苏俄介绍"栏杂登当时苏联国内各消息，殊嫌零碎，缺乏有系统之研究分析文章。若以《新青年》为"理论指导"刊物，能执笔写理论文字者不多。对唯物辩证法有研究者，其时仅一李大钊。若作为批评现实政治问题的刊物，则综合性的月刊便难以活泼而顾及时效。不久，陈独秀赴粤主持广东省教育委员会，《新青年》编务委托李汉俊，常告稿荒，出版亦不准期，又受外界压迫，终于停顿了。

沈雁冰本人是早期中共成员，又直接参与编务，他的回忆在年代上略有不准确之处，但大致符合史实，表述也很有分寸。正如沈氏所说，8卷1号的《新青年》和陈独秀虽已被外界目为"赤化"，却并未与第三国际建立正式关系，而中共也尚在筹组之中。成为中共的宣传刊物，自然是后来的事了。沈氏反复提到的"新青年社"，也是一个重要内容。其实这个"社"究竟是否正式"成立"，还略有些疑问。但该社的名义已被使用，且时人一般也都承认这一"社"的存在。

《新青年》在出版一段时间后就成为轮流编辑的同人刊物。

在编辑方针上,五四前就有些内部争议,但不很严重。(7卷1号上,陈独秀发表了号称代表"全体社员公同意见"的《本志宣言》,胡适在同一期也发表《新思潮的意义》一文。两者既有共通之处,也有些"一个主旨,各自表述"的意味。)到陈独秀南下后,因办刊的方针等大起争议,终至破裂。

过去对此的研究,主要依靠的是胡适收藏的相关来往信件,早年曾被张静庐收入其《中国现代出版史料甲编》。后来耿云志先生主编的几种胡适资料集,进一步披露了一些相关信函,但中间有些关键的信件却未见,以致一些往还无法连接,有些表述难以理解。最近出现的这些信件也出自胡家(大约当初放在不同地方,没有与胡适的主要信件一起保存),恰好能与已知各信连接起来,使整件事的脉络清楚了许多。

在自由主义和马克思主义之间的陈独秀

一般都承认,陈独秀的离京南下与《新青年》的转向有直接关联。陈南下的直接原因,当然是因为五四后的被捕,保释后在北京不能自由活动,故避难上海。但按照胡适的看法,导致后来陈独秀思想转变的,主要还不是五四后的被捕,而是五四前北大的内部斗争。

那时新旧之争相当激烈,旧的一方曾攻击陈独秀私德不检。北大校长蔡元培本在北京组织进德会,对此相当难堪,也甚感难以处理。结果,经与同为浙江籍的汤尔和(时任北京医专校长,胡适后来说:"尔和先生是当日操纵北京学潮的主要人物,他自命能运筹帷幄,故处处作策士,而自以为乐事。")、沈尹默、马夷初等在 1919 年 3 月 26 日晚合议,决定罢免陈独秀的北大文科学长职务。学校先已议决不再设文理科学长,而改设一位文理科教务长。4 月 8 日,蔡元培召集文理两科各教授会主任及政治经济门主任开会,决定提前执行这一规则。会议选举马寅初为教务长,陈独秀便因此改制而"自然"成为普通教授。(理科学长已出任教育部司长。)胡适 1935 年对汤尔和说:

> 独秀因此离去北大,以后中国共产党的创立及后来国中思想的左倾,《新青年》的分化,北大自由主义者的变弱,皆起于此夜之会。独秀在北大,颇受我与孟和(英美派)的影响,故不致十分左倾。独秀离开北大之后,渐渐脱离自由主义者的立场,就更左倾了。此夜之会,虽然有尹默、夷初在后面捣鬼,然子民先生最敬重先生[指汤],是夜先生之议论风生,不但决定了北大的命运,实开后来十余年的政治与思想的分野。此会之重要,也许不是这十六年的短历史所能论定。

对此汤尔和当然不能同意,他反驳说,陈独秀"为不羁之才",就算没有这次的改聘,也很难"安于教授生活",以后还是会脱离北大。1935 年时的陈独秀当然已脱离教育界,但这说法恐怕有些后见之明的意味。陈本是从实际政治中回归文化、教育事业的,在他 1920 年春的言行里,还真看不出多少又要走向实际政治的意向。但汤尔和挖苦胡适的话却不无道理,他说,五四运动后"接二连三之极大刺激,兄等自由主义之立场能否不生动摇,亦属疑问"。这是实有所指。北伐前胡适曾提倡"好人政府",那时就几乎投入实际政治,这是汤尔和亲眼所见;后胡适也曾参加北洋的善后会议,北伐后又站出来公开批评新当权的国民党,几乎被国民党"法办"。那时汤尔和即说,他原以为胡适已经"论入老朽,非复当年",现在才知道其实锋芒未减(说详拙著《再造文明的尝试:胡适传》)。

汤氏的言外之意是,胡适自己也常常"忍不住"要参政议政,遑论陈独秀这样的"不羁之才"。但"自由主义"从未标榜不涉及实际政治,不过是对政治有某些特定看法而已。

胡适晚年在《口述自传》里说,1919 年时李大钊已写过文章称颂俄国革命,而陈独秀还没有相信马克思主义,甚至并不了解马克思主义。他是到上海"交上了那批有志于搞政治而倾向于马列主义的新朋友"后,才逐渐"和我们北大里的老伙伴愈离愈远"。揆诸上述沈雁冰的回忆,这个说法基本不差。李达更曾回忆说,即使担任中共领导之后,陈独秀也"并不阅读马列主义著作"。那些有关中国革命的马克思主义理论,他既"不懂,也不研究"。甚至《向导》上署陈独秀名的文章,也"大都是同志们代写的"。此说应不无所据,尽管"大都"或许夸张了些。

若陈独秀在创建并领导中共之后马克思主义理论的水准尚不过如此,则他在此前更接近自由主义,是非常可能的。而胡适在《口述自传》里引以为据的,就是陈独秀"写给《新青年》杂志的编者的几封信"。我们知道胡适的大部分来往信件并未带走,所以他当年在美国口述其《自传》时,所能看到的陈独秀写给《新青年》编者的信件,大概就是这次才出现的几封信。揆诸陈独秀在

1920 年南下前后的言论,胡适的看法绝非无的放矢。

前引沈雁冰所说,已指出陈独秀南下后的《新青年》刊登罗素的文章而不批评,提示出其与自由主义的关联。大致同时在中国还有一位影响比罗素有过之无不及的西方哲学家,就是杜威。陈独秀那时对民主(民治)和科学的理解,显然受到胡适和杜威的影响。他在 1919 年底《新青年》7 卷 1 号的《本志宣言》中明确表示:"我们相信尊重自然科学实验哲学,破除迷信妄想,是我们现在社会进化的必要条件。"在同一期上所发表的《实行民治的基础》一文中,陈氏喊出了他常为人引用的口号:中国要实行民治主义,应当"拿英美做榜样"。在这篇文章中,陈独秀更把杜威关于社会经济的"民治主义解释",视为"各派社会主义的公同主张"。

这次新"出现"的信中,有陈独秀 1920 年 5 月 11 日致胡适的信。他明确表示不赞成当时学生继续罢课,认为是"牺牲了数百万学生宝贵的时间,实在可惜之至"。陈氏建议胡适"邀同教职员请蔡[元培]先生主持北大单独开课,不上课的学生大可请他走路"。在他看来,这样的学生留在学校"也没有好结果"。更重要的是,陈独秀明确提出:"政府的强权我们固然应当反抗,社会群众的无意识举动我们也应当反抗。"这是典型的自由主义表达。在那个听众决定立说者命运、老师常常跟着学生跑的年代,即使是一些被我们视为自由主义者的读书人,也未必能认识到这一点,更不必说如此简明扼要地将其表出。

在 1920 年底陈独秀到广州后,那时他已和第三国际的人有了正式的联系,恐怕中共也已算成立(虽然还没开第一次党代会),他仍希望胡适所说的"英美派"陶履恭(孟和)能到广州去办高等师范学校。他在给高一涵和胡适的信中说:"师范必附属小学及幼稚园,我十分盼望杜威先生能派一人来实验他的新教育法,此事也请适之兄商之杜威先生。"此时他刚到广州,尚未与当地人联系,但已在考虑"此间倘能办事,须人才极多,请二兄早为留意"。可知陈独秀的心目中,基本还维持着革新与守旧的区分,他并不像后之研究者那样了解和重视马克思主义与自由主义的差异。

从这些公开和私下的言论看,并参照早期中共要员沈雁冰和李达的上述看法,陈独秀确实未必懂多少马克思主义,他可能也不那么懂得自由主义,但对两者的一些基本准则都有所把握。不论他对两种主义各自认识到何种程度,陈独秀那时并不看重两者的对立,毋宁说他还更注重两者互补的一面。(直到1923年7月,作为中共领导的陈独秀还以为:"适之所信的实验主义和我们所信的唯物史观,自然大有不同之点,而在扫荡封建宗法思想的革命战线上,实有联合之必要。")胡适把南下前的陈独秀列入"北大自由主义者",当然是在一种较宽泛的意义上说的(恐怕其他不少所谓自由主义者也未必真懂自由主义),但彼此皆视为同道,仍在互相援引,则绝无疑义。

不过,也就是写上一信两三个星期后,陈独秀就因《新青年》事而大怒,写出了几乎与胡适等绝交的一封信,也就是过去探索《新青年》同人分裂而未曾看见的一封非常重要的信。下面我们就通过这些新出信件来看看那时到底发生了什么事。(本文会尽量多使用这些新出信件的内容,对于他人据既存材料已说过的，仅简短述及。）

《新青年》的转向

陈独秀南下上海后所发生的一件事，是《新青年》与其长期合作伙伴群益书社决裂，改由"新青年社"独立发行。事情的起因是 7 卷 6 号的刊物页数增加很多，书社要提高定价，而陈独秀不同意。此事汪原放在其《回忆亚东图书馆》中曾说到，大体不差。他的叔叔汪孟邹（亚东图书馆老板）当时试图为两边说和，而陈独秀大发脾气，无论怎么说都不能成功。平心而论，大量增加页数而以原价出售，就要亏本，从商人立场确实很难接受。但陈独秀的动怒，也有他的考虑。

此事陈独秀在 1920 年 5 月的三封信里都说到。他在 7 日致胡适、李大钊的信中说："因为《新青年》六号定价及登告白的事，一日之间我和群益两次冲突。这种商人，既想发横财，又怕风波，实在难与共事。"此后 5 月 11 日和 19 日，又两次致函胡适，表示："我对于群益不满意不是一天了，最近是因为六号报定价，他主张至少非六角不可，经我争持，才定了五角；同时因为怕风潮，又要撤销广告。我自然大发穷气。冲突后他便表示不能接办的态度，我如何能去将就他，那是万万做不到。群益欺负我们的事，十张纸也写不尽。"总之，"群益对于《新青年》的态度，我们自己不能办，他便冷淡倨傲，令人难堪；我们认真自己要办，他又不肯放手"。

从这几封信可知，确如汪原放所说，冲突的起因是加价问题。价格最后虽以妥协了结，但显然已伤了感情。群益书社恐怕还是想要继续合作,不过总以商人的方式讨价还价,难为心直口快的陈独秀所接受。由于早有不满,陈氏也先有考虑。他在 4 月 26 日就发出一封给十二位《新青年》同人的"公信",提出第 7 卷结束后"拟如何办法",要他们"公同讨论赐复"。陈独秀提出的问题有:一、是否接续出版? 二、原定发行合同已满期,"有无应与交涉的事"? 可知其不续约之心那时已启。而群益书社要求提价,更助长了陈的不合作情绪。

陈独秀在 5 月 7 日给胡适的信中说,只有自己发起一个书局,才可避免"我们读书人日后受资本家的压制"。这恐怕是他怒不可遏的思想根源。中国读书人对商人既打击又依赖的历史已延续了至少两千年,何况又有舶来的"资本家"新概念为之助,更强化了彼此的不信任。而群益书社以不接着办相威胁,既说明他们对合作者的个性不够了解,更证明了自身的商人气味。此后又表示不肯放手,恐怕也表述得不够谦恭,不足以为"读书人"陈独秀所接受,此事遂不能挽回。这件事与当时的"主义"和新旧思想倾向无关,却也反映出思想上的历史积淀。

陈独秀在 4 月 26 日的"公信"中,还提出了关于刊物编辑人的三种选项:一是由在京诸人轮流担任,二是由在京一人担任,三是由他在沪担任。这封信似乎没引起北京同人的重视,陈氏又在 5 月 7 日致胡适、李大钊的信中再提出:

> 前因《新青年》事,有一公信寄京,现在还没有接到回信,不知大家意见如何? ……《新青年》或停刊,或独立改归京办,或在沪由我设法接办(我打算招股自办一书局),兄等

意见如何,请速速赐知。

为了日后不受资本家压制,陈独秀自己显然倾向后者,而招股自办书局就是他落实第三项建议的具体规划。他告诉两人:"章程我已拟好付印,印好即寄上,请兄等切力助其成。"这一次陈独秀的要求得到了贯彻,从胡适和周作人的日记可知,有十二位北京同人应胡适之邀于5月11日在公园讨论了《新青年》办刊事宜,但似乎并未涉及根本。周作人日记中明言那次聚会是讨论第8卷的事,而陈独秀自己问的也是第7卷结束后"拟如何办法"。

就在北京同人聚会的同一天,着急的陈独秀再函胡适:"究竟应如何处置,请速速告我以方针。"胡适随即有两信回复陈独秀,大概除赞成自办发行和建议用"新青年社"的名称外,并未明确答复陈独秀提出的三项建议,甚或表示了对发行兴趣不大。陈对这种只讨论近期事项的处理显然不满意,他在5月19日致函胡适说:

(1)"新青年社"简直是一个报社的名字,不便招股。

(2)《新青年》越短期,越没有办法。单是八卷一号,也非有发行不可。垫付印刷纸张费,也非有八百元不可。试问此数从哪里来?

(3)著作者只能出稿子,不招股集资本,印刷费从何处来?著作者协济办法,只好将稿费并入股本。此事我誓必一意孤行,成败听之。

（4）若招不着股本，最大的失败，不过我花费了印章程的九角小洋。其初若不招点股本开创起来，全靠我们穷书生协力，恐怕是望梅止渴。

此后陈独秀或也略有妥协，他接受了"新青年社"的存在，同时决定招股自办一个"兴文社"。陈氏在 5 月 25 日致函胡适，说明"群益不许我们将《新青年》给别人出版，势非独立不可"。他打算让兴文社和新青年社分立，为节省经费，可合租一发行所。"如此，八卷一号的稿子，请吾兄通知同人从速寄下，以便付印。此时打算少印一点（若印五千，只需四百余元，不知北京方面能筹得否？倘不足此数，能有一半，我在此再设法），好在有纸板随时可以重印。"陈独秀强调，独立自办之初，内容应当更好，"吾兄及孟和兄虽都有一篇文章在此，但都是演说稿，能再专做一篇否"？同时请胡适将几位同人进行中的稿件"分别催来"。

5 月 30 日，北京同人再次就《新青年》事聚谈，结果不详。但大体的态度相对消极，似乎看陈独秀意志坚决，遂由他随意进行，却也并不积极支持。陈独秀 7 月 2 日写信给高一涵说：

《新青年》八卷一号，到下月一号非出版不可。请告适之、洛声二兄，速将存款及文稿寄来。兴文社已收到的股款只有一千元，招股的事，请你特别出点力才好。适之兄曾极力反对招外股，如今《新青年》同人无一文寄来，可见我招股的办法，未曾想错。文稿除孟和夫人［沈性仁］一篇外，都不曾寄来,长久如此,《新青年》便要无形取消了。奈何!

陈独秀在 1916 年曾参与群益书社与亚东图书馆合组新公司的招股活动,到北京募集股本。他当年曾致函胡适,自称北上月余,便募集十万元以上。当年十万元可不是小数目,即便有些夸大,实际数额也不小。适逢蔡元培请他做北大文科学长,遂未再参与此事。但或许就是那时的成绩,给了陈独秀招股办书局的自信。如今陈独秀的名声应更有号召力,而兴文社不过收到股款一千元,实在有些今非昔比。究竟是整体的世风变了,还是上海人不如北京人爱好"文化",都还是可考的问题。

从陈独秀稍后给程演生的书信看,他似已放弃另立"兴文社"的计划,仍采用"新青年社"的名目募款。但既与群益书社脱钩,又没有固定的经费来源,恐怕也是导致《新青年》后来成为中共刊物的一个原因。这样,原本与思想倾向无关的技术性环节,也可能发酵成为一个起作用的因素了。

比经费更严重的问题,是北京同人几乎都不曾以文稿表示支持,显然对刊物偏向政治而疏离于学术思想不满。过去在《新青年》同人间划界分派的研究者,似未充分注意这一耐人寻味的现象。当时胡适在南京高师的暑期学校做系列演讲,陈独秀在 8 月 2 日特别致信胡适说,8 卷 1 号不做文章就算了,但 2 号就要"强迫你做一篇有精彩的文章"。他甚至给出了文章的主题,即中国人的思想是万国虚无主义的总汇,包括老子学说、印度空观、欧洲形而上学及无政府主义,可以说"世界无比"。故《新青年》以后应该对此病根下总攻击。这攻击老子学说及形而上学的司令,非请吾兄担任不可"。

虽然胡适并未接受这一命题作文,陈独秀仍表出了应针对中国人思想病根下总攻击的立意。过去很多人都把《新青年》8卷1号头版的陈独秀《谈政治》一文视为转向的重要标志,从此信看,陈独秀至少无意将其改变成一个政论性的刊物。他在开始转变的同时,仍试图顺应北京同人的倾向。

也就是在8卷1号之上,刊出了《本志特别启事》,宣称"本志自八卷一号起,由编辑部同人自行组织新青年社,直接办理编辑印刷发行一切事务"。揆诸此前往还信件和别的文献,似未见相应的实际行动,可知该社不过是对外宣布"自行组织",基本仍是陈一人在操办。

《新青年》编辑部改组风波

到这年12月,陈炯明请陈独秀到粤主持广东全省教育。陈独秀在月初致函李大钊、胡适等九人,说自己将赴广州,"此间编辑事务已请陈望道先生办理,另外新加入编辑部者,为沈雁冰、李达、李汉俊三人"。该信仍是胡适在处理,他在信上批注:"请阅后在自己名字上打一个圈子,并请转寄给没有圈子的人。"由于这是"公信",说得较为"客观",没什么解释。

陈独秀于12月16日动身前夕,又致信胡适、高一涵,进一步申说其意。他表示,近来"《新青年》色彩过于鲜明,弟近亦不以为然,陈望道君亦主张稍改内容,以后仍以趋重哲学文学为是。但如此办法,非北京同人多做文章不可。近几册内容稍稍与前不同,京中同人来文太少,也是一个重大的原因"。他在12

月 20 日到广州的次日，再写信给二人，述说了前引希望杜威能派一人来实验其新教育等事。显然，陈独秀当时并不觉得他对编辑部的处置有什么不妥，对北京同人的感觉也不错。

但北京同人显然对陈独秀把《新青年》编辑事务交与他人，并让编辑部新增数人的做法非常不满。这在很大程度上或许即归因于所谓"新青年社"并未正式"由编辑部同人自行组织"，则每个人都可认为自己是"社员"，同时也觉得对"编辑部同人"的扩充有发言权。最先表态的是陶履恭，由于当时官方已"不准邮寄"《新青年》，陶氏主张不妨"就此停版"，并建议"日内开会讨论一番，再定如何进行"。这与此前对陈独秀办刊的放任态度，已经很不相同了。

北京同人的不快，系统表述在稍后胡适给陈独秀的信中。对陈独秀所说《新青年》"色彩过于鲜明"，胡适表示已经难以抹淡，盖"北京同人抹淡的工夫，决赶不上上海同人染浓的手段之神速"。他提出三个解决办法：一是"听《新青年》流为一种有特别色彩之杂志，而另创一个哲学文学的杂志"；二是恢复"不谈政治"的戒约，从 9 卷 1 号起把《新青年》编辑事务移归北京同人处理，并发表一个新宣言，"注重学术思想艺术的改造，声明不谈政治"；三即陶履恭所建议的"暂时停办。但此法与'新青年社'的营业似有妨碍，故不如前两法"。胡适表示，他以外至少有六人赞同第一二两法。

这一次，脾气不好的陈独秀又大怒了。他在 1921 年 1 月 9 日给胡适等九人发出一封公信。此信重要，兹录如次：

适之先生来信所说关于《新青年》办法,弟答复如左:

第三条办法,孟和先生言之甚易。此次《新青年》续出,弟为之甚难。且官厅禁寄,吾辈仍有他法寄出,与之奋斗(销数并不减少)。自己停刊,不知孟和先生主张如此办法的理由何在? 阅适之先生的信,北京同人主张停刊的并没有多少人,此层可不成问题。

第二条办法,弟虽离沪,却不是死了。弟在世一日,绝对不赞成第二条办法。因为我们不是无政府党人,便没有理由可以宣言不谈政治。

第一条办法,诸君尽可为之,此事于《新青年》无关,更不必商之于弟。若以为别办一杂志,便无力再为《新青年》做文章,此层亦请诸君自决。弟甚希望诸君中仍有几位能继续为《新青年》做点文章,因为反对弟个人,便牵连到《新青年》杂志,似乎不大好。

再启者:前拟用同人名义发起新青年社,此时官厅对新青年社颇忌恶,诸君都在北京,似不便出名,此层如何办法,乞示知。又白

从前几封信看,陈独秀本带着较好的心情离沪赴粤,且对自己的主张并无多少不好的感觉。他自有其理由:北京同人既不怎么出款,又不寄稿,上海不另找人,稿件从何而来? 且此信明确了"新青年社"实际并未组成,所以对他也没有什么太明确的约束。最主要的当然是他正在广州满腔热情地张罗,忽然被泼冷水,心情难以扭转,说话也就情绪十足了。其实,陈氏自己在

四五月间曾两次提出三项建议，都包括不继续出版的选项，所以陶履恭的建议并不太出格。但因其心绪已不佳，再加上他注意到北京同人多不赞成停刊，所以陈独秀非常怀疑陶履恭已被梁启超等"研究系"收买，单独给陶写了一封几乎绝交的信。

胡适随即回信陈独秀，说他"真是一个卤莽的人"。他特别强调，梁启超等人与《新青年》同人，是"我们"与"他们"的关系，长期处于竞争之中，最近还有日趋激烈的趋势。换言之，陈独秀对陶履恭的怀疑，几乎等于认友为敌。但胡适表示："我究竟不深怪你，因为你是一个心直口快的好朋友。"他提醒陈独秀，现在谣言甚多，"北京也有'徐树铮陆军总长、陈独秀教育总长'的话"。若这也相信，岂不也可以像陈独秀警告陶履恭一样说出什么"一失足成千古恨"的话。

胡适关于"我们"与"他们"的描述，是比较贴切的。按照沈雁冰的回忆，梁启超等人想要独立从事文化事业的"群体自觉"，恰在这段时间才明朗化。张东荪本也是谈唯物史观的，并曾参与在上海筹组共产党的活动。后得"随梁任公游欧之某某函告，彼等一系之政治立场及文化工作方策，经已决定"，乃"不能不改变论调"，使人感觉其言论"判若两人"。而张东荪"议论大变"后，陈独秀本人就和他辩论过，这对他应该是记忆犹新的事。

不过，胡适很快发现，北京同人因陈独秀的动怒似乎对他有些"误会"，于是在1月22日给北京同人写了一封详细的信，特别附上他给陈独秀的原信和陈独秀给陶履恭的信，以说明情况。胡适在信中不得不两次说"我并不反对独秀"和"我也不反对《新青年》"，他不过盼望《新青年》像陈独秀说的那样"稍改变内容，以后仍以趋重哲学文学为是"。这里的《新青年》,当然是特指,即那个已经转向,而北京同人此前并未特别支持的《新青年》。胡适表示,他现在"很愿意取消'宣言不谈政治'之说,单提出'移回北京编辑'一法",并指出,正因刊物"此时在素不相识的人的手里",故北京同人未曾多做文章。胡适要求各位同人对他的建议"下一个表决",结果各人意见很不一致。

胡适这封信及北京同人的各种反应,过去都能看到,也早有人使用,无须在此详细引述了。此前因未能看到上面那封陈独秀"误解"的原信,所以影响了对胡适建议和其他同人反应的理解。现在此信的"出现",很多事情都更清楚了。基本上,虽然多数人不无保留地赞同了胡适移京编辑的意见,但都强调了任何处置都应坚持陶履恭所说的不能"破坏《新青年》精神之团结"的原则。团结体现在"精神"上这一用语相当有分寸,尤其鲁迅和周作人都指出了"现在《新青年》的趋势是倾于分裂的,不容易勉强调和统一"的现实。

随后胡适在2月6日致函陈独秀说明情况,陈独秀在2月15日复信,说"现在《新青年》已被封禁,非移粤不能出版,移京已不成问题",算是为此事画上句号。或许是胡适的解释澄清了误解,或许是分裂已成事实,陈独秀此函虽仍有一些不和谐的意思,口气却相当温和,大概也是在试图维持彼此间"精神之团结"。他当然知道"分裂"的实际后果,在同一天写给鲁迅、周作人的信中说,"北京同人料无人肯做文章了,唯有求助于你两位"了。

不过,《新青年》的当事人虽然实际分裂,其"精神团结"确实仍在维持,即使在已经成为中共刊物之后亦然。陈独秀1921年9月5日致函胡适说:"《新青年》已寄编辑诸君百本到守常兄处转交(他那里使用人多些,便于分送),除我开单赠送的七十本外,尚余卅本,兄可与守常兄商量处置。"此时中共的一次代表会已召开,本党刊物寄到李大钊那里,当然不仅仅是因为"他那里使用人多些"。陈独秀这一说法明显有些"此地无银"的意味,但正因如此,可知至少在形式上,北京同人仍被承认为刊物的"编辑诸君"。

老朋友间的感情也并未改变,这次拍卖的信中还有好几封此后陈独秀给胡适的信,充分体现了两人思想虽不一致,友情仍继续维持。同时,这些信件表明,胡适、沈雁冰和汪原放等人的回忆文字,已大致梳理出事情的脉络,却未被看重,研究者也不怎么引以为据,很可以引起我们的反思。

五四比我们认知的更丰富

胡适曾强调,影响历史的因素是多元的,如民初的文学革命思想,就是"许多个别的、个人传记所独有的原因合拢来烘逼出来的"。历史事实的形成,"各有多元的、个别的、个人传记的原因",其解释自不能太单一。"治历史的人应该向这种传记材料里去寻求那多元的、个别的因素",不必总想"用一个'最后之因'来解释一切的历史事实"。

同理,《新青年》的转向和同人的分裂,也是"许多个别的、个人传记所独有的原因合拢来烘逼出来的"。我们久已习惯于把一种有代表性的倾向视为"整体",实则历史现象至为繁杂丰富,在地大物博的中国，当年的社会与今天一样，应该也是一幅"林子大了什么鸟都有"的图景。在这次拍卖的信件中，还有一封钱玄同1921年2月1日致胡适的信，是在胡适要求同人"表决"关于《新青年》是否移京编辑之后所写，他在表态之余特别声明：

> 我对于《新青年》，两年以来，未撰一文。我去年对罗志希说："假如我这个人还有一线之希望，亦非在五年之后不发言。"这就是我对于《新青年》不做文章的意见。所以此次之事，无论别组或移京，总而言之，我总不做文章的（无论陈独秀、陈望道、胡适之……办，我是一概不做文章的。绝非反对谁某，实在是自己觉得浅陋）。

这是钱玄同的老实话，类似的意思他在别处也曾表述过。陈独秀此前给周作人的信就说："玄同兄总是无信来，他何以如此无兴致？无兴致是我们不应该取的态度，我无论如何挫折，总觉得很有兴致。"这倒很能体现两人性格的差异，陈独秀不仅以"终身的反对派"著称，他之所以能屡折屡起，恐怕正依靠这"总觉得很有兴致"的精神。

钱玄同这段话可以提醒我们的是，当《新青年》面临转向和分裂之时，对个人而言，不写文章并不一定意味着就站在某一边（若是群体的不写，自然代表着某种倾向性）。过去的研究常喜欢划界分派，实际上，李大钊在这一事件的多数时候并未偏向陈独秀一边，颇能说明中共的主义未必是一个选择的关键。而鲁迅虽然更喜欢陈独秀的为人，也反对"发表新宣言说明不谈政治"，却支持胡适主张的让"学术思想艺文的气息浓厚起来"，还说他所知道的几个读者也"极希望《新青年》如此"。另一方面，与思想倾向关系不大的经费问题，反倒可能是使刊物与中共联系起来的一个实际考量因素，尽管目前尚未见到明显的依据。

五四本身是非常丰富的，在一个充满了矛盾、冲突和激情的时代，发生在当时的任何事情，多少都带有时代的烙印。五四的人和事，也特别需要作为充满了矛盾、冲突和激情的历史活动来理解和认识。正因个人传记材料是认识历史和解释历史的一个要项，这次新出现的陈独秀信件，对我们理解和认识五四的丰富性，就有更为特殊的意义了。

（原刊《南方都市报·阅读周刊》2009 年 7 月 12 日）

疾病与历史：非常威尔逊

　　近年美国关于政府是否应出兵伊拉克的辩论中，历史经验常被援引，或者说是被政治性地"利用"。一个经常被提到的话题是，美国当年对希特勒领导的德国过于宽容迁就，结果扩大了人类为那次战争所付出的代价。这里隐伏着一个反面的"假如"，即美国的行为如果"更积极"，第二次世界大战这场人类浩劫或许是可以避免的。

　　历史当然没有"假如"，但更符合历史实际情形的是，即使美国当年真有遏止德国的能力，足以施展其能力的机会更早就已失去了。因为美国在第一次世界大战后拒绝参加其"亲自缔造"的国际联盟，反而在战后部分回归孤立主义的传统，虽然在经济上和文化上继续对外扩张，政治上却可以避免插手欧洲事务。单从美国一己的利益看，这一政策的确风险小而获利多。但在遇到希特勒对国际秩序的挑战时，欧洲国家无力阻遏德意志第三帝国，而置身事外的美国并无参与的正当理由和手段，只能眼看德国坐大，终不得不以更大规模的战争为最后的解决。

　　换言之，"假如"第二次世界大战真可能避免，也必须有一个积极参与国际集体安全体系的美国在,历史事实是美国根本不在其中。而美国之所以错过这次历史机会,不少史家归咎于当时的总统威尔逊在处理与国会关系时举措失当,犯下了历史性的错误。

从远距离的长程史观看,这类错误当然可由后人来纠正;而举足轻重的在位领导人在关键时刻犯这样关键性的错误,可能要千万人的生命和不止一代人的时间这样沉重的代价才能慢慢挽回。小布什政府正以类似理由树立其用兵的正当性,问题在萨达姆是否有类似希特勒那样的征服野心(许多人似乎看不出有)。出兵伊拉克的问题恐怕要开放更多的文献才可以进一步探索,但向以睿智能干著称的威尔逊当年竟会犯下重大历史错误,这是长期以来使许多史家困惑的问题。

一

如果按柏拉图所说的以哲学家为国家管理者的标准(也就是中国人曾静说的皇帝该由儒生作),在世界历史上的大国领导人中,威尔逊可以说是少数接近这一标准的人。他历任常春藤名校普林斯顿大学的教授、校长,著述甚丰;更以颇具历史眼光和世界视野而超出许多同时代的西方政治家之上,国际联盟正是他亲自参与设计并提倡最力者。

在实际政治领域,威尔逊也素称能干,出任总统前先已担任过新泽西州的州长,有长期的管理经验,政绩不差,而与国会打交道更以手腕灵活著称。到第一次世界大战结束时,已是威氏第二任总统的后期,更挟大战胜利的余威,应该是其表现政治家风范的大好时机，而威尔逊偏偏在此时沙场折戟，这是为什么？

让我们简单回顾一下当时的情景。还在第一次世界大战进行期间，威尔逊就试图使人们相信，正是协约国在为一个美好的新世界而战斗。战后的长远规划更是落实国际新秩序的关键，威尔逊设计了一个他认为是和平美好的新世界体制，其中心是以国际联盟这个机构来一劳永逸地解决国际问题。国际联盟的要义，就是要以讲道义的集体安全（collective security）新原则取代旧时讲力量的权势均衡（balance of power）理论。当一国的独立和领土完整遭到侵犯时，联盟内其余国家即群起鸣鼓而攻之，以尽保卫世界和平的道德义务。

这就是威尔逊倡导的国际新秩序，看上去不消说是很不错的。但对美国来说，这个新秩序意味着随时可能无条件地卷入他国间的战争，这是使得国联条约在美国国会很难得到批准的主要一点。

1919 年的美国正面临着下一届的大选，党派气息甚浓。威尔逊挟战胜的余威，若能顺利通过国联条约，则下一任总统又非民主党人莫属。故共和党人即使让条约通过，也要打上自己的烙印，不能让威氏独占风采。当时美国仅 48 州，96 位参议员中威尔逊领导的民主党只占 47 席，其中还有四位是明确反对国联条约的。共和党的 49 席中，愿以温和修改即通过国联条约的只有 12 席，以参院外委会主席洛奇为首的重大保留派占 23 席，另外尚有坚决反对派占 14 席。

在此情形下，民主党只有联合参院的温和保留派，以简单多数解决保留案问题，并在此基础上努力获得使条约通过的三分之二多数票。当时民主党高层人士咸主妥协解决，但威尔逊坚决不同意。原来威氏与洛奇曾有私人嫌怨，见面几乎不打招呼，故他决不愿"屈服"于洛奇。更重要的是，洛奇提出的保留案强调国会的宣战权，主张无国会批准则美国不能为担保他国的领土完整而战。威尔逊从道义上考虑，认为这已违背了国联保护世界和平的基本精神。

政治争端一旦变得道德化，妥协就十分困难。威尔逊决定诉诸国人，他从当年9月起开始环美旅行，但在9月底即因心脏不支而从科罗拉多返回华盛顿，10月2日更因严重中风造成左侧瘫痪。威氏病中虽少问政事，仍发出坚决不向洛奇让步的指示。尽管当时有两千万美国人请愿要求妥协，威尔逊却坚信大多数美国人站在他这一边。到1920年1月，威氏已意识到国联条约在国会不能通过，遂致函全体民主党人，称临近的大选将是一次"伟大庄严的公民复决"，选民一定会支持民主党。

具有讽刺意味的是，到3月参议院投票时，只有一半的民主党参议员追随威尔逊，他们与坚决反对派的14人共同使妥协案仅差7票就达到三分之二的票数。外交成果为内部政争所扼杀，美国拒绝了国联条约。第一次世界大战的确严重打击了帝国主义旧国际关系体系，但威尔逊设计的世界新秩序却未能在本国通过。在威氏寄予厚望的"公民复决"及大选中，美国人选择了共和党的哈定。

向以长袖善舞著称的威尔逊何以在这样的关键时刻如此目中无人、一意孤行？这是长期以来史家甚感困惑的问题，导致各种解释和迷思的出现。梁启超当年就说："他明知国会中敌多友少，却始终孤行己志，不管成败，这一点有些令人不可解。"梁氏自己的解释是，威尔逊"一面虽做政治生涯，一面还是书生本色"，故非坚持"他平素主张的学说"不可。这多少也是一种有些"书生气"的猜想。

西方史家对此也有各式各样的解释：许多人相信自威氏发病而隔绝政事后，威尔逊夫人实际执掌国柄，威夫人实际成为美国第一位也是唯一一位女总统的说法在很长时间里相当流行。（今日的女性主义者在这里可能看到有事则诿过于女性的男性中心观念。）又有人用精神分析的方法仔细研究威尔逊，认定他之坚拒妥协渊源于其幼时有个专横的父亲。普林斯顿大学教授林克（Arthur Link）则提出威尔逊在这段时间里行为反常是因连续几次中风所造成，但这个说法一直证据不足。

后来威尔逊的私人医生格瑞森（Cary T. Grayson）的后人将其所藏威尔逊的病历献出（全部刊发在前些年出版的《威尔逊文件集》第 64—66 卷之中），经专家分析，证实林克的见解是正确的。病历表明，威尔逊所患的高血压和颈动脉症远比一般人所知的更严重。从 1919 年夏天即威氏开始与国会协商时起，他的脑供血一直是受阻碍的。这就能够解释威尔逊在那段时间何以变得健忘、固执而且效率甚低。林克后来复核威氏的谈判纪录，仅那年 8 月 19 日那次与参院外委会的会谈中，他将事实搞错即多达几十次。另外，威尔逊一生著述甚丰、文笔流畅，可是那年 7月他向国会解说国联条约的演说与平时文章相比就显得薄弱而无说服力，这可能也是脑供血不足所造成。

过去研究威尔逊在这段时间的表现，基本都将其作正常人看待，这些新材料证明那时他已不能胜任这样重大的政治任务，相信以后史家对威尔逊的判断，必有较大的改变。第二次世界大战的爆发，根本是因为上次战争的结束没有带来充分的和平，英、法、美这些大国未能捐弃私见以全力维护所谓的集体安全体系，故不能及早决断以军事行动对付所面临的侵略行动。美国如果参加了国联是否就能改变历史进程，当然也还只能是个存疑的"大胆假设"。但如果这个假设有几分正确，则一个人的疾病可以影响世界命运到如此程度，实在也非常发人深省。

二

附带地说，那次讨论战后条约是历史上少数几次中国问题牵涉并影响到美国内政的时刻。当初在动员中国参战时，美国驻华公使芮恩施已许下改变中国国际地位的诺言，国务卿蓝辛也告诉中国驻美公使顾维钧，参战"将有助于保证中国政治的和领土的完整"。类似的许诺也出自欧洲协约国各驻华公使之口，并为英、法公使以照会形式正式承认。作为战胜国参加巴黎和会的中国代表是满怀希望赴会的，特别是希望借此收回日本占据的山东，而从威尔逊到蓝辛等均表示对中国拟在和会采取的立场持同情态度。

在和会初期，美国代表团从上到下的确支持中国的立场。日本对已到手的山东自然不肯放出，英、法在战争期间已与日本签订密约支持日本接管所有德国在远东的利益和势力范围，它们在和会上也支持日本的立场。威尔逊在和会期间充满了使命感，他终日陶醉在自己设计的世界新体制之中，一心想建立国联来解决所有的世界问题，从而避免布尔什维克革命在世界蔓延。

大战改变了世界大国间的强弱关系，巴黎和会可以视为一个按列强势力消长来重新划分各国在世界秩序中地位的机会。战争期间爆发的俄国十月革命产生了世界上第一个共产党领导的国家，这对世界资本主义体制是个强有力的挑战。俄国虽然未参加巴黎和会，但却存在于绝大多数与会者的头脑中，布尔什维克革命显然影响了与会者的态度。对美国来说，俄国革命是个双重的挑战：除了意识形态方面的挑战外，革命使俄国这样一个大国迅速发展起来，对美国也未必有利。

当列宁对全世界劳动者描绘共产主义的美好未来时，威尔逊针锋相对地提出了他著名的"十四点计划"。计划的一个要点是主张各民族自主，与列宁在基本同时提出的民族自决的思想有相通之处。两人皆提出了国际秩序新观念，在不同程度上都反对既存的帝国主义国际秩序，所以两者对被压迫被侵略国家之人皆有很大的吸引力。若将世界划分成新旧两部分，则至少在国际秩序方面，威、列二氏当时同属新的一边。但在新派范围之内，双方也存在对追随者的争夺问题，其关键就在于谁能真正实行民族自决的思想，或至少推动其实行。

不参加和会的列宁可以最大限度地发挥想象力，而身与和会的威尔逊则需面对外交手段上老谋深算的"老欧洲"（借用最近布什使用的词语）。本来欧洲各国非常清楚在战后重建中美国经济援助的重要性，它们未必就敢坚决与美国作对。但英、法得知威尔逊在美国国会遇到麻烦后态度日趋强硬，意大利中途退出和会使威尔逊进一步受挫。

日本人显然洞悉了威尔逊的心态,于4月22日宣布不达目的也将退出和会。这一招果然一矢破的,威尔逊的态度第二天就开始软化。一个星期之后,不顾美国代表团除豪斯上校以外全体成员的反对,威尔逊不无勉强地同意了日本接管德国在山东权益的要求。以今日的后见之明看,此时威尔逊的作为多大程度上是因脑血管供血不足所致,也值得反省。

关于山东问题的决定在美国代表团内部引起不小的波澜,三位助理人员为此辞职。就连一向主张与日本妥协的蓝辛也认为,即使日本不参加国联也比抛弃中国和背弃美国在远东的声望要好。在蓝辛看来,把国联置于其他所有事务之上和把国联与山东问题搅在一起本身就是错误的。日本有史以来第一次成为世界大国,很难不参加承认其大国地位的国联。中国报人杨荫杭便注意到蓝辛在其《议和记》中说:"日人如暴发户,一旦厕于缙绅先生之座,且以为大幸,虽驱之出联盟犹不肯出,庸有负气脱离之理?"此说不无道理,不过那时日本政府中稳健派是否能控制局势,也是疑问。

客观地说,威尔逊和美国代表团在巴黎和会上为维护中国的利益的确曾做了很大努力,不过这主要是为维护美国在华利益。威尔逊还在普林斯顿大学任教期间已初步形成了他对远东和中国的一些基本看法,尽管对东方文化和社会素无研究,他确信西方文化优于东方文化,东方将被开放并以西方准则改变之,最终成为以欧洲为模式的商业世界和意识世界的一部分。为适应这个转变,美国有责任将其自助自治和秩序等原则传递给不发达国家。威尔逊认为,人们在进行货物贸易时也就进行了意识的交易，两者是相辅相成的。在这一点上，他或许超越了同时代的许多人。

在威尔逊的眼里，中国既是商人的，也是政治家、传教士的广阔市场。尽管他认为美国对中国这一独立国家的作用应该是"间接的"，他所主张的行动却并不那么间接：这位总统信奉边疆学说，赞成门户开放，希望向中国不仅出口美国的货物，也出口美国的民主制度和价值观念。威尔逊承认让日本接管山东在道义上是不公正的，但在现实政治的需要面前，原则和道义似乎成为次要的东西。为了达到"十四点计划"的目标——建立国联，"十四点计划"的原则被其提出人抛弃了。

尽管威尔逊一再表示对日本让步是为了国联，而有了国联就提供了最终解决中国问题的场所和可能。但问题在于，为确保各国的"政治独立和领土完整"而建立的国联如果必须以违背其基本精神的让步（即牺牲其成员国的政治独立和领土完整）为前提的话，则国联的建立是否必要即成疑问。这样的组织即使建立起来，又能在多大程度上解决问题，本身也是个问题。以不道德的手段来建立一个道德机器，岂非绝大的讽刺？反过来说，国际政治从来也不是理想的，多数决定都是妥协的产物。"集体安全"新原则毕竟在理论上是讲道义的，与旧时赤裸裸讲力量的"权势均衡"观念还是有重大区别。

当山东问题成为美国参议院拒绝批准国联条约的重要理由之一，而使国联的主要倡导者美国自己最终未能进入国联时，威尔逊曲意将日本拉进国联的行为在技术层面也带有十足的讽刺意味了。那时山东问题已成为美国政治中的敏感问题，当选总统哈定对威尔逊的山东政策一贯持严厉的批评态度，《纽约时报》1920 年 9 月 22 日 3 版头条即以《参议员哈定指责背叛中国》为题，报道了哈定对威尔逊的批评。稍后参议院讨论新任驻华公使舒尔曼的任命时，行政方面特别提醒参院，舒尔曼在 1920—1921 年间一再坚持日本应立即将山东还给中国。

在中国，学者公使芮恩施因威尔逊的背弃愤而辞职。一度对美国的帮助寄予厚望的中国朝野大失所望，帝国主义对山东问题的决定激起了中国人的民族主义情绪，五四运动因此爆发，从此决定了任何要想掌握中国政权的政党必须是反帝的革命政党。由于美国的帮助不可恃，本来就势单力薄的自由主义分子在中国的政治前途就此断送了。既然威尔逊描绘的新世界之美好前景是以中国的独立和完整为代价的，中国知识分子中许多人自然转向了列宁指出的方向。至少就中国而言，威尔逊的世界新秩序在与列宁的新世界蓝图的较量中已经失败了。

（原刊《南方周末》2004 年 8 月 12 日）

尝试梦想的胡适其人
——说说《胡适传》的写作

今天是五四的周年，一个最容易与"记忆"相连的日子。后人的"纪念活动"，往往撷取被纪念者的一些部分而"发扬"之，其实也多少修改了历史记忆。然而记忆的过程本身也是一个不断修改的过程，唯多在无意有意之间而已。五四周年从来纪念不断，有人甚至以为纪念对象已被"放大"太多，有人则觉得五四精神并未被真正理解，大约也都各有所本，各见其所见。与五四相关的人物，亦多有类似命运，被想念、遗忘、赞颂、责骂、仰慕、厌弃，享受不同待遇。而其所凭借的本相，反可能迷离恍惚，有时或也不过是捕风捉影的"模拟"。

胡适就是这些人中的一个。因为一个偶然的机缘，我有幸写过胡适（1891—1962）的传记（仅完成前半段）。在近代中国历史上，对同时代读书人影响最大的有三位，分别是曾国藩（1811—1872）、梁启超（1873—1929）和胡适。能写其中一人的传记，是非常荣幸的事。不过，要理解胡适，多少表现出他的音容笑貌，却不是一件容易的事。

一、传记的写作

尽管中国史书以纪传体著称于世，胡适却一则说他"深深的感觉中国缺乏传记的文学"，再则说"中国的传记文学太不发达了"，甚至"可歌可泣的传记，可说是绝对没有"。他的意思或许是中国过去的传记不够"文学"，曾自撰《四十自述》以为文学性传记的尝试，却不十分成功——仅其中第一章类似"小说式的文字"，从第二章起，就因其"史学训练深于文学训练"，遂"不知不觉的抛弃了小说的体裁，回到了谨严的历史叙述的老路上去"。略带讽刺意味的是，"还有许多朋友写信"给他，说后写的"比前一章更动人"。

其实文史本"不分家"，曾为法王路易九世作传的勒高夫就认为，传记比其他史学手段更能产生"真实效果"，故"与小说家所采用的手段比较接近"。史家"凭借其对于资料和传主所生活的时代的熟悉"对史料进行"剪接"，实即"剥掉这些文献的外壳，让带动历史现实的理念显露出来"，从而展现"真实"。且文笔的感人，往往以生活为基础，并因经历的可分享而使读者生"同情"。若叙事本以能"仿生"而灵动感人，便无所谓文学与史学。历史叙述的"生动"，或即以史学的思想逻辑为后盾，通过表述的严谨而展现。

然而传记确实不容易写，勒高夫便视历史传记为"历史研究最困难的方式之一"。若写已成"人物"之人，又比一般传记更难。按梁启超的界定，所谓"真人物"，必"其人未出现以前与既出现以后，而社会之面目为之一变"。这类人的"生平、言论、行事,皆影响于全社会";其"一举一动,一笔一舌,而全国之人皆注目焉"。胡适就是这样一个改变了历史的"人物",如上所述,今人表述皆用所谓"白话文",这一几千年的巨变,便与胡适有着不可分的关联。

不仅如此,从青年时代开始,胡适一生都是新闻媒体注意的对象。子贡早就说过,君子之过,就像"日月之食",其"过也,人皆见之;更也,人皆仰之"。20世纪50年代中国大陆对胡适的全面批判,最足表现他在近代影响的广泛。他完全符合梁启超界定的"真人物",亦即子贡所说的"君子"。

但正因此,胡适也是学术界一个久有争议而很难处理的题目:前些年是贬多于褒,后来则褒多于贬。趋势虽然明显,但仍存歧义。20世纪90年代后,胡适研究在大陆渐成热点,论著日多,海外亦不少。各家虽仍有争议,关于胡适的许多具体的方方面面,却又已渐有论定的意味,这就更增加了写胡适的困难。

历史表述与历史事实之间的关系,本无限曲折。这当然有读者一面的原因,从前述胡适写《自述》的尝试便可知,他本以为读者会喜欢"小说式的文字",却有"许多朋友"认为,他按照"谨严的历史叙述"方法所写的,反"更动人"。而胡适自身的一个重要原因,即如胡适研究者周明之先生所说,胡适"在不同的场合,对不同的听众,说不同的话"。他论学论政的文章讲话,是在对中外老少新旧各种人"说法",但别人却未必知道他具体的言论是对哪一具体的听众说法。由于收发者心态不是同时,视点不相接近,则说者自说自话,听者各取所爱,就发展成"有心栽花花不开,无心插柳柳成荫"的结果了。

　　与晚年胡适过从较多的唐德刚先生以为，胡适说话"有高度技巧"，在此范围内，他又是"有啥说啥"。这是唐先生积多年与胡适接触经验的甘苦之言。正因此，对胡适所说的话就不能全从字面看，而必须仔细分析，才可以从其"高度技巧"之中，求得其"有啥说啥"的真意。

　　胡适一生都非常重视"一致"，主张一个人应言行一致、今昔一致，为此而不惜调整一些与个人相关的记录。但人是生活在社会之中的，尤其成为"人物"的人，很少能不受时代和周围环境的影响，真正做到今昔的"一致"。中国古人早就主张"多闻阙疑"，或许历史传记与文学传记不同之处，就是能够"尊重因资料匮乏而留下的缺损和空白"，不去"设法填补打碎了一个人一生之中表面的统一性和完整性的那些中断和不连贯之处"。

　　而且，如勒高夫所说，由于"历史的变动在传记中也许比在别的地方更加清晰"，在历史传记这个"极端困难的领域里"，恰隐伏着如何研究"变动中的历史"的方法。人能弘道，道亦弘人。一个时代可能因为某个杰出人物而得到表述，某一个人也可能因为时代的重要而引人注目，并在时代被弘扬的过程中表述自己。孟子早就提出"论世"以"知人"的方法，反过来，也可"知人"以"论世"（对任何人物的研究，必对其所处的时代有更深一层的认识）。双向处理孟子的"知人论世"方法，有助于对历史人物及其时代的共同了解。

　　马克思和恩格斯以为："生活决定意识。"基于此的观察方法，是"从现实的、有生命的个人本身出发，把意识仅仅看作是他们的意识"。它的前提是人，"但不是处在某种幻想的离群索居和固定状态中的人，而是处在现实的、可以通过经验观察到的、在一定条件下进行的发展过程中的人"。故陶孟和强调："一个人生在世上，必定与他生存的环境有相互的影响，有无限的关系。"要了解一个历史人物，"万不可以把他所处的时势并他所处的环境抛开"。而且这时势环境是立体的，是"过去的生活积久的结果"，要"追溯既往才可以了解"。

今日若要研究胡适的时代，自然要多注意那些得到喝彩的文章；如果要理解胡适本人，则不得不去揣摩那些用了心力却为人冷落的篇章。且两者就像"知人"与"论世"的关系一样，本是互补的。只有在理解了胡适本人及其不为世所注意的一面，明了其为世所知和不为世所知的诸多原因，才能更深入地理解胡适那个时代；同时，也只有在尽可能深入地理解了胡适所处时代之后，才能进一步领会胡适身处特定时代那"不得不如是之苦心孤诣"（陈寅恪语），以期"还他一个本来面目"（胡适语）。

这中间文本（胡适自己）和语境（胡适所处时代）的微妙互动关系，便是史家可以着力之处。记得《胡适传》初版后，不少读者注意到其与很多传记的写法不同，如一开始就专辟一章来讨论传主所处的"语境"，便曾使一些评论者感到不习惯。其实为已成历史"人物"的人写传，常不得不如是。勒高夫为路易九世作传，便"经常中断对他生平的叙述"，以交代"他在不同时期中所遇到的那些问题"。他谦称"这些不同时期各有其标志，它们令历史学家感到困难"，而他自己则"试图把这些困难的性质交代清楚"。其实就是勒高夫对这些时代"标志"的理解与其他史家不同，故不能不"中断"对传主的叙述以说明其时代。

胡适自己曾提出,写人物传不能细大不捐,"当着重'剪裁',当抓住'传主'的最大事业、最要主张、最热闹或最有代表性的事件"来书写。其余的细碎琐事,必须有"可以描写或渲染'传主'的功用",才能存留。我那时即以此为目标,虽不能至,心向往之。并为了接近传主本人想要清楚浅显的风格,尽量写得流畅些。一些繁杂的分析和史事考证,或另文陈述,或独立探索,在书中就适当简化了。而胡适生活在一个充满激情的时代,我也希望不仅写出他那些代表时代的作为,并尝试表现他那与时互动的言行和情感。这并非易事,且史家对此也不免见仁见智。

二、写实与写意

研究人物,自然都想还原其本相。但究竟何为本相或真相,其实不太说得清楚。有的研究者自信甚强,以为通过所谓"科学"的研究可以了解研究对象到超过其本人的程度。对此我有些存疑,盖不论什么外在内在的因素增添了身在山中而不识真面目的可能,每个人大概还是自己最了解本人。正因为了解自我,所以或有一些不欲人知的主观努力(即所谓掩盖),研究者能从其立身行事之中探索到一些其不欲人知的部分,已甚难得;进而能对研究对象有"同情之了解",尤大不易。若云认识其人超过本人,多少恐有些傅斯年所谓"以不知为不有"的倾向,或不过凸显研究者的大胆敢言而已。

进而言之,对历史人物"真相"的把握捕捉,还有一个"形似"还是"神似"的问题。两者之中,后者更难,即王安石所谓"丹青难写是精神"也。然而不论"形似"还是"神似",都仅到"似"的程度；能似，就不简单。对史学来说，很多时候重建出的人物究竟是否"似"尚难以判断，遑论所谓"真"。在这一前提下，或不妨尝试先寻求呈现历史人物的丰富面相，即尽量重建传主"已确立形象"之余的部分；若能于固定的典型"象征"之外，"旁采史实人情，以为参证"，以"见之于行事"的方式写实亦兼写意，重构出传主人生经历的丰富，说不定反能因此而趋向于接近其"本相"。

闻一多在写杜甫时曾说：

> 数千年来的祖宗，我们听见过他们的名字；他们生平的梗概，我们仿佛也知道一点；但是他们的容貌、声音，他们的性情、思想，他们心灵中的种种隐秘——欢乐和悲哀，神圣的企望，庄严的愤慨，以及可笑亦复可爱的弱点或怪癖……我们全是茫然。我们要追念，追念的对象在哪里？要仰慕，仰慕的目标是什么？要崇拜，向谁施礼？

由于"看不见祖宗的肖像，便将梦魂中迷离恍惚的，捕风捉影，摹拟出来，聊当瞻拜的对象——那也是没有办法的慰情的办法"。所以，他所描绘的诗人杜甫，虽不敢说"这是真正的杜甫"，却可以说是他"个人想象中的'诗圣'"。

这是一个非常重要的见解。一方面，往昔的追忆需要一个可知可见的具象，否则难以寄托；另一方面，很多时候我们仰慕和崇拜的凭借，其实只是一个想象的模拟物。中国古人对此有很深入的思考，所以不重偶像（此用其本义），而多以牌位表出，是很典型的"写意"。但后来终抵挡不住人情的需索（或也受外来文化的影响），渐出现画像、雕塑一类"写实"之物，逐渐取牌位而代之。然而恰因"写实"物品多系晚出，反蕴涵着较多的想象，未必就比"写意"的牌位更接近实在。

有时候，"写实"之物甚至真如闻先生所说，不过是捕捉梦魂中迷离恍惚的影子而已。《梦溪笔谈》曾记唐明皇梦钟馗捉鬼而命画工吴道子图之，道子"恍若有睹，立笔图讫以进"，居然极肖明皇梦中所见，"上大悦，劳之百金"。这就是一个捕梦捉影的"实例"，其作品究竟算是"写实"还是"写意"，还真需要费心斟酌。唯梦不易说，说即难免痴人之讥。偏向科学者如胡适，就以为做梦都有生活的经验作底子；则明皇所谓"卿与朕同梦"，或其作底子的"生活经验"相近乎？

过去的思想史研究或受哲学史影响，似偏于理智，而相对忽略情和感的部分。思想家的传记也相类。其实人的苦与乐，人对自然和他人的感知、感受甚至感应，都是古人特别重视的，在既存研究中却显薄弱；或因"研究"须严谨，而将研究对象"纳入"一种理智体系，遂"被"理性化了。其实我们思想史中很多人物的情感都很丰富，其感性的表现往往被压抑而不显，似还有伸展的余地。

今日科技的力量给史家以极大的帮助，胡适的容貌、声音都有记录而可亲近，但是他的性情、思想和"心灵中的种种隐秘"，仍不能不遵循论世知人的取径，据史料和想象以重建。我自己并无意全面地重新诠释胡适及其时代，不过重建一些过去较少为人注意的史实，希望能为认识和诠释胡适其人及其时代，做些拾遗补阙的工作。

三、人物与时代

大约一百年前,胡适在留学美国时曾说:"梦想作大事业,人或笑之,以为无益。其实不然。天下多少事业,皆起于一二人之梦想。"所谓梦想,也可以说是乌托邦式的理想。西哲和中国先秦诸子的长处,就在敢于有乌托邦式的理想。实际上,"天下无不可为之事,无不可见诸实际之理想"。很多人早年的乌托邦式理想,后来都不同程度地实现了。对于相信"自古成功在尝试"的胡适来说,他也一辈子都在"梦想作大事业",并且的确做到了。

至少从留学时代开始,胡适梦寐以求的就是为祖国造新文明,后来他在《新思潮的意义》中表述为"再造文明"(包括物质与精神),此即他毕生一以贯之的志业。胡适希望"折中新旧,贯通东西",对内实行半自由主义半社会主义的新型计划政治,以解决社会民生的基本问题;复因内政的改良而使列强同意修订不平等条约,进而解决对外问题,达到与欧美国家平等的地位;最后通过"物质上的满意使人生观改变一新",将中国建成一个"治安的、普遍繁荣的、文明的、现代的统一国家"。这一大目标,到他撒手仙去之时,恐怕自己也不会相信是很成功的。

不过,胡适常以"但开风气不为师"自诩。从思想史的角度看,他当年的开风气之功,已足名留青史;其实际的成就,也有目共睹。以他爱引的那句话"现在我们回来了,你们请看,便不同了"来说,自从胡适回到中国,这"不同"是明显而实在的。

从长远看,胡适最持久的成绩或在于大力提倡和推动我们今日正在使用的白话文。在可预见到的将来，白话文大概也不会被取代。书写和口语的差异，或使当代人的沟通产生困难；变动不大的文言，却能弥合异代间的鸿沟。文言被迫淡出书写领域的功过，也许还要较长时段的检验才更清晰。但无论如何，以白话"统一"书写和口语，可说是近于"书同文"的"三代以下一大举动"了。

而胡适更多的遗存，似乎还是在当下的推动，不论思想还是学术，政治还是文化。

当年胡适提倡整理国故时，连老辈梁启超也追随参与，并与胡适竞开国学书目。吴稚晖则以为，胡适基本是个纯粹的"文章士"，而梁启超还可能有事功方面的贡献，故明确指出，国学书目一类事"止许胡适之做，不许梁卓如做"。吴氏公开讽劝梁启超放弃整理国故，而致力于提高中国的物质文明。虽然他的实际指谓，仍只是希望梁启超多说与"造机关枪"相关的话，最多也不过"议政"而已。

但吴稚晖因此提出了一个评价历史人物的标准，却有些意思。他说："如以司马迁、司马光为譬，一是全靠一部《史记》，一是全不在乎什么《通鉴》不《通鉴》；又以苏轼、王安石为譬，一则有诗文集大见轻重，一则有同样的诗文集丝毫在其人是非不加轻重。"吴氏显然同意立功胜于立言的传统观念，主要从事功一面看人物的历史地位，并似将事功定义为参与和影响实际政治。不过，如果把事功的界定放宽到对整个社会的影响，在"苏文熟，吃羊肉"的时段，东坡的社会影响虽表现为诗文，又何止于诗文。

基本上，在皇帝也希望作之君作之师的时代，士人想要立功立言兼具，是很自然的。这样的思路显然一直传承到民初，胡适在留学时"讲学复议政"的愿望，就是一个明确的表述。从个人的自定位和世人的期许看，胡适未必仅是吴稚晖眼中的"文章士"，大概是个介于苏轼和王安石之间的人物。他那震动一时的《中国哲学史大纲（卷上）》，如余英时先生所说，提供了"一整套关于国故整理的信仰、价值、和技术系统"，建立起近代中国史学革命"一个全新的典范"。而该书开风气的作用还不止于中国，罗素就认为其英文本在西方汉学界也起着典范转移的作用。

　　然而此书出版不过数年，在多数人还在追摹仿效之时，对西学有了较深认识的傅斯年已很直率地做出了与他人不同的判断，他对胡适说："先生这一部书，在一时刺动的效力上论，自是大不能比的；而在这书本身的长久价值论，反而要让你先生的小说评居先。何以呢？在中国古代哲学上，已经有不少汉学家的工作者在先，不为空前；先生所用的方法，不少可以损益之处，更难得绝后。"这话很多人未必同意，但傅先生所谓"一时刺动的效力"超过其"长久价值"，大致也说出了这本书树典范开风气的作用。

　　有意思的是，胡适在1952年说，"我的玩意儿对国家贡献最大的便是文学的'玩意儿'，我所没有学过的东西"，似乎他也接受了傅斯年的看法。他接着说："我已经六十二岁了，还不知道我究竟学什么？都在东摸摸，西摸摸。"到1958年更说："有时我自称为历史家；有时又称为思想史家。但我从未自称我是哲学家，或其他各行的什么专家。今天我几乎是六十六岁半的人了，我仍然不知道我主修何科；但是我也从来没有认为这是一件憾事！"这样一种对自己专业认同的含糊，或暗示着在具体专业特别是哲学史方面贡献不是特别大，然而其涉猎的广博，却又少有人能及。

从 20 世纪 50 年代对胡适的全面批判看，他在近代中国的影响遍及哲学、史学、文学、教育、政治等各领域。自他二十多岁"暴得大名"以后，几十年间"始终是学术思想界的一个注意的焦点"，无论是誉是谤，不管是追随、发挥、商榷、批评或反对，在众多领域里，亦如余先生所说，"几乎没有人可以完全忽视他的存在"。然而这是怎样的一个"存在"呢？我想，有没有他的哲学史、文学史和小说研究等"诗文集"固然大见轻重，即使没有这些，胡适仍然是那个"胡适"。

胡适一生不忘作一个觇国之士，终其生为在中国实现自由主义政治而努力。他认为"没有不在政治史上发生影响的文化"，故反对"把政治划出文化之外"；不仅在北洋时期鼓吹"好人政治"，也曾试图以其具有特定含义的"中国文艺复兴"包容新当权的国民党，长期徘徊于诤友和诤臣之间。尽管其事功远不及王安石和司马光，在心态上却相当接近他们。他那"为国人导师"的自定位及其始终从世界看中国的眼光，使他常能从大处着眼；其一言一行，往往反映时代的声音，说出时人想说而未曾出口的话，故能对社会产生"一时刺动的效力"，实际也就创造了历史。

或可以说，胡适既因适应时代的需要而开了风气，又因种种原因与时代疏离。不过，他历来主张一种"实验的精神"，他给"中国文艺复兴"下的定义，即"一种自觉的尝试"。就像他在《尝试歌》所说的：“有时试到千百回，始知前功尽抛弃。即使如此已无愧。”他毕竟已经实践了其“实验的精神”，何况还有那么多他人难望其项背的成功！

可惜这位一生讲话写文章都有意要清楚浅显，也以此著称于世的思想家，虽然最希望为人理解，恰又最不容易理解。他自己就曾叹谓许多他细心用力的文章不为世人所注意，而随意为之的作品常多得喝彩。到 1961 年，他看了别人选的《胡适文选》后说：“你们都不读我的书，你们不知道应该怎样选，还是让我自己想想看。”选他文章的人当然是愿意并认真读他文章的人，但在胡适看来，仍不能算知音。可知他与读者的关系，到老也还是隔膜的。

这是因为胡适处在一个新旧中西杂处交错的时代，他自己也是一个由传统的士蜕变出的现代知识人。而且他身上还有“中国的我”和“西洋廿世纪的我”两个新旧中西不同的“我”同时存在。从小至家庭爱情到大至民族国家走向这样一些问题上，究竟是取中国的还是西洋现代的态度，恐怕他自己也常常犹疑踌躇吧。被视为“西化派”代表的胡适，到底是一位激烈反传统的世界主义者，还是一位具有深切民族主义关怀的人物？这两种有着明显反差的胡适形象就像一座冰山，那水平线下面更广阔的民族主义关怀甚少为人所注意，而其水面反传统的形象却长留在人们记忆之中。

再加上胡适不仅向往特立独行，又好与各方面周旋。他那过人的“修养”功夫体现出非常明显的“超我”对“本我”的抑制，后天对先天的约束。胡适承认自己“好名”，所以能够爱惜羽毛。

对他这样的人来说，"超我"的压力虽无形却甚大。正如陈源所说，他给自己创造出了"一个特殊的地位"。胡适既然已成了特定的"胡适"，他就不得不说那个"胡适"应该说的话，做那个"胡适"应该做的事。然而他每给自己找到一个新的社会角色，都增强了他"超我"一面对"本我"的压力，也就加剧了他内心的紧张。

另一方面，胡适虽一心想"作圣"，又不时要"率性"，甚或试图在"率性"的方向上"作圣"，以走出一条鱼与熊掌兼得之路。观其一生，正是依据父亲胡传总结出的做人道理，在"率其性"和谨勉以学为人之间游移，以知其不可而为之的真孔子的态度，虽不能至，仍始终向着"作圣"的方向努力，故与其所处之时代有意无意间保持着一种若即若离的状态；前者是有意的，后者是无意的。

然而近代中国以"变"著称：变得大、变得快，且变化的发生特别频繁。用朱自清的话说："这是一个动乱时代。一切都在摇荡不定之中，一切都在随时变化之中。"胡适很早就认识到近代中国"时势变得太快，生者偶一不上劲，就要落后赶不上了，不久就成了'背时'的人"。所以他一向注意随时调整自己与所处时代社会的位置，不愿给人以落伍的印象。

胡适晚年还记着康有为曾对他说："我的东西都是二十六岁以前写的。卓如以后继续有进步，我不如他。"梁启超自己也曾比较说："有为常言：'吾学三十岁已成，此后不复有进，亦不必求进。'启超不然，常自觉其学未成，且忧其不成，数十年日在旁皇求索中。"或许胡适自己是介于康梁之间的：他总想继续进步，处处像梁；而其主要的"东西"，亦皆早年所成，又更近于康；其所著常是半部未完之书,正凸显其亦梁亦康的一面。

而胡适形象最不可或缺的,还是他一向"宁可失之忠厚",终生一以贯之。他最后一次讲话,曾说及自己因言论而被"围剿",但不忘表示"那是小事体,小事体。我挨了四十年的骂,从来不生气,并且欢迎之至,因为这是代表了中国的言论自由和思想自由"。讲到此其实已动了感情,声调开始激动,几句话后突然煞住,显然是心脏病发作,但仍挣扎着含笑与人握手,努力不要让人和他一起不愉快。终因心脏不支,仰身晕倒,从此再未醒来。人人知道他确实生气,但他仍委婉出之,含笑携手。后人若只看见那开头的生气,忘掉了临去的微笑,实在是看轻了胡适之!

也许,后人最好的纪念,便是同样报之以微笑。傅斯年曾论耶稣说:

> 他们想念你,你还是你;
>
> 他们不想念你,你还是你;
>
> 就是他们永世的忘了你,或者永世的骂你,你还是你。

就影响的广狭来说,以胡适比耶稣,或有些"拟人不伦"(傅先生是把耶稣看作人类之一的)。若不以功业论,则胡适秉承的那种"知其不可而为之"的孔子真精神,正如傅先生所说,"终是人类向着'人性'上走的无尽长阶上一个石级"。我们能不向此长阶上的一个石级报以微微一笑,在"这微微一笑之中,想象你的普遍而又不灭的价值!"

(按傅诗原句为"证明你的普遍而又不灭的价值",冒昧易一词,谨此说明。)

(原刊《万象》2006 年 5 期,《文汇报·文汇学人》2015 年 3 月 13 日)

延伸阅读:

罗志田:《再造文明之梦:胡适传》,社会科学文献出版社,2015 年。

两个质疑留学的留学生

——读梅光迪致胡适书信，1910—1913

　　胡适在 1927 年曾将其一手推动的"整理国故"诠释为"捉妖"和"打鬼"，其"目的与功用"即"用精密的方法考出古文化的真相"，以收"化神奇为臭腐"之效。这是许多论及胡适与整理国故关系者颇喜引用的句子。其实，在 1916 年留学美国之时，胡适曾有一首言志的词，自称为"誓诗"，那里面却说要"收他臭腐，还我神奇；为大中华，造新文学"。两说截然相反，形象地揭示出胡适一身实兼具新旧中西不同的"两个我"。[1] 一般被视为西化象征的胡适，早年民族主义情绪颇盛，在留学时更一度以复兴古学为己任，这方面的胡适，还需要进一步认识。

　　我在八年前写《胡适传》时，曾论及少年胡适的民族主义一面，主要依据其早年文字和留学日记，因其日记中断颇多，又经他自己"编辑"，材料不足之处也只能语焉不详。那时耿云志先

---

[1]　1918 年春，胡适在与陶孟和讨论小说《苔丝》和诗歌《老洛伯》中锦妮的爱情遭遇时说："中国的我，可怜锦妮，原谅锦妮；而西洋廿世纪的我，可怜 Tess，原谅 Tess。"胡适致陶孟和，1918 年 5 月 8 日，耿云志主编，《胡适遗稿及秘藏书信》，黄山书社，1994 年，第 20 册，103 页。这是我所见胡适唯一一次这么明晰地表述聚集在他身上带有时空差异的双重认同。

生已在编《胡适遗稿及秘藏书信》，这一大书的实际出版还在拙著之前，然其流通稍广则又在一段时间之后了。胡适留学日记欠缺最多的一段，即 1910—1913 年间。而《胡适遗稿及秘藏书信》中则收有不少这段时间梅光迪给胡适的书信，[①]对了解两人以及那时的留美学界言，都蕴含着丰富的信息。

今人甚重留学，视之为正途；当年也尽量争取并得到庚款留美机会的胡适、梅光迪，却都对留学有相当的保留，胡适更写出著名的《非留学篇》，认为"以数千年之古国，东亚文明之领袖"，竟然"一变而北面受学，称弟子国"，真是"天下之大耻"！那篇名文中有些观念就是来自梅光迪，且该文的写就也受到梅氏的敦促。他们当年有着怎样的思虑？何以会产生"非留学"观念？看看这批书信，也许能获得"了解之同情"，或者还可以进而反思昔年帝国主义"文化侵略"的方式、功能与得失。

五四学生运动前几年，北大不少趋新师生深感传统的压力（虽然这一压力其实颇具想象意味），却对帝国主义"侵略"的感受不那么直接，故能激烈反传统；而作为留美预备学堂的清华校风似相反，或因该校以庚款兴办，帝国主义"文化侵略"的存在太明显，激起师生思想上的反动，直接导致"复旧"的愿望和努力。1916 年就读于清华的闻一多就有意振兴国学，并认为

---

① 按梅光迪和胡适是安徽大同乡，1909 年结识于上海，后颇相契。该书所收的梅氏书信不止于 1913 年，写于 1916 年的字数也不少，当时梅、胡两人为"文学革命"事激烈争论几至决裂，这些信曾为胡适自己在其《逼上梁山》一文中部分摘引，故尚为人知。另据说梅夫人晚年曾辑出《梅光迪先生往来书信集》在台湾出版，书未见，不知是否也有相关内容。

当时新旧两派皆不足恃，只能靠他们这些预备留美的清华学生。①

闻氏晚年有句应该却尚未成为"名言"的话："我始终没有忘记除了我们的今天外，还有那二三千年的昨天；除了我们这角落外，还有整个世界。"脱离上下文的这一表述相对中立，其实那时他的态度已逆转，基本赞同新文化运动时北大人的主张，故其"不忘"的结果便是主张继续反传统。但此语体现出的宽阔心胸，或即是"古今中外"色彩明显的清华教育所带给他的。对生于清季的读书人而言，庚款即提示着"国耻"，清华人日日身处其间，民族主义情绪焉能不强。今日有些人侈谈什么"清华学派"，却不及当年清华人耿耿于怀的耻辱感，多少有些"数典忘祖"的味道。②

胡适虽未进清华，然也以此款留学，多少具有相似的感触，而梅光迪更从一开始就特别提醒他说，庚款是"城下之盟"的产物，故"谓之吾人救国续命之资可矣！以救国续命之资，易而为君等谋教育，在美人好义之心，固不可没；而吾国人之所责望于君等，则救国之材，而四百兆同胞所赖以托命者也"。梅氏自己

---

① 后来主编《学衡》的吴宓，此时也就读于清华，当他有机会主持母校的研究院时，即成功地聘请到王国维来传授"国学"。参见罗志田：《国家与学术：清季民初关于"国学"的思想论争》，生活·读书·新知三联书店，2003年，第253—254页。

② 当然，北伐后国民政府接管清华，使该校的隶属关系从外交部转到教育部，在很大程度上扭转了清华师生的心态。据说陈寅恪以新校长罗家伦的姓名为对联，委婉挖苦其"不通家法科学玄学，语无伦次中文西文"，其实有深意在。假如确有所谓"清华学派"，北伐前以专注于国学的研究院和其后的文史哲各系学风差异甚大，而陈氏固更多代表着旧校风也。

在1911年初考入清华后，对校园和师资均较满意，但仍不忘此校办学之"款项由奇耻大辱而得"。①

胡适初到美国，即与中国同学成立"薪胆会"，其立意多少也针对着上述耻辱，可知那时以"雪耻"为留学目的者尚有人在。梅光迪正从此会看到"复仇雪耻之先声"，他希望胡适等"人人能为勾践，则祖国尚可为"。梅氏本以"与华盛顿相映"的"事功"期之于胡适，对其所学之农科，也从救国方面认识，以为"救国之策，莫先于救贫，尤当从振兴农业入手"，他想知道胡适是否以"东方之托尔斯泰"自命？②

但胡适显然不仅有意"立功"，且已有"立言"之意，拟在诗文上下功夫。梅光迪则希望胡适像韩愈、欧阳修一样不"以文士自居"，盖"文以人重，文信国、岳忠武诸公，文章皆非至者，而人特重其文"；若事功不足甚至"大节有亏"者，其当世文名虽盛，却难为后人所记忆。故胡适当"抱定为学之旨，读尽有用之书，而通其意，将来学问经济，必有可观"。只要坚持"以文、岳二公为师，不必求以文传，而文自传"。

梅光迪对胡适之所以一再以事功相鼓励，如他后来承认，"迪始交足下，不过仅以文士目之"。直到他自己在1911年秋也

---

① 梅光迪致胡适，宣统三年（1911年）三月一日，《胡适遗稿及秘藏书信》，第33册，第311—312页。按原信基本未署年份，相当一部分未署月份，均据其内容尝试代定，有错误处容赓续考证修订。其中写于清季最后一两年者多署旧历，均依其原样而不改。

② 梅光迪致胡适，宣统二年（1910年）十一月十五日；梅光迪：《送胡适序》，均在《胡适遗稿及秘藏书信》，第33册，第307、481页。按现在可见之胡适留学日记始自1911年，当年述及各类"会"不少，有中国问题讨论会、演说会及（全国性的）爱国会等，未及此"薪胆会"，疑该会可能成立于赴美舟中，待考。

赴美留学,得胡适给他一封"约二千言"的长信,才认识到胡适"有如许议论怀抱,始愧向者所见之浅",不觉对胡适"五体投地",甚望其"永永为我良友,互相规勉,为他日救国之材。非我二人之幸,实中国之幸也"。梅氏此函差不多也有二千言,从其所论反观,胡适此时已基本不着意于事功方面,而梅光迪也无异议。

这在两人而言都是一个较大的转折,即其关怀和努力的方向逐渐从形下之学转向形上之学。此后两人思想观念还有许多变化,这一自定位皆未再转变。① 后来胡适从农科转到哲学,明确其"有志于立言"的方向,梅光迪极表赞同,认为胡适的改科,"乃吾国学术史上一大关键,不可不竭力赞成"。盖其"材本非老农,实稼轩、同甫之流也。望足下就其性之所近而为之,淹贯中西文章,将来在吾国文学上开一新局面(一国文学之进化,渐恃以他国文学之长补己之不足),则一代作者,非足下而谁"?

梅氏明言其抱负说:"吾人生于今日之中国,学问之责独重:于国学则当洗尽二千年来之谬说,于欧学则当探其文化之原与所以致盛之由,能合中西于一,乃吾人之第一快事。"稍后在论及学外语时,他表示,正因"我辈志在兼收并蓄",所学语言门类不可不多,"然德、法文不必求其好,只求能读其高深之书而已足"。这样宏阔的抱负与沉重的责任并存,故梅光迪认为:"我辈生此时,责任独重,因祖国学术皆须我辈开辟;一世之后,学术大昌,只须人习一学与一外国语足矣。"

---

① 稍后梅光迪自己也明其志曰:"生平之大愿,在以文学改造社会,决不想作官发财。"梅光迪致胡适,1913 年 6 月 26 日,《胡适遗稿及秘藏书信》,第 33 册,第 410 页。

从信中这些名副其实的"豪言壮语"看，两人确实都胸怀"大志"。那一代读书人中有此胸怀者尚不少见，大致还继承着传统士人那种"澄清天下"的气概和责任感（不过基本落实在"立言"一面）。但一般在美留学生情形似稍不同，在梅光迪就读的威斯康新大学，中国留学生"在此者不下三十余，求其狂妄如足下万一者，竟不可得"。而胡适的"狂妄"，却是梅氏"梦梦我思之者也"。两人皆自负不轻，而对侪辈又不甚看得起，正是他们逐渐走向"非留学"的一个伏因。

那时两人关注的重点除自己如何（为国家）求学外，便是怎样向美国或西方输出中国文明。胡适曾向梅光迪提出应在美国推动数事，梅氏颇感"神往"。先是胡适在 10 月间曾上书康大图书馆长"论添设汉籍事"，这次他也对梅光迪提及此事，梅氏一方面表示"极赞成"，但也担心"Cornell 无中文一科，彼人自无能直接读我之书者"，即使在图书馆中"添一中文部，是犹愈瞽者辨五色、聋者审五音耳。吾恐徒资蠹鱼之腹，不孤负此书乎"。故添设中文藏书，"现在尚非其时"。对胡适提出的练习英语演说，他认为"固亦应有之事。然归去后为祖国办事，所与游者皆祖国之人也。若用英语演说，势必先使祖国四万万人尽通英语始可，岂非一大笑话乎"！①

他因此提出："我辈莫大责任，在传播祖国学术于海外，能使白人直接读我之书，知我有如此伟大灿烂之学术，其轻我之心当一变而为重我之心，而我数千年来之圣哲，亦当与彼晰种名人并

① 实际上胡适已有此思考，他在那年 7 月即提出"吾辈今日宜学中文演说，其用较英文演说为尤大"，在征得康大数位同学赞同后即组织了演说会。见《胡适日记》，1911 年 7 月 19 日，第 1 册，第 120 页。

著于世,祖国之大光荣,莫过于是。"他希望自己三五年后,若"得有博士硕士等学位,西学足以取重于彼,又能以西文著书,当要求此邦著名之校添设中文一科,而我辈为其讲师,务使彼人能直接读我之书"。① 其实这也是胡适已在思考之事,他在那年2月的一篇作业,就是以《美国大学宜立中国文字一科》为论题。

可以看出,梅、胡二人当时思想上的共鸣处不少,但梅光迪相当遗憾地说:"此事迪若一出诸口,吾国人又当笑为病狂,可叹可叹! 然吾与足下自当共勉之以成此志,以为祖国光。"这里说的国人,即指的是留学生。梅氏来美时所携中文书稍多,当地留学生就"诧为异事,无不暗中笑骂",常指其为"书痴、老学究"。据他观察:"吾国人游学此邦者,皆以习国文讲国语为耻。甚至彼此信札往来,非蟹行之书不足重,真大惑也。"

当年留美学生中,教会学校出身者众,这些人不重中文和中国书,根本是因为中文能力甚差,有的甚至不会中文,也难怪其以英文往来。② 问题是这些人英文也未必好,因为他们实不曾在文字上下功夫:有些人"以为文学不切实用,非吾国所急",梅氏"初来时亦欲多习文学,而老学生群笑之";另外一些人则因"校中 Text Book 文皆浅,遂以为文不必重";最等而下之的,是一些

---

① 梅光迪后来还真在哈佛大学教了好几年中文,也算是求仁得仁。
② 约十年后,胡适的学生罗家伦又留学美国,中国留学生的情形与前仍无大改变,罗氏发现,多数"留学生平均读中文书的程度",一般是"看外国文十叶的时间,看中国文不能到一叶"。这些人基本的困难有三,即掌握的"生字成语太少"、"文法的构造不明了",也"不习习惯"。这分明是外国人学中文的感受,可见当日教会学校毕业生中文程度之一斑。参见《罗志希先生来信》,《晨报副刊》,人民出版社1981年影印,1923年10月19日,第2版。

学生"以束书不观、略习应酬末务为学。此美国学生大缺点，而吾人摹拟之惟恐不速，真可痛耳"！

在其1912年初给胡适的信中，梅光迪更指责当时《留美学生月报》主笔"实系买办人材，于祖国学问及现状毫不之知，日以污蔑祖国名誉、逢迎外人为事。外人不知中国内情，盲以袁贼为吾国伟人，在吾人当力与之辩。今某等反从而推波助澜，真非中国人也"！当时正值辛亥鼎革，一些留学生认同于清政府乃发自内心，他们当然不会同情"乱党"；同时，若清朝被推翻，许多人的官费即可能出问题，也不排除有些人站在政府一边立论，或者带有些许私心。①

但在梅氏眼中，主要还是因"此辈出身教会，洋奴之习已深"，他们"多不识汉文，故最恨汉文"。且"近年来此辈之势力大昌，日以推倒祖国学术与名誉为事（如欢迎外教，鄙弃国教，亦最可痛心者）。幸而光复事成，国赖以不亡，否则此辈得志，恐不但尽祖国学术而亡之，并且将其文字而亡之，而国亦因之亡矣。故迪对于国学常抱杞忧，深望如足下者为吾国复兴古学之伟人，并使祖国学术传播异域，为吾先民吐气。足下其勉之！迪当执鞭以从其后焉"。②

---

① 这里的"私心"大约也分两种：一是希望国家不乱，诸事依旧，自己的既得利益也不受损；二是未必看好民党，担心事情结束后留美监督"秋后算账"，故不敢出声。

② 按教会学校出身者却偏向于清政府，很能支持前些年从"阶级观点"解释历史的主张；但从新旧中西的对应关系看，"欢迎外教，鄙弃国教"的"洋奴"似乎当倾向于共和一面。也许当时各人不过据其本人的观感决定行止，或没有那么复杂的思虑和讲究，待考。不过，据梅光迪稍后的观察，不少人在"革命之前，颂扬虏廷，及至共和告成，又附和同盟会，博得大官或议员，真无耻之尤者"。梅光迪致胡适，1913年7（不迟于8）月13日，《胡适遗稿及秘藏书信》，第428页。

　　这里的思路和表述方式,尤其是"复兴古学"的愿望,都与梅光迪不甚欣赏的清季"言国粹者"非常近似,可见他无意中受其影响不少。① 在论及辛亥革命的成功时,梅氏特别感到"不能不崇拜东洋留学生",因为他们办的杂志"极有价值",为此次成功奠定了基础。胡适稍后在《非留学篇》中采纳了这一见解,以为中国"晚近思想革命、政治革命,其主动力,多出于东洋留学生,而西洋留学生寂然无闻焉。其故非东洋学生之学问高于西洋学生也,乃东洋留学生之能著书立说者之功耳"。②

　　崇拜东洋留学生的梅光迪很快"对于此邦留学界已绝望,决意跳出此范围,暑假时有暇当作文鼓吹停止官费留学。以吾国派官费留学美国已五六十年,实无一个人材也,此最可痛哭之事"。他很想和胡适一起去考察美国那种侧重专科的自助式学院,"以便输其学制于祖国",因为中国需要的是"一种坚忍耐苦恺切诚挚之人材",且"尤须深懂祖国文明",这样的人材"非所望于教会学堂出身、月领六十元官费者也"。

　　1913年他到西北大学,发现那里的留学生颇不乏"刻苦自励之士。有不恃他人一文而作工自给者,又自浣衣炊饭,服饰尤朴

---

①　梅氏曾明确表达了看不起清季提倡国粹者,认为其"不脱汉宋儒者之范围,登几篇宋明遗民著作及几句说经说史之语,即谓之为《国粹学报》,以保存国粹自命",不免"可笑亦可怜"。参梅光迪致胡适,1911年9月30日,《胡适遗稿及秘藏书信》,第33册,第388页。

②　胡适:《非留学篇》,《胡适文集》,第9册,第673页。又好几年后,梁启超仍在发挥这一见解,认为"晚清西洋思想之运动,最大不幸者一事焉,盖西洋留学生殆全体未尝参加于此运动",致使运动不成功,故西洋留学生"深有负于国家也"。参见梁启超:《清代学术概论》,朱维铮导读,上海古籍出版社,1998年,第98页。

素。而对于留学界情形，尤与迪同其感愤。江西邹氏之子，家资数百万，近又得官费，而浣衣炊饭自若。迪由是益信停止官费留学之不可缓"。受当地学生影响，梅光迪自己也开始"学浣衣炊饭，非为省钱计，实为练习吾身体、能耐劳苦计"。因为"吾国今日救时之士"，须能"耐劳操作，与至下等人同其甘苦，始可以有为"；故在美国留学，"亦可仿留法俭学会办法"，为其"调查工作之途，以为刻苦有志之士倡"。

反观那些官费生，"月领六十元，衣裳楚楚，饮食丰腴。归国后非洋房不住，非车马不出门，又轻视旧社会中人，以为不屑与伍，而钻营奔走之术乃远胜于旧时科举中人，故此辈官高矣禄厚矣。然试问五十年来，如此辈者，不下千数百人，有几人曾为吾民办一事，稍可称述者乎"？若说讲求学术，"输入西洋文明"，这些人"不但无一本著作，且无一本翻译"。他们回国后，"在中学校，且用西文科本，用西文演讲，强学生以至难，而彼乃扬扬自得，以为饭碗稳，莫能予毒"。这样的留学生，"实行不能，著述又不能，要之何用"？

在梅光迪看来，"留学界稍有希望者"，还在于他所看到的私费生中那些"有心人"。他一面主张可在美国尝试勤工俭学，一面强调必须在美国留学界"提倡一种良学风"。同时更当"联合留学界中西学术精通之士，发刊一大杂志（月报，用中文），以饷留学界与国人。庶几留学界学风可改良，国人亦可获益，留学界之名誉亦可恢复"。不然的话，"将来归去，实无面目见江东父老耳"。

梅氏这次连函详论留美学界的状况，多少受到胡适的推动，当时任《留美学生年报》编辑的胡适正打算"刊行关于论学论留学界现状之书札"，梅光迪甚愿参与，拟稍改订从前书札，以符合"吾现时思想议论"。至于署名，则以"真姓名亦不妨，吾有言论，吾自敢负责任"。他自认其所论"颇有可采之处，或可置之[《年报》]留学界论学门中"。关于停止官费留学的主张，他更希望胡适"于《年报》中发明其说，以醒吾国人、政府迷信遣派留学之沉梦，则造福于祖国将不浅"。

对其负面为主的观察，梅光迪也承认，他之"痛恶留学界，虽出于实情，亦间由感情用事，有过激失当之处"。主要是他自己英文不够好，而又多带中文书，两者皆为先来的"老学生"所不欣赏，而梅氏自己却"昂首自豪"甚而"轻视彼辈"，又不善与人应酬，不肯"步老学生后尘，效其风尚"，终至"名誉扫地"，"两年来所受种种之揶揄笑骂，不堪罄述。而吾又不肯变易面目以阿世好。由是一意孤行，由轻视留学生而为痛恶，专从其缺点处观察；虽留学界亦间有美处，然迪以感情用事，不暇计及之"。本来"世间一切事，皆有美恶两方面"，往往是"爱之者只见其美，憎之者只见其恶"，他自己的观察也不免失之于"人情之偏"。

不过，也许担心胡适在正式的议论中低估了留美学界不那么光明的一面，他又提醒胡适："吾之忤俗固然，而留学界之黑暗之罪恶，终不出吾平日所揭破者。足下万不可以吾犹自悔之言，遂将留学界抬高也。吾自忤俗，留学界自黑暗耳。"胡适向来有荀子所谓"君子善假于物"的特长，果然很快写出了颇具影响的《非留学篇》刊发在《留美学生年报》1914年第1期，其中许多议论明显受梅光迪影响，可见梅氏见解痕迹处甚多（尽管他也缓和了对留学界"黑暗"一面的贬斥)。

如梅光迪以为:"一国之立,必有其特出文明方可贵。如希腊、罗马,虽久为瓦砾〔砾〕,然世界文明史上彼终占一最高位置,为今人所凭吊倾仰。印度虽亡,然印度哲学在今日亦占一重要位置。惟国家无学,事事取法于人,乃最可耻可痛耳(即能效法得当,如彼日人,然究竟在世界文明史上,彼终无光彩)!吾人道德文明本不让人,乃以无物质文明,不远三万里而来,卑辞厚颜以请教于彼,无聊极矣!"试将此与本文开始引用的关于留学是国耻的话比较,其立意甚至表述都非常相似。

再看胡适对留美学界的观察:"今留学界之大病,在于数典忘祖。吾见有毕业大学而不能执笔作一汉文家书者矣,有毕业大学而不能自书其名者矣。"关键在于,"留学生而不讲习祖国文字,不知祖国学术文明,其流弊有二":

一是不能输入文明。这些人连中文都不通,"既不能以国文教授,又不能以国语著书。则其所学,虽极高深精微,于莽莽国人,有何益乎"?即使学问高深,也不能"传其学于国人,仅能作一外国文教员以终身耳,于祖国之学术文化何所裨益哉"!

二是无自尊心。因不知本国"古代文化之发达、文学之优美、历史之光荣、民俗之敦厚",见他国"物质文明之进步,则惊叹颠倒,以为吾国视此真有天堂地狱之别。于是由惊叹而艳羡,由艳羡而鄙弃故国,出主入奴之势成矣"。他们回国,自"欲举吾国数千年之礼教文字风节俗尚,一扫而空之,以为不如是不足以言改革"。

这些观察,与梅光迪之所见所述,何其相似。文中可见梅氏

影响或两人"所见略同"者还不少,如当以中文发刊杂志以饷国
人等,此处不一一枚举。不过,此时胡适已开始跳出"复兴古学"
的思路,将梅氏欲"合中西于一"以开辟祖国学术的愿望表述为
"为祖国造新文明"。虽然他提出以中国办大学来最终取代留学
这一长远规划仍带有"雪耻"——即不再为"弟子国"——的思
绪,但"以建设为否定"的取向毕竟已经提出,尽管还要过许多年
国人才能真正认识到建设重于破坏的意义。

胡适承认,中国人眼前还必须留学,"以己所无有,故不得不
求于人"。然留学不过是"植才异国,输入文明,以为吾国造新文
明之张本",终当"以他人之所长,补我之不足。庶令吾国古文
明,得新生机而益发扬张大,为神州造一新旧混合之新文明"。
留学是以不留学为目的,"留学乃一时缓急之计,而振兴国内高
等教育,乃万世久远之图"。只有办好中国自己的大学,才能使
"固有之文明,得有所积聚而保存;而输入之文明,亦有所依归而
同化"。

梅光迪书信中可参考者尚多,容当别论。一般而言,书信、
日记、回忆录这类史料可能带有较多个人的"主观性",我们过去
对其使用偏于谨慎。实则如"落花有意"那句老话所云,落花本
各有其意,史料不论主观客观,亦皆有其"意"之所在。既知其可
能带有"主观"甚或"偏见",则或尽量去其"主观""偏见"而用之,
或更顺其意之所近而用之,皆有助于理解过去、认识往昔。且群
体的"人"正由个体的"人"组成,若稍减对规律、结构等面相的关
怀,更注重历史的创造者本身,则每一带有"个性"的史料原是

"历史"之一部分，其"真实性"不仅不让档案中的"官文书"①，有时且过之，最宜为史家所采用。

（原刊《东方文化》2003 年 4 期）

---

① 官方文书多不免说"官话"。刘知几早就说，自从帝王诏敕由臣下拟，便无不"申恻隐之渥恩，叙忧勤之至意。其君虽有反道败德，唯顽与暴，观其政令，则辛、癸不如；读其诏诰，则勋、华再出"。他名此为"假手"（《史通·载文》），多少类似于古人所谓"代圣贤立言"。杨荫杭视民初军阀混战为"五代"再现，但他发现，若"观于南北诸人物电报中之文章，则固盛世之音也。后之良史，如以此类电报编入'民国史'，则民国生色矣"（杨荫杭：《老圃遗文辑》，长江文艺出版社，1993 年，第 133 页）。可知档案中不少"官文书"的"虚构"意味甚强，史家有时或不能不从正反两面读之，详另文。

语语四千年:
傅斯年眼中的中国通史

　　20 世纪初年成长起来的中国学者中,影响大而真正识见高的并不多,傅斯年应属其一;但他在我们的史学言说中却是相对"失语"者,尤其是在中国大陆。以傅斯年的著述和学术功业,其影响应比现在大许多。近年王汎森关于傅斯年的专书出版,重建其学术、思想及其政治活动,傅氏的形象可谓面目一新。

　　蒋廷黻曾经回忆说,傅斯年论政之作,篇篇都"好像集合了四千年的历史经验"。的确,言有所本而眼光通达,是傅先生言论的一大特色。但在具体研究中,他似更重视史事的横向关联,多次强调史事与周围的联系超过其与既往的联系。傅先生以为:"古代方术家与他们同时的事物关系,未必不比他们和宋儒的关系更密;转来说,宋儒和他们同时事物之关系,未必不比他们和古代儒家之关系更密。"法国史家布洛赫后来也引阿拉伯谚语"人之像其时代,胜于像其父亲",以说明理解任何历史现象都不能脱离其发生的特定时代。

　　故傅斯年主张,叙述史事应"一面不使之与当时的别的史

分,一面亦不越俎去使与别一时期之同一史合"。这与侧重专题
研究的陈垣看法相近,而与提倡治"通史"的钱穆颇有距离。陈
垣曾告诉蔡尚思,"什么思想史、文化史等,颇空泛而弘廓,不成
一专门学问",只有"专精一二类或一二朝代,方足动国际而垂久
远"。钱穆则主张历史是整体的,治史要"通",而不甚赞成以"事
件"为中心的专题研究,以为"事件"一旦抽出,则可能切断其纵
横关系,反"无当于历史全体之真过程"。在其记忆中,北伐后暗
中操控北大历史系的傅斯年主张"先治断代史,不主张讲通史",
两人为此颇有些冲突。

那么,是否在非史学领域,傅斯年才体现其语语四千年的通
达风格呢? 不然,傅先生早年在北大读书时便主张历史可"断
世"而不必"断代",且已形成其新颖而明晰的"断世"体系。一般
皆知陈寅恪治史有其一以贯之的核心观念,即"种族与文化",其
实傅斯年亦然。他在五四前所著的《中国历史分期之研究》一文
中已明确提出:"研究一国历史,不得不先辨其种族。诚以历史
一物,不过种族与土地相乘之积。种族有其种族性,或曰种族色
者(Racial colour),具有主宰一切之能力。种族一经变化,历史
必顿然改观。"故其中国史之"断世",即"取汉族之变化升降以为
分期之标准"。

而傅斯年的"种族"概念,其实也更多是"文化"的。在他看
来:"中国历史上所谓'诸夏''汉族'者,虽自黄、唐以来,立名无
异;而其间外族混入之迹,无代不有。隋亡陈兴之间,尤为升降
之枢纽。自汉迄唐,非由一系。汉代之中国,与唐代之中国,万
不可谓同出一族,更不可谓同一之中国。"故他断言:"自陈以上,

为'第一中国'，纯粹汉族之中国也；自隋至宋亡，为'第二中国'，汉族为胡人所挟，变其精神，别成统系，不蒙前代者也。"在同一"土地"之上，先后两个"中国"的差异不仅体现在后者皇室将相多非汉种，更主要的是"风俗政教"的大不同。

北伐后傅斯年成为北大教授，上课时仍贯彻这一早年确立的分期观念，其印发的《中国通史纲要》，再次明确"以'民族迁动'为中国史分期之标准"，而具体的分期也基本相同。他在1931年给陈寅恪的信中重申："中国之国体，一造于秦，二造于隋，三造于元。汉承秦绪、唐完隋业，宋又为唐之清白化，而明、清两代，虽民族不同，其政体则皆是元代之遗耳。"当然，傅斯年也注意到历代"政俗大有改易，不可不别作'枝分'"。其枝分的标准是：上世为"政治变迁"，中世为"风俗改易"，近世为"种族代替"。

在"中世"一段，"自尔朱乱魏，梁武诸子兄弟阋墙、外不御侮之后，南北之土客合成社会，顿然瓦解。于是新起之统治者，如高齐、宇文周、杨隋、李唐，乃至侯景，皆是武川渤海族类之一流，塞上杂胡，冒为汉姓，以异族之个人，入文化之方域。此一时代皆此等人闹，当有其时势的原因，亦当为南北各民族皆失其独立的政治结合力之表现"。正因南北朝各族"皆失其独立的政治结合力"，所以才有隋唐"民族文化之大混合"。故"唐代为民族文化之大混合，亦为中国社会阶级之大转变"。

傅先生早年论证隋、唐皆"外国"说："君主者，往昔国家之代表也。隋唐皇室之母系，皆出自魏虏，其不纯为汉族甚明。"而"唐之先公，曾姓大野"，不论是原姓李氏而赐姓大野，还是原姓大野而冒认李姓,皆当疑而证之。更广泛地看,"隋唐之人,先北朝而后南朝,正魏周而伪齐陈,直认索虏为父,不复知南朝之为中国"。当时将相,"鲜卑姓至多,自负出于中国甲族之上;而皇室与当世之人,待之亦崇高于华人"。若一般民俗,则"琵琶鲜卑语、胡食胡服,流行士庶间",载记可考者甚繁。可知"隋唐所谓中华,上承拓拔宇文之遗,与周汉魏晋,不为一贯。不仅其皇室异也,风俗政教,固大殊矣"。

后来陈寅恪申论李唐帝室非汉姓,曾引起轩然大波,朱希祖便力辩其非,盖认为此说或暗示中国人久已无建国能力,当日本侵华之时而言此,太不合时宜。早存此见的傅先生闻此则"倘佯通衢,为之大快"。其实陈先生所见者远,在他看来,必知"李唐先世疑出边荒杂类"而"非华夏世家",而后李唐三百年"政治社会制度风气变迁兴革所以然之故,始可得而推论"。故"李唐一族之所以崛兴,盖取塞外野蛮精悍之血,注入中原文化颓废之躯;旧染既除,新机重启,扩大恢长,遂能别创空前之世局"。

或即在此种族文化融合意义之上,傅斯年看出陈先生所发现者乃是牵一发而动全身的事件,反映了时代的结构性剧变,即其所谓"时代之 Gestalt"。他申论说,魏晋以来"政治之最大事"即"整齐豪强之兼并,调剂中正官之大弊"。然"南朝立国本由过江之名士,济以吴会之旧门,为社会政治支配之主力,故此局面打不破"。北朝"以沿边之杂胡,参之中原之遗族而成之社会",其政体虽与南朝略同,社会成分毕竟有差异。统一之后,"南北门阀各不相下,而新旧又异其趋向",其终能形成以诸科考试代九品中正的制度,"与隋唐帝室出身杂胡不无关系"。此后科举制影响中国社会千余年，诚为"中国社会阶级之大转变"。

傅先生断定，"此事关系极大，此一发明，就其所推类可及之范围言，恐不仅是中国史上一大贡献而已"。从唐代帝室种族考证"推类"至影响中国社会千余年的科举制，非胸中素存四千年史事的大手笔不易见及。鲁迅曾说："凡人之心，无不有诗。"一读他人之诗而"心即会解者，即无不自有诗人之诗"。盖心中先有诗，则诗人"握拨一弹，心弦立应"。大约总要识力见解相近，然后可产生拨辄立应的共鸣。傅先生能看出陈先生之所欲言及其可能推广的影响，诚可谓知音。

而傅斯年自己的治史取向却常被误解，其"史学即史料学"的说法更曾引起广泛争议。傅先生明言"反对疏通"，主张以"存而不补"的态度对待材料，以"证而不疏"的手段处置材料，只要"把材料整理好，则事实自然显明"；但其自身作品，特别是其著名的《夷夏东西说》和《性命古训辨证》，又何尝少了"疏通"！他相当赞赏清儒"以语言学的观点解决思想史问题"的方法，更主张"思想非静止之物"，故在"语学的观点之外"，更须"有历史的观点"，以疏通特定观念"历来之变"。不过，若非胸有四千年，"疏通"甚易流于"妄诞"，这可能就是傅氏立言"不得不如是之苦心孤诣"吧。

其实傅斯年不仅历史眼光通达，他观察时事同样敏锐。早在 1918 年 6 月，他就看出新俄之"兼并世界，将不在土地国权，而在思想"，更预见到"将来西伯利亚一带，必多生若干共和国"。在那个时候，当世恐怕极少人能有这样的未卜先知。傅先生能如此，即如他自己所说："吾辈批评时事，犹之批评史事，岂容局于一时。"正因其观察眼光不局于一时,复有其一贯的种族文化视角,故能所见深远。

（原刊《南方周末》2004 年 4 月 8 日）

陈寅恪的"古为今用"

陈寅恪在 1933 年曾自谓其"平生为不古不今之学"。这句话向存争议,以前多数学者以为,其所谓"不古不今之学"是指他一生主要研究中国史的中古一段;近年则越来越多的学人表述了不同意见。从原文看,陈先生所说的"平生"二字要紧,盖当云以往,而非谓将来也。陈先生的多数中古史研究都在此后,特别是其著名的《隋唐制度渊源略论稿》和《唐代政治史述论稿》两书,更出版于 20 世纪 40 年代。陈先生的学术转向与抗战直接相关,即使退一步,说他在 1933 年已预知此后研究之所侧重,也确实勉强。因此,其"不古不今之学"并非专指中国中古史研究,大概没什么问题。

不过,陈先生不止一次说他不读三代两汉书,虽然"故意说"的成分居多,也体现出主动选择的一面。

"法后王"以获取历史教训

陈寅恪早在 1919 年就以为,周秦诸子不够高明,而"唐之文治武功,交通西域,佛教流布,实为世界文明史上大可研究者"。

后来更明言，唐代历史可分为前后期，不论在社会经济还是文化学术方面，都具有承先启后的意味，即"前期结束南北朝相承之旧局面，后期开启赵宋以降之新局面"。而宋代最为著称的便是能够融合中西古今的"新儒学、新古文之文化运动"，此实由唐代所开启。

季羡林先生曾说："寅恪先生绝不是一个'闭门只读圣贤书'的书呆子。他继承了中国'士'的优良传统：天下兴亡，匹夫有责。从他的著作中也可以看出，他非常关心政治。他研究隋唐史，表面上似乎是满篇考证，骨子里谈的都是成败兴衰的政治问题，可惜难得解人。"

余英时先生进而指出："陈先生一生的学术工作可以说都与现实密切相关。"他之"喜谈中古以降民族文化之史"，正"显示出他所关切的是中国文化在现代世界中如何转化的问题"。不过，陈先生"不肯像其他学人一样，空谈一些不着实际的中西文化的异同问题"，而"只是默默地研究中古以降汉民族与其他异族交往的历史，以及外国文化（如佛教）传入中国后所产生的后果，希望从其中获得'历史的教训'"。

可以说，陈寅恪一生基本研究中国历史上文化碰撞和文化竞争特别明显的时代和议题，以"法后王"的取向，作"古为今用"之尝试，希望能对当时及后来的中外文化融合有所推进，体现出一个学人极有分寸的"爱国济世"之苦心。他后来选取中古一段为研治重点，既有因抗战导致书籍失落的实际困难，多少也是有意针对当年世风而欲逆其流。

章太炎在1924年观察到，当时史学的弊端之一是"详上古而略近代”。史家“每于唐虞三代,加以考据。六朝之后渐简。唐宋以还,则考论所载,无不从略”。而这些人对上古史又“好其多异说者而恶其少异说者,是所谓好画鬼魅恶图犬马也”。问题在于,历代“人事变迁,法制流传,有非泥古不化所能明其究竟者”。若“不法后王而盛道久远之事,又非所以致用也”。

陈寅恪稍后也对“今日吾国治学之士竞言古史”的现象表示不满,他更曾对学生说,上古文字记载不足,难以印证;而“地下考古发掘不多,遽难据以定案。画人画鬼,见仁见智,曰朱曰墨,言人人殊”。则不仅两人所见相同,其用语也相类。尤其太炎明言“法后王”是为“致用”,很能提示陈寅恪的心意所向。

近代不论对内对外,不学习他文化已难应付时局,这是多数直面现实的读书人具有的共识。在学习他人的进程中如何能够不失其故,其间的分寸甚难把握,却又不能不把握。陈先生本有以学术“为现实服务”的意向,在新旧中西缠绕纠结的近代中国,最具启发的历史时段恐怕更多在魏晋隋唐。故他的学术转向,既有早年的渊源,也有更直接的现实原因。日本侵略的深入和中外对峙的激化,进一步凸显出要“古为今用”就只能“法后王”的必要性。

修改了隋唐的历史记忆

陈先生在《隋唐制度渊源略论稿》中明言,该书主旨就是要“反证唐制与周礼其系统及实质绝无关涉”。隋唐凡效法《周礼》,便成“文饰”。尤其唐为盛世,其制度显然更多是“法后王”,而非复《周礼》。对于近代的文化冲突,黄金般的“三代”不能提供多少思想资源。陈寅恪似有意在文化碰撞和文化竞争彰显的魏晋隋唐时代中寻找思想资源，体现出一种治史为时势服务的报国心态。

黄濬曾观察到：过去士人读书，"非周秦六经，即马班两史。其脑中所萦忆者，多中古以上事迹；其所濡触者，却为现代之物华。日溺于近，而心驰于古，于唐以后政治社会兴衰递嬗之迹，百举俱废之由，反昧昧然。故一旦受侮发愤，欲刺取吾国固有长技，侈举与西欧对峙者，率皆墟墓简策间言"。此甚有所见，读书人的眼见之实与所读之书有所隔，承平时固无碍，遇到"国家有事"，则其思想资源便有限。

清代经学特盛，史学或处边缘地位，或受经学影响而侧重周秦，而清代文字狱又造成对晚近历史的回避，众皆偏向上古。结果是隋唐间史事不为多数读书人所熟悉，国人历史记忆中唐代的形象也有偏差，其与夷狄的特殊关系很少得到关注。清人也曾希望回向历史中寻找思想资源，如元史即颇受注重。然元史的受到注重，固有其夷狄入主的相似一面，恐怕也有时人不熟悉唐代史事的潜在因素在起作用。

从这一角度言，陈寅恪使唐代处理夷夏关系的历史经验受到前所未有的关注，恰是其以学术为时势服务的一个重要贡献，同时也改变了我们的历史记忆。隋唐间的一个重要现象是种族文化碰撞与冲突，这一点过去素为学者所忽视。我们历史记忆中的唐代象征是贞观之治和天宝之文，并不强调今人所谓"国际化"的一面。直到相对晚近，经傅斯年、陈寅恪等强调，魏晋隋唐的文化冲突面相才得以凸显。随着近年"敦煌学"和历史语文学研究的进展,无意中可能也受"改革开放"时势的影响,唐代的"国际化"形象渐占上风,关于中古一段的历史记忆也在逐渐转化,迄今仍在"发展"之中。

开放的"国粹"观

陈寅恪的"国粹"观,呈现出一种开放的趋向。在他看来,从北朝音乐中之"国伎",到民国时引起争议的"国医",本都具有"外来之性质"。不过因"流传既久",忘其渊源,那些"输入较早之舶来品,或以外国材料之改装品",就被视为"真正之国产土货",而成为时人所谓"国粹"。其实也是国人缺乏"文化学术史之常识"的表现,不无数典忘祖之嫌。

在文化竞争的时代持这样一种国粹观,诚非易事,有时还充满痛苦。陈寅恪对中医的态度,就是一个代表。陈家本世传医学,且为人疗病。而陈先生则认为"中医有见效之药,无可通之理"。是知他已预存西医之"理"才通的先入之见,足见其安身立命处也有所西化。但这一转化又相当沉痛,他曾自叹:"中医之学乃吾家学,今转不信之,世所称不肖之子孙,岂寅恪之谓耶?!"

这不仅是一家之中两代人的转变,更揭示出近代中国思维方式及何为思想"权威"的大转变。陈先生宁愿承担"不肖子孙"之恶名,而不改其遵信西医之态度,非常像作为殷人后裔的孔子说出"吾从周"那"不得不如是"的意态。颇有人将其论"国医"释为挖苦,恐未必得陈先生之本心。

陈寅恪所认知的"中国文化",比很多人(包括今人)远更广阔而开放。而他所期望的方向,或是一种"融冶胡汉为一体"的理想型"国粹"。在陈寅恪眼中，道教和宋代的新儒家，就是这类"国粹"的典型代表。其最初都是"本土之产物"，后来"逐渐接受模袭外来输入之学说技术，变易演进，遂成为一庞大复杂之混合体"。所谓"避其名而居其实，取其珠而还其椟"，这种"相反而适相成之态度，乃道教之真精神，新儒家之旧途径"，实为"两全之法"。

简言之，既要吸收输入外来之学说，又要不忘本来民族之地位，是陈寅恪多年一以贯之的思虑。他不仅强调宋儒"吸收异教"之所为体现了"至可尊敬而曲谅"的"爱国济世之苦心"，也曾将"沟通东西学术"视为"一代文化所托命"之重大责任。这恐怕也体现出陈先生自己"爱国济世"的苦心：他虽谨守学人身份和学术戒律，极少逾越而参与论政，又总希望其学术成绩能对当下或后来的文化融合有所推进。以"吾从周"的心态"法后王"，是一种极有分寸的学术"为现实服务"。

唐宋之变源于三代两汉

另一方面，陈寅恪自身虽因想要"致用"而"法后王"，却也强调："吾中国文化之定义，具于《白虎通》三纲六纪之说，其意义为抽象理想最高之境。"而此理想抽象之物"所依托以表现者，实为有形之社会制度"。这与章太炎之重视上古"人事变迁，法制流传"仍颇相近。陈先生并具体指出，秦汉以来，历代"法典为儒家学说具体之实现。故二千年来华夏民族所受儒家学说之影响最深最巨者，实在制度法律公私生活之方面"。他虽不赞同疑古一派麇集于上古的史学取向，却亦知承载文化的"法制流传"必须上溯到先秦。

晚清的趋新名士宋育仁，入民国后显得有些"保守"。在他眼里，章太炎与梁启超、胡适都是以史学取代经学的同类。宋氏一方面指责章、梁、胡等陷入"史学"而忘了经学，另一方面又非常在意新学者们的"断代"，即其对"三代"的态度。他强调，时人"所谓一系不断之历史，亦只自秦以来二千余年耳"。但此前"二千余年孔子所传，又其前数千年孔子存而不论、然述及庖羲神农创造之代"的"三代"，是一个文化整体。若"学者日诵经传而不知三代盛时是何景象"，而"汩于秦汉以降四裔并兴之时代，以是谓我之文化所在；是文也，乌足以成化？ 殆所谓食古不化欤"！

宋育仁的感叹，针对的是当年所谓"科学的史学"造成的巨大影响。盖不论孔子所"述及"的三代有多少内容是可"确证"的，所谓"信史"之前必有一长期发达的文化却不能否认；而这一段文化经孔子及后儒发扬光大，成为"中国文化"的核心精神，也大致不差。趋新学者因为向往科学，事事均要证实，而把不能证实的内容弃而不讲，却未曾认识到被切去的"历史"是带着"文化"一并而去的。虽然一般新学家还是从《诗经》讲起，并不像宋育仁所说的只知秦汉以后，但以前被视为一个整体的"三代"却被弄得支离破碎，不复具有整合凝聚的文化功能了。

像陈寅恪这样的学者，不论其受到西方思想和学术多大的影响，都不能接受既存经典完全沦落为被研究的材料（意味着不再具有规范人伦的指导意义）这样的"史学"观。其口说"不敢治经"或不观三代两汉书，是欲与"时流"区隔的"故意说"，其实对此早下了很大功夫（若真不知三代两汉，又何能见唐宋之变）。

另一方面，宋育仁轻视秦汉以降之时代的"四裔并兴"，以为其不够纯正，恐怕正是陈寅恪后来专意于中古一段历史的思路重心之所在。故其"不古不今之学"虽不必是指中古史研究，但他后来有意"法后王而不道久远之事"，亦自有其"不得不如是之苦心孤诣"在。

（原刊《东方早报·上海书评》2008 年 11 月 30 日）

非驴非马：
陈寅恪的文字意趣一例

据说近年有所谓"陈寅恪热"，致引起一些人不满意，已出现试图"降温"的反思文字。其实近百年来，学术和学人何曾真正"热"过。如今是市场时代，历史电视剧中的帝王将相不论正面负面，每日都在思考"银子"问题，真可谓传统的再造。在这样的世风下，尚能读书者已有些另类，何况陈先生的文字，连胡适都说"他的文章实在写的不高明"，而钱穆更以为陈氏行文"冗沓而多枝节，每一篇若能删去十之三四始为可诵"。一位专家通人都叹为难读的学者，还可以被社会关注到"热"的程度，恐怕所"热"的并非其学术；陈先生的大名，多半像以前民间艺术中一个常见人物钟馗，被他人借以打鬼而已。

自 20 世纪 50 年代起，陈先生在相当一段时期里已淡出学界的集体记忆了。1980 年上海古籍出版社首次出版了一套陈寅恪文集，应该是为先生"招魂"的一件大事。但那套书印数似不甚多，陈先生及其学术那时显然也没"热"起来。后来的"热"，大概是拜陆键东先生那本记述陈寅恪晚年的畅销书所赐。那书的出版已是十年前的事，而作者的关怀主要也不在史学。伴随这样忽断忽续的记忆和"遗忘"，陈先生本人的形象已使人感到生疏，而"陈寅恪学术"也往往被误解（包括景仰的和不甚欣赏的）。近年不过是"重新发现"那曾经"被遗忘的"，所以不免多夹杂了些想象。

然而对"陈寅恪热"不满意的也包括一些很严肃的学人，这些人在试图修订或重塑我们历史记忆中"陈寅恪"及其学术的同时，也大致分享着前引胡适和钱穆的观念。陈氏晚年巨著《柳如是别传》，便常被作为一个难以卒读的象征。我自己读大学时尚不太知道史家陈寅恪的分量，上海古籍那套《陈寅恪文集》，我唯一买的恰是《柳如是别传》，盖因少时读过柳氏"珍重君家兰桂室，东风取次一凭栏"的句子，印象颇深，所以想更多了解诗的作者。《柳传》里面提到的人物，多是各类文选、诗选中常见面者，北京话所谓"脸儿熟"；稍知诗文者当感亲切，唯以"科学方法"治史者目不旁睐，或者生不出什么兴趣，反觉琐碎也。

陈先生的学术自期甚高，其自定位似偏于学术的"提高"，而无意于"普及"，故所论多针对学者，很少为一般人说法。读书较少之人，或难体会其深意。其实陈先生行文，也未必像一般认知的那样缠绕，不过稍更注重余音绕梁一面，与今日文尚简白之世风不协。若稍用心玩味，则其文字意趣之隽永，或尚在多数人之上。

湘人叶德辉曾云："讲学而如楚囚相对，岂复有生人之乐哉。"陈先生一家尝居湖南较久，与湘人关系殊深，耳濡目染之际，受点影响也是可能的。（陈先生50年代颇受优待，或与湖南相关，而不是一般传说中提到的周恩来之关照。这当然需要更可靠的证据。一个侧面的参考材料是陈垣在 1952 年致函杨树达，针对其"欲法高邮"建议："我公居近韶山，法高邮何如法韶山？"而陈寅恪稍后致函杨树达说："援老所言，殆以丰沛耆老、南阳近亲目公，其意甚厚。弟生于长沙通泰街周达武故宅，其地风水亦不恶，惜艺耘主人未之知耳。一笑。"这里所说，大约虚实兼具，或不宜以一笑置之。）

我感觉陈先生常在文字活泼上下功夫，有时兴之所至，还会故作"戏言"。他曾撰文为韩愈之"以文为戏"辩，以为若"就文学技巧观之"，韩愈那几篇语涉神怪之谈、"邻于小说家"的文章，"实韩集中最佳作品"。更引柳宗元"俳又非圣人之所弃"的见解，将此类"文备众体"、兼具"史才、诗笔、议论"的表述方式上升到"有益于世"的高度。这样的眼光，或可视为陈先生活泼文字的注脚。不过他在试图活泼之时，仍不忘文字之工拙，无意为大众说法。其出语半庄半谐之间，往往隐含深意，甚至故意考校读者的解悟能力。不曾领会者，自难莞尔，致失逗趣之初衷，也是有的。更由于表述者和读者之间文字修养和意趣的差异，有时甚至出现弄巧反拙的结果。

后者的著名事例，莫过于当年在清华以对对子考学生，竟成一风波，迫使陈先生说出一堆大道理，竭力证明此事原本非常严肃而正大。（按这一作为确有非常严肃而正大的思虑，但其对子题及其影射的正确答案也实有戏谑成分。）而他在论证时仍不忘出语诙谐，以为"从事比较语言之学，必具一历史观念。而具有历史观念者，必不能认贼作父，自乱其宗统"。当"于纵贯之方面，剖别其源流；于横通之方面，比较其差异"。后一句俨然表出的话引者甚众，独此生动的"认贼作父，自乱宗统"却少见人引。可知盛名之下，读者也多仰视，或竟为尊者讳，致佳句少遇解人，不得不淡出于吾人之言说，亦可叹也！

陈先生这里关于语言比较的"历史观念"同样适用于史学，与新文化运动时期胡适提倡最力的"祖孙的方法"这一"历史眼光"相通，且胡适在批评古人"舍不得抛弃"的毛病时也曾说他们"假古董也舍不得，假书也舍不得，假历史也舍不得，甚至于假祖宗都舍不得"。夫"假祖宗"者，不亦"认贼作父"乎！两人都希望说得生动些，而表述则一雅一俗，很能体现立言者针对不同读者说法的初衷。

陈寅恪曾特别提出："解释古书，其谨严方法，在不改原有之字，仍用习见之义。"然而有意思的是，当涉及文化层面的古今和中外时，他又不时采取一种"不改原有之词，转用新出之义"的方式，常从一些成语的字面义或历史掌故的诠释渊源等方面，引申指谓某种意味模棱而语涉双关的历史现象和个人心态。

例如，在其隋唐史二稿中，陈先生曾两以"有教无类"一语来概括中古种族、文化之互动，借其字面义来表述"教"重于"类"的深意。历史上的种族与文化是陈寅恪终生一以贯之的少数核心观念，他特别强调胡汉之分于"文化之关系较重而种族之关系较轻"，以为这是"治吾国中古史最要关键，若不明乎此，必致无谓之纠纷"。前些年许多人耳熟能详的"活学活用"，此语足以当之。其意义不可谓不庄重，然仍不能不说是"以文为戏"。

在讨论北周制度时，陈先生也曾三用"非驴非马"一词，以评述宇文泰用关中世家苏绰之言，试图"融冶胡汉为一体"的努力。

他一则说二人"依托关中之地域，以继述成周为号召，窃取六国阴谋之旧文，缘饰塞表鲜卑之胡制，非驴非马，取给一时"；再则说其"以关陇为文化本位，虚饰周官旧文以适鲜卑野俗，非驴非马，借用欺笼一时之人心"，虽能成就"宇文氏之霸业，而其创制终为后王所捐弃"；后又说"北周制律，强摹周礼，非驴非马，与其礼仪、职官之制相同"，不能持久，历数十年便天然淘汰而湮没以尽。

这几次用"非驴非马"一词说北周事，虽均带有贬抑之意，但也承认这是一种试图"融冶胡汉为一体"的努力，不过强调其仅是一时权宜之计的"缘饰"或"虚饰"，故难以持久。若能循沿"中体西用"的取向认真做去，则不难获大成功。此意最明确的表述，即陈先生说"李唐一族之所以崛兴，盖取塞外野蛮精悍之血，注入中原文化颓废之躯，旧染既除，新机重启，扩大恢张，遂能别创空前之世局"。故真正"融冶胡汉"，必有大收获；若仅以权宜之计而虚饰之，便只能导致"非驴非马"的结局。

可知"非驴非马"也算陈先生一个"常用词"，却未必皆负面含义。而他另外还曾两次使用"非驴非马之国"，却又有别的含义。一次是北伐快结束时，北方人心浮动，尤其是叶德辉被杀后，学人多惶惶然不知所措。王国维选择了弃世，其他一些人悲戚之余，也在思考因应之术，吴宓日记中记此类事甚详。1928年春，陈先生请同任教于清华的俞平伯以小楷抄录韦庄《秦妇吟》长卷，俞所写跋语中有"同四海以漂流，念一身之憔悴；所谓去日苦多，来日大难；学道无成，忧生益甚。斯信楚囚对泣之言……"云云，依稀可见当时读书人的心态，尤其"来日大难"一语，点出了他们共同的忧思。

俞先生特别说，"古今来不乏鸿篇巨制，流布词场，而寅恪兄乃独有取于此"，多少提示了此中的今典。后来陈先生校笺《秦妇吟》时，特记述此事，并云"端己之诗，流行一世，本写故国乱离之惨状，实触新朝宫闱之隐情"。可知其意正在于故国新朝之间也。同在1928年春，陈寅恪也应俞平伯之请为俞曲园的《病中呓语》写了一篇跋，说："今日神州之世局，三十年前已成定而不可移易。当时中智之士莫不惴惴然睹大祸之将届。"这与俞平伯跋语中"来日大难"一语，适相对应。虽述往事，亦表今情。

在这篇跋中，陈先生提到了他对俞平伯所说的名句，即"吾徒今日处身于不夷不惠之间，托命于非驴非马之国"。后在1946年时，故友李思纯在俞大维宅晤陈寅恪，陈即告其"新得一联语，云'托命非驴非马国，处身不惠不夷间'。余为大笑"（李思纯《金陵日记》）。则此语已成先生指谓改朝换代前夕的代用语，而其在1946年已逆料世局将变，足见识力之深。

按"非驴非马"语出《汉书·西域传·龟兹国》。说龟兹王绛宾娶乌孙汉公主女（此女亦曾至汉京师学鼓琴），后"数来朝贺，乐汉衣服制度；归其国，治宫室，作徼道周卫，出入传呼，撞钟鼓，如汉家仪。外国胡人皆曰：'驴非驴，马非马，若龟兹王，所谓骡也。'"陈先生的字面义，或指中国当时传统正在崩解，士风皆慕西化（而又非真西化），已成一不中不西之国。唯昔日是胡人习汉家仪以自文饰，今日情形恰反是，已有些语涉沉痛。周一良先生以为，陈先生是说民国既不类清朝也异于欧美之邦，若"把'非驴非马'的含义理解为半殖民地半封建"，也"异常恰当"。这是当年很严正的表述，今日读起来总觉有些"以文为戏"的感觉。

不过，在这里的上下文中，"非驴非马国"或未必即实述当时文化形貌的演变，更多仍意在政治，特别是张之洞所谓"其表在政，其里在学"那种士风变易与政治体制变更的紧密关联。

陈先生初作此论之原文说："吾徒今日处身于不夷不惠之间，托命于非驴非马之国。其所遭遇，在此诗第二第六首之间。至第七首所言，则邈不可期，未能留命以相待；亦姑诵之玩之，比诸遥望海上神山，虽不可即，但知来日尚有此一境者，未始不可以少纾忧生之念。然而其用心苦矣。"则其意谓，须与俞曲园《病中呓语》之第二至第六首参看，该诗不甚长而有深意，兹全录如下（录自钱仲联主编《清诗纪事》）：

一

历观成败与兴衰，福有根由祸有基。
不过六十花甲子，酿成天下尽疮痍。

二

无端横议起平民，从此人间事事新。
三纲五常收拾起，大家齐作自由人。

三

才喜平权得自由，谁知从此又戈矛。
弱者之肉强者食，膏血成河遍地流。

四

发愤英雄喜自强，各自提封各连坊。

道路不通商断绝，纷纷海客整归装。

五

大邦齐晋小邦滕，各自提封各自争。

郡县穷时封建起，秦皇已废又重兴。

六

几家玉帛几家戎，又是春秋战国风。

太息斯时无管仲，茫茫杀气几时终。

七

触斗相争年复年，天心仁爱亦垂怜。

六龙一出乾坤定，八百诸侯拜殿前。

八

人间锦绣似华胥，偃武修文乐有余。

璧水桥门修礼教，山岩野壑访遗书。

九

张弛由来道似弓，聊将数语示儿童。

悠悠二百余年事，都入衰翁一梦中。

从鸦片战争到庚子拳乱，约近一甲子。曲园之意，似乎后之祸福俱为此六十年所酿成，颇可为今日关注近代分期问题之人做参考。对本文而言重要的是，这里主要是在"预测"政局演变，仅以"三纲五常"对"自由平权"之一缩一伸，略点出"其表在政，其里在学"之意。而陈先生所谓时辈遭遇"在此诗第二第六首之间"，当然是指北伐及此前的"群雄争霸"；所谓"第七首所言则邈不可期"，似不甚看好即将掌权的国民党。而其在 1946 年重提此联，显然已预测到不久又将出现政局转换。唯其对新一次鼎革的态度，似仍与前次相类。

若国家处于这样状态之下，陈先生自谓"处身于不夷不惠之间"的旨趣就很明确了。将伯夷、叔齐和柳下惠并论，在中国有悠久的传统，孔子、孟子到史书、佛书，俱曾言及。最早当然是孔子说伯夷、叔齐"不降其志，不辱其身"，而柳下惠、少连则"降志辱身"，他本人的态度"则异于是，无可无不可"（《论语·微子》）。孟子态度稍强硬，说"伯夷隘，柳下惠不恭。隘与不恭，君子不由也"（《孟子·公孙丑上》）。东汉黄琼被征召，于途中"称疾不进"。李固致书劝驾，既引孟子语，又说有人将孔子意释为"不夷不惠，可否之间"，促其"顺王命"。

所有这些论述，都在讲述"逸民"之事（柳下惠多是作为借以反证的对照人物），则陈先生已表述出其于本朝、新朝俱拟取疏离之态度。但既生存于新时代，这"逸民"立场又并非全无回旋余地。《五灯会元》引孟子"君子不由"一语后说："二边不立、中道不安时，作么生？"或可略道陈先生一类读书人心态。他们是否也会"顺王命"，恐怕外要看国家民族在世界中的整体状况（有外患时便不能不"一致对外"），内要看新朝是否表现出"得道"，及其对文化、对士人的态度而定。

不过，这样的"戏言"真有些像胡适幼时所闻《神童诗》中"人心曲曲湾湾水，世事重重叠叠山"一联，太过委婉含蓄，数度俯仰曲折之后，大概也只有李思纯那样文史兼长之人，才能会意而报以"大笑"。一般读者，或者就不免迷茫而难为知音了。而两位相与笑谈之人，大概也在此时已确定会以"不夷不惠"的"处身"之道因应即将出现的新朝。其文字意趣之隽永，亦可见一斑。

据说昔有盲人摸象之事，各以其所触而释被摸之"象"。若借喻"陈寅恪学术"为一象，今之摸此象者或已渐多，识见亦各异。不过，如梁启超所说，摸者"各道象形，谓所道为象全体固不可，谓所道为非象体亦不可"。从"万物并育而不相害，道并行而不相悖"的古训看，其实也"各明一义，俱有所当"，总能增进我们对陈先生学术的了解。但若仅从陈先生论著之题目入手，凡看题目若无关之部位，便主动不摸，正梁启超所谓"闭眸扪象"，虽不盲而类盲，反难识其一以贯之的治学轨则。本文或亦半睁半闭之一摸，不足博方家之一哂，聊以供同好之解颐。

（原刊《读书》2010 年第 4 期）

陈寅恪的"不古不今之学"

——2008 年 11 月 13 日在复旦文史讲堂的演讲

主持人（葛兆光教授）：各位，我们今天请北京大学的教授罗志田先生为复旦文史讲堂做演讲。有这么多的老师和同学来，我估计罗志田先生的简历介绍就可以免了。他今天要给我们讲的是陈寅恪的"不古不今之学"。我想自从 20 世纪 90 年代陈寅恪成为一个热点人物以后，陈寅恪的若干话、若干词、若干表述都成了大家纷纷去诠释的话题，比如说"预流"之类的，包括昨天桑兵先生讲的"了解之同情"，以及今天罗志田先生要讲的"不古不今之学"。这有点像李商隐当年写的诗，要猜，要揣测。我们今天就来听罗志田先生如何解读"不古不今之学"。

演讲人：谢谢葛老师，也谢谢各位，耽误你们自己念书的时间。刚才，葛老师已经说了，陈寅恪的很多东西都是有争议的。关于这点，葛老师自己好像也有一些看法。我今天不是说要给出一个定义或者说弄清楚他到底在说什么，因为可能根本就弄不清楚。（陈先生自己有一套界定概念的方法，如果不按照他的方法的话，就没法有定论，因为他已经不在了。）但是我们可以通过关于"不古不今之学"的一些事情来了解它大概的意思,以及了解陈先生怎么做人、怎么做学问等一些有关的内容。这也许对认识陈先生有一点帮助。

我们都知道,陈先生有相当一些文字,按照葛老师的说法就是大家都在猜,猜的结果就有争议了。而且,有相当一部分人认为陈寅恪的文字不够漂亮,写出来的东西让很多人看不懂,或者说绕来绕去。这个至少跟我们现在都比较喜欢的简白直接的文风——最好是跟法律文书一样,一二三很清楚——不同。陈先生大概是要讲究一点余音绕梁的(因为当年如果文章写得太直白的话,人家就要笑你。但我们现在对此就要表扬,这就是时代的变化),他大概是故意写得要让你反复斟酌一下。其次,他也没有太想写给全部的人看,他只要有一些人能看就行了。这个大概也是后来引起争议的一个很大的原因:他本来没有想给很多人看,可是不知道怎么他居然就成了一个大家都很关注的人,而照理说是不应该有太多人关注他的。所以,这就出现了问题。我个人的感觉是,其实陈先生的文字还不错,不太纠缠,相当清楚,有时候他还故意要写得活泼一点。只不过由于他的定位不一样,所以有时候不太容易被人接受。但用现在比较时髦的话来说,他的文字常常也需要解码,他在文字中其他地方也预留了一些解码的索引,只要找到的话,问题通常还可以解决。

我比较爱引用陈先生的一句话,就是在解释古书的时候,要"不改原有之字,仍用习见之义"。这是很少有人认真做到的。但陈先生自己有时候也故意"不改原有之字,转用新出之义"。这有好多类似的例子,比如说"有教无类"这样的话(意谓文化重于种族)等等,还有一会儿我们要说到的"童牛角马",涉及近代很重要的中国和外国的关系,他自己比较得意的类似表述会用三五次到七八次。不管是文化的还是政治的,陈先生有时候会用一些相对比较婉转的表述来说一些看起来有点模棱两可但又有点双关意思的话。我们今天要讨论的"不古不今之学"就是类似的一个。

他在1933年曾经说过短短一句话,说自己"平生为不古不今之学,思想囿于咸丰、同治之世,议论近乎湘乡、南皮之间"。这话在陈先生给冯友兰的《中国哲学史》下册写的审查报告里面,意思就是公开表示我这个人是比较落后的。在当时能这么说还真不容易。我们知道,近代是一个趋新的时代,一个人要自称落后是需要一定胆量的。有一些被我们认为很落后或比较落后的人,经常要表示自己并不落后。比如,有一位叫顾实的人,他是以前东南大学即中央大学(今南京大学)中文系的教授,被大部分人认为是一个保守的人,可是他常常要表示自己一点也不保守,经常在自己讲国学的文章里引一些英文的词。这是有意的,因为顾先生并不以英文好而著称,这是为了表示他也是和国际接轨的。但陈先生这样的话就是说,我不但不和国际接轨,和现代人不接轨,反而是和过去而且是比较远的19世纪中后期的咸丰、同治间的人接轨,最早不过是曾国藩,晚一点就是张之洞的这个时代。在1933年说这样的话,是需要一点胆量的,至少要准备好挨骂了。幸亏那个时候没有网络,不然就会有很多人骂他了。

历来对这个话的解释是不一的,很早而且是跟他关系比较近的人就有很多不同的解释。因为这是给冯先生的书写的审查报告,冯友兰认为这是陈先生自己说自己,就是实述自己具体的学术、工作和思想情况。这是他的原话,所以这是非常重要的。可是当过陈先生学生的邓广铭——邓先生也不比冯先生年轻多少——根本否定这种说法。两个老先生基本上是同一年说的话,邓先生说这是一个托词,如果你真的以为要靠这些话去弄清楚陈寅恪是怎样一个人的话,那就南辕北辙了。大家可以看出,跟他这么近的人的理解都如此对立,那后来有争议就是很自然的事情了。他们大概是在80年代末改革开放近十年的时候说的这些话。现在我们说已经改革开放三十年了,对这话的理解基本上还是没有共识。这就像我开始说的那样,真的要给出一个确定的解释,除了凸显自己胆子大外,并没有什么实际的用途。但是,我们可以通过解释或者了解其他人怎么看这句话来探索一下陈先生的思想、学说以及处世方式。

我的理解是,他这话貌似比较落后,其实暗中还有一些比较明确的古为今用的意思,这个我们一会儿还要专门讲到。他说这些话的时候是中外竞争比较明显,尤其是文化竞争比较激烈的时候。刚才葛老师已经说了,我们是比较晚才开始研究陈寅恪的,可是在海峡对岸,台湾同胞的研究开始得大概要比我们早很多。有一个最近去世了的学者逯耀东先生,大概很早就说了一个很重要的意思,就是"不古不今之学"跟今古文经学是相关的。据我所知,他大概是第一个提出这样看法的人。但他又绕了一个弯,说也可以作为专治古代史学中间的一段来讲。如果要这么讲的话,"不古不今"在史学里就专指魏晋隋唐的历史。

　　后面这话有一些问题，一会儿我要专门讲到，因为陈先生所说的前面两个字"平生"很重要。平生当然指以前的，不能指以后的。我们认真去看，就会发现，陈先生做魏晋隋唐的历史是在1933年以后。一个人说我平生做什么，就是说我到现在为止做了什么，而不能预测这一辈子将来要做什么。这也是我觉得可以探讨这个问题的很重要的一点。我们不要太多的知识就知道"平生"不能指以后，这是很明显的，可是为什么那么多人都接受陈先生专治中古史学这一说法了呢？

　　其中，说得最系统的大概还是从台湾去美国前些年又回台湾的学者汪荣祖。他说陈先生这话就是指中古史。他还写了一本讲陈寅恪的书，有四章详细地论述"不古不今之学"。那本书一共也没有多少章，就是说大部分的篇幅都在讨论陈先生的"不古不今之学"是什么。这样的一个说法后来得到了大部分人的支持。1988年大陆第一次开纪念陈先生的国际学术讨论会，很多老先生都去发言了。刚才我提到的邓先生说的托词，就是在这次会议上说的。除了这个以外，其他人都基本接受说这是陈先生自己在说自己的思想。而且有好些老先生，比如说冯友兰、周一良——这些都是跟陈先生特别近的人，他们都明确表示汪先生的见解是很正确的，都支持这么一个说法。

　　后来就有一些不同的意见了，比如昨天在这里讲的桑兵教授就反对。他说这个很玄妙，大家都没弄清楚。总之，他很反对这种说法，并且他还找了一个故事出来，说这跟钱穆著作的审查有关。当然，这是一个比较有想象力的发掘了，此前没有任何人说到这个。不过这中间还有很多细节不是很容易粘得上，比如说钱穆那本书是在什么时候被审查、什么时候出版的,以及写这个话的时代,恐怕要把年份与月份搞清楚。但是,桑老师比较重要的贡献在于,他是中国大陆首个支持逯耀东说法的人,他认为"不古不今之学"就是跟经学的今古文有关。我们大陆很少有人往这个方向走,大家都往另一边走。所以钱穆的著作是不是跟这个有关,我们可以去看桑老师的考证。但至少桑老师把逯耀东的这样一个见解又重新提出来,不过还很少有人接着说,这是比较奇特的一点。

讨论这个问题的还有另外一些人。李锦绣跟陈先生有特别的关系,当然是间接的,因为她的先生就是王永兴先生,王先生是陈先生的弟子,而且常常以解释陈先生的学问著称。我猜李教授一定也从王先生那里得到了一些借鉴吧,所以她的理解就更加具体一点。她认为陈先生的"不古不今之学"跟陈先生的另外一句话是连在一起的,那句话也是说他自己比较落伍,亦即他"论学论治,迥异时流",就是说跟现代流行的都不一样。她认为那句是解释这个的,并且她还把具体的"古"和"今"都说出来了。桑老师考出来说"古"指的是钱穆的著作。李老师考出来说"古"指的是康有为的托古改制和顾颉刚他们的疑古,"今"指的就是胡适他们的整理国故。这个当然是一个想象力非常丰富的解释了。

另外有位跟陈先生大概不是太有直接关系的人,程千帆(后来跟南京大学很有关系),有一封信,说这些人全都是在胡说,尤其是把汪荣祖的名字点出来,认为他说的与事实不合,不了解陈先生。我上面引的这些人中每一个人都有自己的贡献,程先生的贡献就是他指出"不古不今"这话出自《太玄经》,而且他特别指出和这句话相配的就是"童牛角马"。"童牛角马"的意思是牛的头上不长角,马的头上长角。那个时代的人都看不到"发现频道",不知道非洲就有角马,所以以为马长了角就是不得了的事情,牛不长角也是不得了的事情。程先生认为那些人基本都没有搞清楚,因为他们连这句话的出处都没弄对。实际上他暗中把前面讲过的那些讲今文经学的人也都否定了。如果出处是《太玄经》,那跟今古文经都没有任何关系了。这个算是程先生一个比较大的贡献。因为在我看来,他是第一个注意到这点或者第一个提出这个问题的人。也许很多老先生都知道,只是不说。

　　还有一位台湾史语所刚退休不久的黄清连兄(是我的学长),他没看程千帆的论述,但他也注意到这一点,认为这个话里最关键的是"童牛角马"四个字。可惜他没有太具体说明为什么这四个字最关键。他那篇文章《不古不今文学与陈寅恪的中古史研究》也是要做一个自己的完全的解释,他把前面的基本都否定了。黄先生是逯先生的学生,中间两人还有一些小过节,是由于政治的原因;不过在逯耀东去世之后,纪念逯先生的文集还是黄先生主编的,所以师徒在老师去世之后又和好了。黄先生说他写这篇文章的时候给逯先生看过,逯先生知道这是学生挑战自己的观点,不过很鼓励。这也是身为老师值得赞赏的地方。黄先生有一整套的说法,不能这样,不能那样,最后就是说它是兼涉的、调和的、不古不今、不旧不新、不中不西、亦古亦今、亦旧亦新、亦中亦西。我想这个说法大概接近陈先生的意思。如果这样看的话，不但中古史不是指涉的对象，今古文经也不是了。

　　这些就是过去比较有贡献、有影响或者有自己见解的主要的一些人的看法了，当然还有一些其他人也讨论过这个问题。另外还要特别提到有一位王震邦先生，也是一个台湾人，他写了一篇博士论文，别看刚完成不久，可王先生的年龄比我还大一点，他是退休之后才去念博士的，以前是《联合报》一个比较重要的人物。他也有很多解释，不过跟这些略微不一样，一会儿我们可能还会提到。

　　按照陈寅恪先生自己的做法，解释词句，首先要认识作者的直接动机——这一点大部分人都不太关注，以及作品特所质疑之点，就是说他到底想要干什么——这个大概有一些人，像黄先生就特别注重这个。陈先生在讲到用典的时候，提出了几点：第一，这个典故必须要发生在你要考证的这个作者作文之前；第二，要考虑用典的人对这个典故有听说和见到的可能，只有这样，他才可以用到他的文章中去，然后才能根据这个来解释作者用典的意思。

　　我今天就要尝试用陈先生的方法来考察他到底用的是哪一个典。《太玄经》是汉代的，基本上是符合所有这些规定的。因为陈先生读书很多，他是可以知道这本书的。还有一些也符合这些条件的表述，可能也要参考一下。这就是我今天要讲的第二部分，就是"不古不今"有哪一些古典和今典是陈先生想到的和可能想到的。

　　陈先生晚年写完《柳如是别传》之后，写了几句可以说是顺口溜也可以说是诗的句子（据说偈文偈语都是梵语"偈佗"之省，即佛经中的唱词），其中就有"非旧非新、童牛角马"。这一点已经可以确证《太玄经》是非常符合陈先生所规定的条件的。我刚才说了，"童牛角马"的意思就是牛的角长到马的头上了。这在古人至少是汉代人看来，就是秩序的大变，就是自然现象变成不自然的了，那这种变化就是根本性的变化了。假如真的牛的角长到马的头上去了，那牛和马本身的哲学性质或者范畴都变了。这就叫作"变天常"。

我想这个话是可以考究的，因为"童牛角马"是陈先生很爱用的词，他在他的各种著作中用了六七次或至少四五次，在他的《隋唐制度渊源略论稿》的叙论中也用了。（他都是写完了用或者在前面用的，说明这是一个带根本性的用法。）陈先生说，他这本书表述形式显得比较旧，但是为了方便，就不改旧籍的规模，还要表述新知的创获，大家不要以为这是童牛角马而见责。这话有点谦虚的意思，但在暗中又表示说我就是要利用旧籍的方式来表述新知，基本上也可以说我就是要有意把牛的角移到马的头上去。陈先生这是要表示他和当时的所谓守旧的或者趋新的人都要划清界限，也就是说我跟你们都不一样。他在《隋唐制度渊源略论稿》中还有两次也说到童牛角马，都是要特别强调中古的这段历史对中国的意义。这个我一会儿还要提到。

除了《太玄经》以外，陈先生还可能见到的，就是他说"有闻见之可能"的，最简单的就是人人——至少是中文系的人人——都知道的，杜牧的《献诗启》里的一段话："苦心为诗，本求高绝，不务奇丽，不涉习俗；不古不今，处于中间。"这是进入文学史教科书的，以陈先生深厚的旧学功底，不会不知道。那里面就有

"不古不今，处于中间"这么一句。我猜这个话是在他的心里的，因为陈先生自己也是一个要作诗的人。但是，他可能不一定要接受杜牧的意思，他不见得想要介于中间。以前我们四川大学有一位老先生叫缪钺，缪先生是对杜牧钻研比较深的人，他就把"处于中间"解释成不受两派之影响，还要摆脱时尚，自创风格。我觉得这个倒是很接近陈先生心里所想的，这个"中间"不是说要停顿在中间，而是说我也不是中间，不但不左，也不右，还不中。就是说跟时尚的或流行的，全都不粘，自己还要创一个风格出来。我想缪先生解释杜牧的意思可能非常接近陈先生当时的想法。

我们再看还有什么比较早一点的。陈先生在冯友兰《中国哲学史》的审查报告里特别表扬了两个东西，一个是道教，一个是新儒家。道教的精神其实也有类似关于不古不今的表述，《庄子》——我们不管它是不是原来的《庄子》，对我们后来的人来说，它就是《庄子》——《大宗师》篇里就说过一步一步学道的次序，然后"见独，见独而后能无古今，无古今而后能入于不死不生"。有一位很有名的成玄英给《庄子》作的疏里，就说这就是"非无非有，不古不今，独往独来"。所以我觉得这个跟缪先生解释杜牧的意思，亦即陈先生就是要不古不今、要独往独来比较接近。因为陈先生特别强调独立的精神，独立是有很多意思的，其中一个就是不古不今，不左不右，也不中。

而且成玄英后面也说，不古不今之后呢，就无今无古，然后不去不来，也就无死无生了。我猜想，这跟近代中国很多读书人的心态有很大的关系。我们在中外交往过程中已经吃亏很久了,很多比较有名的读书人都说过一句话,就是中国不亡就没有天理。那当然是一种比较悲愤的意思了,心里当然是在想,中国居然还没有亡!所以,假如可以进到一个没有古今、没有中西、没有生死的境界,就不存在亡的可能了,强弱也就没有了。我想这是很多近代读书人心里最常怀想的一个问题。你看,当年康有为、梁启超都把《易经》里的"群龙无首,吉"拿来说。以前的群龙无首好像还有别的意思,反正就是要大家都差不多,没有一个比别人更厉害的状态。这个我猜是比较接近陈先生心中的寄托,因为他曾经说过,如果你要用古典来表述后来的事情的话,那就是要异中求同,同中见异,融会异同,混合古今,还要别造一"同异俱冥、今古合流"之化境,这是做文章最高的境界等等。前面所说的都是这个意思,他不但要融会异同和古今,最后是要同和异俱冥,就是同和异都没有了,大家都一样了,一样了就没有强弱没有胜负了,多愉快啊。那就没有冠、亚、季军之分了,就是以参与为主了,或者参与就是冠军了,那该多幸福啊!若运动都这样,我们就都可以参加了。所以,我想这样的一种既要古今合流,又要把同异给消灭掉,而且还能够见独,应该最符合陈先生的基本精神。

　　陈先生又在那篇文章中专门讨论了道教和《易经》,一会儿我们还要说。陈先生说道教有一个很大的意思在里面,就是把外国的东西移到中国来。这个也跟"童牛角马"的意思很接近,就是要把牛的角移到马的头上去,造成一个自然里没有的新的事物,这就有一种创造性地发展出一种兼具两个东西同时又区别于两个东西的新的意义。我个人认为这应该放在解释陈先生的最前面。但以往的解释中，道教在哪里，全部找不到，所有人都不讲道教。（另外还有道教的《关尹子》里面也有一个类似的说法，但大部分人把这本书视为伪书，我猜陈先生不一定要用它。）

说了这么多，其实就是几个字而已，说了半天也没有什么定论，我们只能说刚才说的这几条都属于陈先生可能见到，也可能用在他的文章里面的。三个中间到底是哪一个，或者三个都有，我们现在没有办法肯定。

另外一个很重要的是，陈先生指出要注意作者的直接动机以及他这个作品究竟想要做什么。我们现在都知道，这个作品就是审查冯友兰的《中国哲学史》，那我感觉应该倒过来看一下冯友兰的《中国哲学史》。陈先生审查过冯友兰《中国哲学史》上册和下册，在上册审查报告里说了比较多表扬的话（不过葛老师认为那些都是绕着说，暗中都在否定，我想葛老师一定比较高明），下册审查报告根本就是直接批评了。但比较奇怪的是，就因为陈先生说话比较婉转，现在还有很多人把它看作表扬。这就是为什么陈先生的文字稍微有一些需要斟酌的地方：他已经把人损得很惨了，可是大家看着还是表扬。出身世家的人就是跟一般的人不一样，不能像匹夫见辱拔剑而起，或者像村妇吵架，直接图穷匕首见，而是要绕很多弯。这是世家子弟的一个特点，在陈先生身上是很明显的。

当年邓广铭先生回忆，我军要解放北平，蒋介石派飞机接胡适，要陈先生一起离开。邓先生因为是学生辈，就到陈先生家里说，南京派飞机要接你去。陈先生就说，那我不坐。邓先生就说,不是接你,是接胡适,你顺便搭一下飞机。陈先生就说,那我可以考虑。邓先生接着说,飞机现在都没熄火,正在机场停着,你是不是马上就去。陈先生就说,哦,那我还要睡个午觉。邓先生没有办法。因为他是老师啊,以前的人不像现在对老师那么直接,那时候的人很尊敬老师。邓先生就说,那你睡完就到胡先生家里去吧。邓先生自己到胡适家,陈先生也到了。所以你就可以知道,世家子弟必须要有身段,这个身段是不能放下去的,就是在逃命的时候也不能放。不能说这飞机我很想坐,不能说我就要坐,只能说我暂时搭一下可以,但是要睡完午觉。可是午觉睡得非常短,和别人没睡午觉的也差不多。从这里面了解到陈先生的做人,就知道他的文章是怎么写的了。

他曾经讨论俞樾和杨树达两位老先生解《诗经》中的一句话,指出古今所有人的解释没有比这两个人说得更好的,没有比他们更正确的了。但他下面就开始一一批驳,说他们的立说完全不成立。陈先生评冯先生的著作,基本上也是这个风格。只有葛老师是唯一一个能看出来上册就是攻击的,一般认为上册还有一定程度的满意,我们大家只能从下册看出来。不管怎么说,这里面有很多句子我们就不多讲了,其实字里行间非常明显。我只举一个例子。最有意思的是,他说作者用西洋的哲学观念来讲中国的朱子学,因此就成系统而多新解,如何如何。现在绝大部分人都认为这是陈先生重重地表扬了冯先生。其实陈先生在上册审查报告里已经说了,就是"言论愈有条理系统,则去古人学说之真相愈远"。这一对比,不就很清楚了嘛。上下两册的审查报告,按照陈先生做对子要"正反合"的思路,那是要连着看的。所以,你一看就知道这是损得最厉害的几个地方之一,但居然被大部分人认为是表扬——因为我们现在讲究有系统的学说,以为是比较高明的;如果没有系统,就只能做些边角的东西,这是不太能够得到表扬的。

总之,我们可以看到,陈先生的表述往往非常婉转,但是他仍在审查报告里表述了他对这部书或至少是下册的不满。在表扬冯先生能利用西洋的学说后,明确说自己接近的中国都是在咸丰、同治时候,还不是现在的中国,更不要说西洋了,就有些特别的意思了。我想,真的要了解陈先生的态度或者他直接的含义的话,最好回到冯友兰的这部书,包括陈先生对这一本以及上一本的评论中去。

这里面重要的一点——陈先生的直接表述,几乎不绕弯的——那就是冯友兰在开头和结尾都用瓶子和酒的关系来表述中国的文化或者哲学到了什么程度:瓶子已经旧了,没有用了,酒太新了,把瓶子都给涨破了。陈先生明确表态说,我主张用新瓶子装旧酒,瓶子新一点或酒旧一点关系都不大(这一点前面提到的王震邦先生已注意到了)。这跟他在《隋唐制度渊源略论稿》里的表述是一样的,那次是说我要用旧的表述来说新的意思。总之,他就是要在新旧中间有一个结合的地方。这里面就涉及一个很重要的内容,即晚清提得很多的"中学为体,西学为用",这个观念跟陈先生的这句话有直接的联系。

我这里只能简单地讲一下。因为陈先生是一个非常细致的人,不适宜在这种大众场合来跟他细致下去,每一个小的问题他都绕了几个弯,像上面说的睡午觉这一类的,也都体现在他的表述里。你得弄清楚他午觉睡了多么短,你才能弄清楚他这一类话的意思。所以,后半句"思想囿于咸丰、同治之世,议论近乎湘乡、南皮之间",所有人都觉得有点不好理解,连周一良先生都说他理解了好多次,每一次都没搞清楚。周先生应该是最适合理解陈先生意思的人,陈先生是主张身世的,周先生就是世家出身,会好几种外语——学外语就像做游戏一样,看很多书。总之,他是一个把学问做得很悠闲,然后段数还不低的人。连他也会说,陈先生为什么会这么说呢,我们都看不懂。其他的大部分人为什么觉得不能理解,就是我刚才说的,已经是 20 世纪 30 年代了,你还是一个留学生,居然公开认同 19 世纪中国的主张,就连 19 世纪都还不是最后,还要往前一点,这不是有点太不跟当时的世风接近了吗? 所以很多人解释这句话,写到这儿的时候都非常不理解。这就是我开始说的,要说这个话,需要一点儿胆量。我刚才说的顾实,是大家都认为守旧的人,他在 1926 年,比陈先生说话时还要稍微早一点,就坚决反对"中学为体,西学为用",说这简直是荒谬。一个保守的人或者被大家认为是保守的人都要否定的东西,而一个从西洋——也有东洋,他绕了一大圈,游学很多国——回来的人居然要赞同,很多人觉得这实在是不可理喻。这就是我刚才说的独立精神,独立精神就是跟谁都不粘,是学术上的"不粘锅"。

最重要的是,大部分人没有太认真地看这句话。我刚才说了,陈先生是要绕很多细细的弯的。这句话里说得很清楚,他说的是咸同。可是我们都知道,张之洞发挥作用最主要的是在光绪时候,最多也就是同光了,不能是咸同,因为咸同时张之洞还不知道要干什么呢。那他为什么不说同光，要说咸同呢？难道他写错字了？不会的。你要说他行文啰唆的话，他也不会在那么短的文章里啰唆，因为这种序言或者审查报告都是很短的，也就只有两千或三千字，每一个字都是很重要的，不能有没用的字，除非这个字影响读音的高低平仄之类的。那它如果没有特定的含义，这话就白说了。因为要说我的思想在同光之间，然后再说湘乡南皮，那这两句话就是重复的。重复在过去也不是没有，《过秦论》就有"囊括四海之意，并吞八荒之心"这样的话，以前这都是表扬的，其实说的是一个意思。一个意思可以用四句话来说，可是会有人挖苦你。以前有个故事，说村学究作诗，所谓"关门闭户掩柴扉，一个单身独自归"，全都是一个意思。如果陈先生那个话里的咸同没有特定含义的话，就是这个性质了。那不是段数太低了吗？那对"独立精神"来说就惨了。

我们要知道，在近代，有一个很重要的界碑，那就是葛老师特别强调的甲午。葛老师的书（《中国思想史》）写到甲午就不写了，认为已经变了，不是中国思想了，成了外国思想了。"中学为体，西学为用"，以前也有很多人追溯到底是谁先说的。多追溯到冯桂芬或者谁谁，也没用。因为在甲午以前和甲午以后，同样的说法，表述的是非常不同的意思。我们都知道，张之洞的《劝学篇》被认为是"中学为体，西学为用"的表征。这当然是代表甲午或者以后的事，完全和咸同不粘。对于这个，要认真地思考，就得回到咸同，而不是同光。只要不是同光，那张之洞的作用就比较小一点。以前大部分人可能都是因为读我们近代史教科书读多了——近代史教科书里有一个洋务派，很多人把洋务派从曾国藩开始一直数到张之洞,所以"中学为体,西学为用"都成了他们的思想。关于这方面,也有很多的大学者都解释过了,具体的我就不说了。

我们大家知道,基本上从改革开放我们才开始研究陈寅恪,研究这句话的表述也基本上是从那个时候起的。有相当的一部分人认为,陈先生是赞同"中体西用"的,包括冯友兰、周一良和杨向奎几位老先生都这么认为。杨向奎对他特别惋惜,意思是,你看他,这么落后。还有另外比较多的人觉得这是一种很反常的表现,认为陈先生一定不是这个意思,他是故意说别的意思。不管是反常还是不反常,跟杨先生一样感到惋惜的也包括李泽厚、傅璇琮这些大腕人物。他们会觉得,这么落后的话怎么会出自陈先生之口呢?我估计,如果再早一点,会有人说,资产阶级时代的人怎么会拿封建时代的思想来认可呢!他们都用到了"不可思议"这个词,不能想象这个人怎么会这么说。

我们也都知道,为什么很多人也都确认陈先生就是"中学为体,西学为用"的人呢,就是因为吴宓曾经有一个表述。吴宓在1961年到广州去看了陈寅恪,他在日记中就说陈寅恪的思想丝毫没有改变,跟以前一样遵守"中学为体,西学为用"之说。自从这句话公布以后(《吴宓日记》没出版前,这句话就被他的女儿引用过),凡是认为陈先生说的话就是原话意思的,都要引用《吴宓日记》作为钢鞭证据;凡是认为陈先生这句话反常或者别有所指的,统统都要指出吴宓不懂陈寅恪,说他段数太低或者怎么样,诸如此类的话,他们就是要质疑吴宓是否真的了解陈寅恪。

对于这些人,我们要为他们说一句话,就是他们大部分都是善意的，他们希望把陈先生说得进步一点，不要那么落后。就是说如果真的居然在 20 世纪 30 年代还认同"中体西用"，那你就不够现代，也不那么卓越，所以就值得惋惜了，像杨向奎就是这样的。杨向奎其实跟陈先生小有过节，他早年曾试图挑战一下陈先生，但陈先生假装没听见。然后两个人坐了几十分钟，后来杨先生就出去了。所以，他后来还在惋惜陈先生落后这件事，我估计跟那个过节也小有关联。关于这点比较有体会的就是我刚才说的李锦绣。李教授就认为，本来陈寅恪"论学论治，迥异时流"，就是要跟别人不一样，所以她认为"思想囿于咸丰、同治之世"就特别符合陈先生，不但是实述，而且是有特别用意的。

　　大部分人在引用这段话的时候，说到陈先生要区隔时流，立刻就想到他是不是不喜欢胡适或其他人等。其实不见得，陈先生跟胡适的关系还可以。他在文化观念上是有一些跟胡适不一样，他也的确有一些想要划清界限的人。但我以为他想要区隔的人不仅可能有胡适，还包括梁启超——虽然梁启超跟他祖父和父亲都是朋友，也包括章士钊、梁漱溟、张君劢这些被列为东方文化派的人，还包括很多人直接把陈先生算进去的学衡派。所有这些人，他们的见解都有一部分是和陈先生相通的，可是也都有相当程度的不同。所以我想，"不古不今"就是要跟所有你们这些人都不一样。

　　虽然邓广铭先生认为陈先生这话是托词，但是他比较能体会到陈先生的意思。他说陈先生宁肯退居于咸同之世，就是宁肯让一步，说我接近的是曾国藩或者张之洞，这是有比较深的体会的。陈先生常常是以退为进，说你看我多落后，意思就是我比你们还要先进。我们可以看到,他用字非常考究。他也说过同光,他曾经在讲《四声三问》的时候明确说,中国传统的理论——宫商角徵羽这五声就是中国传统的理论——基本上是同光朝士所谓"中学为体",然后下边又说到同光朝士所谓"西学为用"。我们不必去管他具体在说什么,但是他很明确地把"中学为体,西学为用"说成是同光的思想,而不说成是咸同的思想,这里应该是很有分寸的,尤其是像陈先生这样做史学的人。

对于做哲学的人来说,可能同光到咸同不过就那么几十年,没有什么不得了;但对于做史学的人来说就搞错了,就属于失据,那是很丢脸的。尤其我们刚才说的,在甲午前后有一个根本的思想转折,假如你把这个变成一个时段,不太区分或者不去区分,基本上这个转折也就被否定了,那基本上就可以认为你还没有进入这一历史阶段之中。所以我想,这个话是有它直接的含义的,就是说他对张之洞有认可的一面,也有不认可的一面,所以他要回到张之洞之前,因为他对曾国藩有认可的一面,也有稍微超出的一面。

假如我们不把这句话放在咸同,而放在同光,你马上就会发现它和那个时候很有名的人说的另一段话有很明确的针对性。那个人叫严复,他几乎是人人都知道的。而严复反对"中学为体,西学为用"的时候恰好有一段很有名的话,说牛有牛的体和用,马有马的体和用,牛的体和用是不能与马的体和用拿来混合的。这里的意思,就跟童牛角马非常不一样。

假如你把"童牛角马"和"不古不今"和同光的思想连在一起,你就会知道陈先生就是要把牛的体用和马的体用结合起来,这在近代中国是一个很大的持续的分歧,就是到底一个文化的或者国家的民族的体系——我们可以把它分成政治和价值,即信仰价值,或者是文化和政治——是一个不可分割的整体,还是一个可以分割的组合体?所有那些主张师夷之长技以制夷一直到中体西用甚至到民初的共和国体与纲常,以及新文化运动时的伦理和政治,包括清末到底是黄帝代表中国还是孔子代表中国这些争论,都集中体现这个内容。

大部分人,包括朝廷当政的很多人,还是主张这是一个组合体,这样我们就可以把西方的很多东西拿过来,放在中国里面,还不丢失中国的所谓国性,就是说还叫中国。以前的人就曾明确表示,如果叫共和,然后思想又都是外国人的,那中国就没有意思了,中国就成了一个符号,而且这个符号还变了意思。这一部分人就是认为,中国,不管它是"周边之中"的意思,还是代表着比如说华夏或者一大堆人在这个空间里几千年历史延续积累下来的一个东西,是不是全部都可以改?就是说连精神、思想、政治体制全都变了,那你还是中国吗?或者说你还需要保留一部分?这才是那一部分人的一个持续的也是根本的思考。

在这个时候,严复等人显然是认为没有办法保留一部分的。他们认为这是两个整体,要么就照着学,基本上就是后来说的全盘西化,要么就保留原来的东西,一点都不换。另一部分人显然是主张可以保留一部分的,陈寅恪在这些人中间略微又进了一步,就是他不但认为可以,还希望能够产生新的东西,这个东西里面既有牛也有马,然后又不是牛也不是马。我想这个才是不古不今的根本意思。所以他大致可以赞同张之洞表示的"中体西用",但是他要修正。

为什么他要回到曾国藩呢？我们可以看得很清楚,在陈先生那个时代,你可以看到,30 年代他很常用的一个词是"国性"。这个词是清末讲国粹的那一部分人讲得很多的。讲国粹的人跟曾国藩是有一个共通点,跟张之洞是不一样的。张之洞说"中学为体,西学为用"的时候,他基本指的是一个以儒学为中心的学说,而且他是主张以"损之又损"的方式来保存国粹。那个时代的大部分人都知道这是《老子》里的话,下面就是"以至于无"(或"以至于无为"),所以"损之又损"是一个很可怕的事。如果把自己的经典损到基本可以没有,还认为保存了中国,那就是一个很有创造性的想法了。只不过很多人不去看后面这半句,张之洞也没说过这半句。可是我想,张之洞不至于没有学问到这个程度,他也不至于预设他的读者没有学问到这个程度。如果大家都知道"损之又损"是可以"以至于无"的话,那中学为体基本就是一个象征,就是一个样子了。只不过用白纸写着"中学"挂在那儿,这就叫"中学为体"吗?

张之洞的"损之又损",是主张"中学"可以压缩到只看几本后人编辑的典籍。一直到民国,都有一派人主张经是不可删的。他们认为这些东西不能动,一动就变了,你怎么可以把经变成这么薄一本,几天就可以看好,甚至还可以没有? 所以在张之洞这里,"中学"是一个非常压缩的,很细微、微小的,而且基本上坐落在儒学之上的东西。可在此前和此后都不一样,与曾国藩的时代和清季国粹学派的时代都不一样。国粹学派是把绘画、武术中国化等什么东西都算进去的,所以是一个大的、以国家为范围的所有的文化——我估计炒菜说不定也包括在里面（但像国术，就是新文化运动最不能接受的，那时的新派立刻就要往义和团身上引）。张之洞之前的曾国藩也一样。曾国藩是把当年的考据、辞章、义理，加上一个经世，和孔门四科连起来的。我们都知道，曾国藩是桐城派的大家，所以辞章的地位在他那个时代也是有大大提高的。简单一点说就是，曾国藩时代的中学比张之洞时代的中学要广大得多。

后来的"国粹"或者陈寅恪他们的"国性"是与张之洞时代的"中学"不一样的。我们可以从"国医"看到陈先生跟傅斯年是非常不一样的，他当然说了一些挖苦国医的话，可是他对国医或者中医的一个经典的解释就是中医里很多内容是外来的，它就是外来的变成了中国的。这其实就是陈先生一直长期想要做的，就是保存这个国的某种东西——我们不能界定到底是特性还是什么，但是要接受另外的一些东西，让它转变。我想——大致也只能是葛老师说的"猜想"，他之所以要回到张之洞和曾国藩之间，是希望有一个更宽广的以维护中国的国性的这种东西。所以他比较趋向于所谓国粹派的见解，就是把什么国术、国医都包括在内。我们去看他讲唐代的东西就会很清楚。

他讲唐代制度是先从礼乐、建筑等等这些地方讲起，大部分东西都是我们现在讲制度史的人不讲的，他的眼光是非常不一样的。他也从建筑和建筑的样式等等讲到"童牛角马"，这跟他讲国医是一样的。他其实是一个西医观念很重的人，他不相信中医。可是他自己也说过很沉重的话。他说，他的祖父和父亲都是可以用中医给人看病的，而他自己居然已经不相信了，真是一个不肖子孙。这话不是开玩笑的。这就有点像殷人的后代孔子说"吾从周",是一个很沉痛的选择,因为原来的那个"医"他认为不太能够治疗病人。但这是一个被迫的不愉快的选择、不愉快的放弃。他知道,他的父亲和祖父不只是代表两个人,而是代表着一代或者两代人。这就是说,有一些东西我们已经知道不行,非改变不可。这大概是那个时候某一部分人或者像陈先生这样留学多国的人,在一个不那么愉快的情况下有点被迫做出了一种"吾从周"这么一个选择。可是他又有很多割舍不了的东西,所以他要尽量把这个放低。

我想,"中学为体,西学为用"要跟陈先生经常使用的另外一个词,就是"童牛角马"之外他也很爱用的"非驴非马"放在一起理解。陈先生有一些词会反复用,大部分时候都有贬义,可是也不完全。他每一次使用"非驴非马",只有和具体的东西连在一起的时候才能看得出是褒是贬。可是他始终指出"非驴非马"有一个意思,就是要融合胡汉为一体。他在讲过去的历史,比如北周制度史时三次使用"非驴非马",都是要融合胡汉于一体。因为那三次他都认为是失败的,所以"非驴非马"是一个贬义。不过,它虽然是一个失败的努力,可是做的目的就是为了熔冶胡汉为一体,这个跟后来他所说的"中学为体,西学为用"有直接的关系。

他还曾经明确地说,李唐一族所以能够崛起,就是取了"塞外野蛮精悍之血,注入中原文化颓废之躯"。因"旧染既除,新机重启,扩大恢张",才能够"别创空前之世局"。我想这基本上就是"不古不今"之学想要做到的——必须承认中国有很多东西已经不太适用了，那就要让外面的东西进来，把旧的不太好的东西去掉，关键是还要别创新局面，所谓"空前的"，就是要与既存的新旧、中外都不一样。那就是"童牛角马"的一个含义。这才是他说的"一方面吸收输入外来之学说，一方面不忘本来民族之地位"，能够"相反而适相成"，这就是他眼中道教的真精神、新儒家的宗旨。这些话，都是在同一篇文章中出现的。

我们由此可以看到咸同和同光是很不一样的。咸同是一个比较能维持"本来民族之地位"的时代，同光时代"本来民族之地位"就不那么多了，再以后到 20 世纪 30 年代，"本来民族之地位"就更少了，但他还希望有更多。我想，陈先生说"不古不今之学"时心里想要达到的一个重要的东西，就是要保持一些传统的，又去除一些旧的，引进一些外来的，然后重启新局面。类似的话后来他还重复了很多次，包括在新中国成立之后，陈寅恪写了一篇《论韩愈》的文章。这基本上是向共产党上条陈了，就是说你们应该怎么做，如果你们怎么做，就会怎么样。那个意思用现代的话说就是要求保持你的主体性，但是又要吸收各种别人的东西，最后要做一个开创的局面，不要做一个继承的东西（这个当然有直接劝我党跟苏联保持距离的意思）。简言之，就是自己一定要有自己的主体性，否则不算成功。

最后我还要简单地讲一点——这本来是非常复杂的东西——就是说，陈先生讲这些话不一定讲他做中古史。我们刚才说了，"平生"是他 1933 年说的，此前他基本上没有做多少中古史，倒是做了很多其他的。他在 1942 年有一封非常值得注意的信，是给刘永济写的，讲到他的稿子在越南那个地方丢掉的事,其中就包括《蒙古源流》注、《世说新语》注、《五代史记》注、佛教经典的合校以及巴利文的一个经(《普老尼诗偈》)的中译。可以看出,所有这些基本上都不是中古史的范畴,有的根本就是上古或西方纪元前的作品,这些正好都是他抗战逃到外面的过程中掉了的东西。所以,我们要是看他30年代以前的话,这才是他所做的,基本上不在中古史的范围内。

他自己说,由于战乱,剩在身边的基本上就是《旧唐书》和《通典》两种,所以他最后就写了《隋唐制度渊源略论稿》和《唐代政治史述论稿》。一方面当然说了很多谦虚的话,但是另一方面可能真是有一些实际的选择在里面。为什么呢?这也不能太详细讲。陈先生和章太炎都曾经反对民国新史学的一个很重要的原因就是,民国新史学比较偏重研究上古史。陈先生还有一个重复多次的话,就是他不看三代两汉的书——他当然早就看了,而且看得还很多,像《皇清经解》这些都是看得非常熟的,可是他故意说自己都不看(这个故意就是针对那些人总去做上古史)。他和章太炎都说过,上古史画鬼容易画人难,因为上古大家都没有多少材料,就只能猜谜,随便说一个观点别人也没办法驳倒,因为大家所共享的材料都不是很多,而做到中古以后就不一样了。这是他们不喜欢的一面,他们还有正面的、建设的一面,这就是章太炎曾明确说的,上古的历史对于中国当时没有借鉴作用,不能致用,要"法后王"才能致用。

为什么?就是说唐代是一个中外接触频繁、各种文化碰撞的时代,那就比较接近中国的近代。上古那个时候当然也有各种不同的小文化,也有夷夏这些问题,可是它跟后来的中外之局是非常不一样的。所以一方面可能真的就是陈先生只剩那两套书了，其他的都弄丢了，但也可能是很主动的选择。这就如我一开始说的那样，他有一种经世致用的理想在里边，他是要报国的。仗都打起来了，有很多人思考着要去打仗。一个殷墟考古学家尹达就跑到延安，当然他也没有打仗。另外还跑去了几个很厉害的人物，一个是当年学生一代里边最强的叫作王湘的，我曾在电视上看到采访他，以为他还活着，后来找他的材料发现他已经去世了，他就是所谓殷墟"十兄弟"里最强的一个，可是到了延安并没有干到太多事情，大概当了印刷厂的副厂长。后来国共合作的时候，李济正式跟周恩来写信说，他们要把王湘和另外一个人要回去，说他们现在还需要研究殷墟的东西。我看到档案里周恩来回信说王湘不愿意回去。总之，他们做的都跟专业无关，但他们都做得很高兴，不想回去了。这是真的。我一直以为王湘默默无闻，后来才发现他是共产党干部，做了领导，当然比考古所里当一个学者要大一些。关键问题是，那个时候他不是为了当官，而是一个很明确的选择，就是日本人已经打进来了，我们是还在这儿考几千年以前的甲骨呢，还是要上前线去打日本人？这是一个很直接的选择。像陈先生这样的人大概是不太能够直接上前线打仗的，他大概身体也不是特别好。这些人也想报国，那就要用学术来行动。以学术报国也不能说那种完全的古为今用、影射史学什么的，但他写的内容都跟后来的时局有关，他要法后王，他要研究中古这一段，因为那一段历史对以后更有借鉴意义。

　　现在我们都爱说唐代历史是一个眼界开阔的历史时代什么

的,但在陈寅恪、傅斯年等人之前,我们历史上讲唐代从来没有
这个意思。历史记忆中的唐代形象从来不以中外交涉或包容为
重,这个形象正是从陈寅恪、傅斯年他们才开始改变并成为主流
的。我们现在讲改革开放,"国际化"反倒变成了唐代最重要的
一个形象。长安城里有很多外国人,他们用各种外国乐器、喝外
国酒、吃外国菜,很像现在的上海,就差操鲜卑语弹琵琶了。这
跟现在很一样。

对唐代的这样一个记忆或者说这样一个形象的出现,也就
不到一百年的时间,是他们那一代人创造出来的。而他们那一
代人之所以要挖掘这样的东西,其实——我猜,只是推想——就
是它更加切近中国近代或者民国这个时候中外或者对峙或者打
仗或者文化碰撞的时代要求。这在先秦里不太能找得到,在其
他时代也少一点,唐代或者魏晋的时候比较多一点。不同文化
的碰撞和融合,包括制度、建筑风格、音乐、家具等等,这些都成
为现在的显学了。可是若真的倒退回去,到 20 世纪初期以前的
唐史,都不太提这些。说唐代的贞观之治,哪里有这些! 一说到
唐代,就要说到唐太宗看到考试的人都进场了就说"天下英雄尽
入吾彀中矣",这才是典型的代表唐代的一些象征性的东西。一
种向外开放的或者包容多种文化的形象都是后期才加上去的,
而这正是陈寅恪他们那一代人以及此后人一直持续的努力,再
加上改革开放才确立下来的。所以我猜他后来做中古史研究有
这方面的意思,这当然也有一些附带的关系。

我们不能说陈先生的"不古不今"之学就是要做中古史,因
为那是后来的事,但是他往中古史转移,除了一些各方面的原因

（关于这些，余英时先生已经有很多很详尽的考证），我想这也是一个很重要的原因，就是当国家遇到困难的时候，一个读书人总要以某种方式来为国效力，若不上前线打敌人，也应该有某种表述。我今天就说到这里，希望大家多多指教。

主持人：我们现在开放给大家来提问题，哪位同学先来。

问：非常感谢罗教授给我们做了精彩的演讲。我认为现在的中国跟陈寅恪时候的近现代中国很相似，现在还是中西文化相互冲击的时代，我觉得陈寅恪先生讲"不古不今，不中不西"，非常在理。但是陈先生有家学渊源，他是从小读四书五经长大的，甚至可以说倒背如流，另外他还懂二十多门外语，对他来说，"不古不今，不中不西"这句话是举重若轻的。但是对当代学生来讲，如何才能做到这一点呢？请罗教授指点。

答：陈寅恪先生已经不在了，我不敢帮他向大家提倡不古不今了。我很理解这个同学刚才所说的话，其实我们的自信心也可以强一点。他当然有很多过人的地方，但是也有很多我们会做他不会做的事情，所以一代有一代的长处。其实要做到外语学那么多，用处也不是很大，因为这也没有反映在陈先生的研究之中。当然，这跟我们国家当时的状况有关。如果那是一个很安宁的时代，学这些外语都有用武之地，更何况那是一个校园外面没有太多诱惑的时代。我想，我们不一定要做一个从小就读了很多书又会很多外语的人，虽然这是一个很理想也很吓人的状态。每一代都有自己的优点，像我的老师那一代就说他们跟老先生不能比，老先生们史料太熟了，可是他们有理论。那时候

"理论"是专指的,是他们唯一能胜过老先生的东西,那就是马克思主义。在那个时代的人看来,老先生懂再多的史料,可是不懂马克思主义;而不懂马克思主义,历史就做不好。所以说,你只要学习他做学问的那种精神就可以了。而且现在来说,学问是一个世界性的东西,研究中国是一个世界性的学问,我们确实不能用一种比较狭隘的眼光来做或者只看我们本土的材料,做一个"有中国特色"的东西出来,应该是一个"有世界特色"的中国史研究。我们要学习的可能是另外一方面,这可能离题远一点,那就是我们现在所面临的是一个诱惑太多的时代,其实陈寅恪的时代跟他的前一代比也是一个诱惑太多的时代,所以傅斯年就说,陈寅恪是关门闭户,拒人于千里之外。当年陈寅恪不是一个以外国文字多吓人著称的人。文字多吓人是吓别人,他在史语所时,论文数量是全所第一,是一个高产的作者,他不是慢慢熬一篇的人。为什么他能高产?就是他能拒人于千里之外,不去参加应酬,不去参加吃喝,不去跟人握手,包括教学生他觉得都是一个负担,所以他也没教出太多很好的学生。以他这么好的学问,认真教的话,我们现在的学问还会更加好一点。如果我们要做某种比较大一点的学问,可以向陈先生学的不是背四书五经,掌握二十多种外语,而是相对能够抵御一些诱惑,自己和社会保持一定的距离。因为既然进入大学了,就应该有一个适当的距离感,那样的话,不管你做的是什么样的学问,一定都是一个比较好的学问。不知道回答了你的问题没有?我估计没有。

问：罗老师，您刚才说在大学里最好要有一点想象力，我坐在这里就忽然有了一些想象。陈寅恪的"不古不今之学"是不是跟当时激进和保守的争论有关系呢，就陈寅恪的父亲陈三立来说，他在戊戌之前是以一个很激进的形象出现的，而就在戊戌之后尤其是1901年之后，他定居上海是以一个遗老的形象出现的，他曾经写诗说"凭栏一片风云气，来作神州袖手人"。就陈三立而言，有人说他是一个激进的人，也有人说他是一个保守的人。而陈三立自己可能认为他既不是保守的人也不是激进的人，而是一个有独立精神的人。那么陈寅恪是不是有点继承他父亲的精神呢？而且他这句话应该是20世纪30年代说的，30年代中国贴激进或保守的标签这样的做法是很多的，那么也可能陈先生本身对这种标签的形式有一种反驳。我想听一下您的意见。

答：这问题段数比较高。我对陈三立了解不够，恐怕很难完整作答。但我想他有没有那么独立呢，也可能有一点吧。假如我要再写一篇论文，一定从陈三立开始。就是说以我的了解来说，陈三立可能没有那么明显的独立精神，但是若把你说的改一个字——"不做神州袖手人"，就可能被他的儿子继承的比较多。就是国家有事的时候，即使你平时拒人于千里之外，也不能和国家保持距离。你可以和社会保持距离，但是你要为国家服务。这大概是传统读书人的一种承担吧。他确实如你所说，不太喜欢激进的，也不是很认同保守的人。我们现在有些人倾向于把陈先生说得比较保守，可是你看他教学生的时候一点也不保守，他举出来的例子说新派不行，旧派也不行，新派大概暗指的是胡适他们那一派，可是旧派他明确说指的就是柳诒徵。柳诩徵被认为是"学衡派"里比较重要的一个人。所以，陈先生是既不激进也不保守，大概也不太用激进或保守来思考问题，他就是要跟所有人都不一样，这才能体现他不得了的地方。我想，他的志向比较大吧。我不知道算是回答了你的问题没有。不过，陈三立这方面我还要再认真学习。

问：我关心的是，"思想囿于咸丰、同治之世，议论近乎湘乡、南皮之间"有一种说法是，这是他对清浊流的关心。他这样的一个说法跟他的家世有没有关系？包括有说法说 1898 年戊戌之后陈宝箴之死跟被赐死有关。这里面所存在的一些思想的变迁，请您谈一谈。

答：这个问题是比较认真接触研究前沿的问题，比我们前进很多了。我想陈先生自己多次强调他在清流和浊流之间的态度以及他们家的立场，不过好像曾国藩就没有被列在哪一边，清浊流比较明显地影响政治的时期比曾国藩要稍微晚一点。如果有研究表明这两者关系很密切的话——除非他有很明确的证据。这里边最离不开的一个人，也是周一良先生每次都要提到的，就是曾国藩。可是大部分的讨论都把他放到张之洞那个时代去了，而没有想到为什么要回到曾国藩的时代。我个人对清流和浊流在这里面的联系还没有看得很明白，这也是陈先生很少说的事情。有一些晚年才说的话，就是早年不说的话，也不一定太粘得上。陈先生每个字都有特定的含义，哪天我们看到了他就是那个意思，也说不定。只是我目前还没有看到，而且我略有些怀疑，就是说我们要回到曾国藩，我认为一个最需要认真考虑的问题就是到底张之洞之前的什么东西是他认同的东西，那个东西大概才是他比较想说的一个东西，但是这在过去注意的人要稍微少一点。

问：您刚才讲到"不古不今之学"与独立精神，能不能用几句话概括一下。

答：用几句话概括一下就比较难了。但我想，对于独立精神，我曾引用过张申甫说的一句话，独立精神首先要独立你自己，用我们现在劳动人民常说的话来说，就是不要把自己太当回事。把自己独立出来之后，我想就是少约束吧，不要受前人或者现在人以及中国人或者外国人的影响，所有的东西都可以帮助我们，可是不应该约束我们，这也是我为什么一开始说想象力很重要的一个原因。就是说，如果一个人的想象力被改变了，那这个人也基本上变了。据说法国人一直坚持政府出钱鼓励本国人拍电影，就是不希望法国人的想象力被好莱坞给改变了。如果全世界人都只看好莱坞电影，就意味着一代人的想象力被改变之后，世界也成了另一个样子了。我想独立和不受约束，让想象力自由发挥、飞得稍微远一点是有关系的，但是做学问的时候还是要有点限制，因为我们研究历史是要跟史料有点关系的，想得太远也适得其反。这已经说了无数句了，一定没有回答到你问题的点子上。

问：罗老师，我想问一个问题，就是您刚才讲到童牛角马还有严复的观点，说这是一个新兴的产物或者新发明，是一个更新的成功的东西,但我觉得这句话有否定的意味,就是牛也不牛马也不马了,我不知道这句话出自《太玄经》,但我想童牛角马是不是也有不伦不类的意思呢。请您解释一下。

答:《太玄经》里的表述比较中性,就是说变天常,也就是说自然发生了转变,用现在的话说是动物的灵性变了,是我们刚才说的牛已经不是牛,马也不是马了。我的理解是这里面没有赞扬或者批评的态度。你刚才说得很对,严复就是认为牛和马是不能变的,牛就是牛,马就是马,不能半牛半马。我猜想,如果陈寅恪把童牛角马作为一个比较正面的表述,或者是一个虽然失败了但还是值得努力的方向,那他就是在思考有没有一种半牛半马,即创新的可能。

问:罗老师,我有一个问题,就是陈寅恪脑子里有没有设定一个读者对象,就是我的文章是要谁来读的呢。陈寅恪的东西有这么多南辕北辙的微言大义,在某种意义上是不是说他的写作是失效的?没有人能读得懂,那结果不就是没用的?

答:这个问题问得很好。我不是陈寅恪,只能猜想。他是没有准备写给广大劳动人民看的,而且他也没有准备写给书念得不好的人看,因为他没有那么多的时间。陈先生是一个很特别的人,如果用新文化运动时候很有名的胡适和陈独秀的争论,到底是普及还是提高更重要,那陈先生很明确就是提高,他根本不普及。从这个角度来说,我猜想他预设的读者对象范围不一定很大,但可能会比较久,就是说他希望还有后来的人看,也许希望外国也有人看。

第二个问题，就是到底有没有效，就比较难直接回答了。这就要看你是怎么界定"效果"的。像陈寅恪这样的人居然全国人都来谈，还有人在网上说"劝君莫谈陈寅恪"，那就是已经被谈得太多了的缘故。所以你说没效，看起来还是蛮有效的。记得似乎还是葛老师告诉我的，那时我还在四川，他说北大和清华的老师中比较受推崇的有三等：第一等就是经常上电视的人，第二等就是讲课听不懂的，第三等是既不上电视讲课又能听懂的。陈寅恪大概就是属于第二种。虽然没有多少人真看懂，但他给我们留了很多可以做研究的题目，让我们有很多事做。另外要感谢让普通大众知道陈寅恪的陆键东。因此说到效果的话，要精确地或者比较准确地达到他的期望的话，效果不好，但产生了很多意想不到的效果。这可能就是历史的魅力吧。

问：你刚才提到唐代的胡汉融合、中外交流这样的包容形象。陈寅恪和傅斯年两位都有欧洲特别是德国留学的经历，他们提出这样的一种理论是不是和19世纪后期或20世纪前期欧洲尤其是德国的文化背景，以及罗马帝国末期民族大清洗到中世纪这一段历史的看法有关，比如维京-日耳曼民族的文化与罗马帝国的文化的冲突？您认为这一种理论建构对他们有影响吗？

答：关于陈寅恪，我不敢说。但关于傅斯年，我可以说没有，因为他是没到德国之前写的，他在1919年就写过一篇讲中国史分期的文章，在里面就特别凸显了唐代的一些特定的含义，那时候他只是向往出国，还没有成行，就已经有了这种思想。但我也不能排除他看了你说的德国的什么书，因为傅斯年读书范围很广,我不知道他到底看了些什么。因为陈先生在 20 年代中期以前基本上没有表述过,除了写诗和给他妹妹写的信的一段被公布了以外——我不知道他在信里还讲了什么,所以我不敢肯定。有人说陈寅恪的"塞外野蛮精悍之血,注入中原文化颓废之躯"是受赫尔德的影响,其实恩格斯也说过类似的话,恩格斯也是德国人,所以我们不排除陈先生受过德国的影响,因为他也喜欢恩格斯、马克思的书。

问:我有一个比较幼稚的问题。我想知道,陈寅恪晚年对于"不古不今之学"有没有一点转向,他晚年写了《论再生缘》《柳如是别传》,这是不是偏离他早年的思想了?

答:这个问题问得很好,而且有陈寅恪的风格,以退为进。我想这个问题可以帮助我们解释"不古不今之学"。这是很多人都容易忽略的一个问题,我比较强调他说的是以前,而不是以后。有可能是时代的变化,因为陈先生的学问常常跟时代有密切的关联。关于他为什么要写那些,有很多不同的解释,其中有一个比较重要的考虑,就是跟他对他的助手说的有关,就是傅斯年曾经说过,陈先生是不教学生的,他的本事都没教给学生,只有有事要请学生帮忙的时候才顺便点拨一下,所以号称得了陈先生真传的人基本上都没有得到。但是到了晚年他终于感觉到这个问题的重要了,所以他很想把他的方法告诉给其他人。我猜他后面这么做有一个很重要的考虑,就是要把某种特别的方法表述出来。其实陈先生长期在心里想的是怎么可以理解古人,他的意思跟傅斯年不太一样,就是主张可以直接从文本中了解到他的意图,而不是要靠"动手动脚"。他后来就把一些最简单的容易找到的文本拿来做了那样的解读——以我的理解至少是展示了很多,里面至少有意思是说不要跨学科也不要多少门外语也不要新理论新方法,只要按他所做的那样,就可以和古人交流了,就可以了解古人的意思了,就可以重建出一个历史了。也许这是他的想法之一,我不敢说这是他全部的想法,因为还有无数重要的人做了无数重要的解释,每一个解释都能给人以启发。

问:陈寅恪先生的学问现在很热门,另一个热门就是钱锺书先生。钱先生曾经说过陈寅恪先生考证杨贵妃是不是处女,但这是通过余英时先生的一篇文章,即回忆录反映出来的,有人就说这是余先生引发两处高峰在较量,但我想可能存在一种误读,包括前面所说的审查冯友兰先生《中国哲学史》下册的报告,很多人都证明是赞扬,其实不然,应该说是一种批判或者否定。钱锺书先生也可能有自己独特的治学方法。您对两座文化高峰之间的较量以及对陈先生的误读问题是怎样看待的。

答:这个问题提得很厉害。我想他们两个各有不同吧。中国以前的学问就是有人做经史的,有人做其他的,基本都是经为主,史为辅,其他都不能算的。可是到了道光、咸丰或者同治之后,有一个风气起来,就是读集部书,即读别人的文集。但这不是一个门类,只是各种人的书。因为关于经和史的知识基本都有了,而且有了为考试做准备的工具书,但是还有一个没有开拓得太多的,就是集部的书。因为这在以前不是学问,没有太多的人认真地看。到了晚清的时候,这便成了一个比较认真的传统。钱锺书的父亲和他,以及另外几个我们也很喜欢的如鲁迅、周作人等等,都是这一条路的人,他们都是看集部书的人。不懂的人会认为他们的学问特别好,胡适就曾经特别想不通,为什么鲁迅那么好的学问会考不上秀才。他不知道秀才是不考集部书的,考的是四书。钱基博就曾经说过,要论集部之学,他和他儿子是天下第一,所以这是一个比较创新的学问。而陈先生基本上还在原来的那个系统里面。他使用一些诗、建筑或图片等,是为了扩充经史研究的范围,但他并不以集部书为自己主要的钻研对象,这大概是他和钱先生非常不同的地方。至于他们其他的不同,我就无法区分了。不过他们两个也有共同的地方,两个人都很注重方法,只是不直接写一本"历史学的技艺"这类书罢了,其实他们都不时地谈到关于治学方法的话。

关于第二个问题,我想误读应该是没有办法的了。其实每个人都是在不断误读的过程中开始接近真相的。从目标来说,误读是一个很好的努力过但不够成功的部分,就是说如果你误读了什么东西,那你至少读了这个东西。我们现在比较担心的是有很多东西可能根本就没有读,有些人不怎么读就开始说了。我就遇到过一个学生,他坚持要用档案来写论文,可他每次到档案馆只去两到三天,回来马上就提交一篇东西,说我的论文主题就是这个。那就不是误读不误读的问题了,根本就是读的太少。误读在我看来没有什么不好,每个人都可能误读了,谁也不敢说自己才是正读。有些情况就是这样的,一句话可能有五解六解,没有一种可以把别人的压倒,要是谁说我这个是正解,别人的都是误解,那也只能是我刚才说的,凸显他胆子大而已。陈先生就表现得胆子比较小。陈先生自己说要为古人设身处地,思考古人思考的问题,注重古人的目的。就是说写作是一个有目的的行为,而且是一个持续的行为,首先要弄清楚他想干什么,把这点弄清楚了就离不误读要近一些了,进一步知道他想写什么以及他怎么写,为什么要这么写,就更加了解他的意图了。有很多时候跟读没有太直接关联的事情也会有所帮助。我刚才讲的那个故事对理解陈寅恪就有帮助,永远记住陈寅恪在逃难的时候还要睡上短暂的午觉的话,就知道他说每句话的含义了。把那一点绕过,就能立刻看到实质。要知道,结果是他比不睡午觉的人还先到。这就是说他还是有一个意思会告诉你的,他常常在某些地方要提示你他想说的到底是什么,他给你留下了解码的线索。回到那个时代,尽量少用后来的观念去思考问题,尽量弄清楚作者想要干什么,以及陈先生特别注重的就是用典,他为什么要用这个,弄清楚这个之后大概就比较接近了——我只敢说接近,因为很难说有没有正读。

主持人:谢谢罗教授,谢谢各位!其实我今天听了罗教授的演讲以后,就觉得做学术史——如果这个是学术史的话,就这么一句"不古不今之学"要了解很多的东西才能够有一个不是那么误读的读法。我想罗志田先生既讨论"不古不今之学"的典故方面的问题,从《太玄经》讲到杜牧,讲到成玄英的注,又要直接地涉及冯友兰先生的那两本书,而且还要讨论咸丰、同治与湘乡、南皮,也就是说要讲古代的典故,要讲他针对的著作,而且要讨论近代的一些问题。所以我想,做学术史不是那么容易的。可是我们自从 90 年代学术史兴盛以来,常常把学术史变成非常简单的两句话,就是"独立之思想,自由之精神",好像王国维可以拿这两句话说一说,陈寅恪也可以拿这两句话讲一讲。以我看,罗教授今天的演讲给我们了一个启示,就是说,学术史还是要回到那个时代的语境,仔细去分析每一个字、每一句话,多读史料。虽然昨天桑兵教授讲"了解之同情"不是陈寅恪的治学方法,不过我想了解之同情还是做学术史的方法。

　　(王红霞整理,原刊《思接千载——复旦文史讲堂第四辑》,中华书局,2011 年)

凭直觉成大学问：
梁漱溟的治学取向和方法

五四前后有两人因书而"暴得大名"，前为胡适及其《中国哲学史大纲》，后即梁漱溟及其《东西文化及其哲学》。林同济以前者为中国现代学术史上"新时代"的代表，特点是学者们以"一种迫近机械式的实验派方法，先标出种种个别的、零星的，以至暧昧的'问题'(problems)，而到处搜罗其所谓有关的'事实'或'材料'，然后再就一大堆的乱杂事实与材料而类别之，分析之，考据之，诊断之"。而后者则是五四后二十年间中国"一二部杰出的例外著作"，形成了对上述新学术典范的挑战。

其实梁漱溟治学同样以"问题"为中心（详后），不过林先生看到了基本的时代特征，即梁漱溟的学问确与当时新兴的学术典范不尽吻合。部分或也因此，梁书出版后不少人提出了批评，特别认为梁漱溟的方法有问题。这使梁先生一度对"方法"有些自觉不足，但不久他就增强了自信——1928年梁漱溟在广州中山大学讲演，就分八层详论治学的方法。稍后他更暗示自己在方法上有独到之处：

凡真学问家，必皆有其根本观念，有其到处运用之方法，或到处运用的眼光；否则便不足以称为学问家，特记诵之学耳！真学问家在方法上必有其独到处，不同学派即不同方法。

梁漱溟能这么说，当然是表明他自己并非记诵之学，而是有方法的。所以他强调："在学问上，结论并不很重要，犹之数学上算式列对，得数并不很重要一样。"若细心观察，梁先生对于学问，的确有一套方法。他做事治学，都以"问题"为中心，可以说最有问题意识。他不是史家，却有极好的史感，特别能看到刘咸炘所谓有形之事背后的"虚风"。下面就简单考察他治学的这两个特点（梁先生的表述有他的特点，我会尽量多用他自己的话）。

以"问题"为中心的学术取向

梁漱溟多次强调他所学不多，自己的思考和论述都是以心中的"问题"为中心，先有问题然后寻求答案。如《东西文化及其哲学》一书，就是他自己极感压迫，"非求出一解决的道路不可"，而被"问题逼出来"的。他更明确指出：

> 学问是什么？学问就是学着认识问题。没有学问的人并非肚里没有道理，脑里没有理论，而是心里没有问题。要知必先看见问题，其次乃是求解答；问题且无，解决问题更何能说到。然而非能解决问题，不算有学问。

那些常说没有问题的人,其实是"不知问题所在"。故"问题所在的认取"虽非易事,却是治学的必须和开始。如果"问题来了,能认识,能判断,能抓住问题的中心所在,这就是有用,就是有学问;问题来了,茫然的不能认识问题的诀窍,不能判断,不能解决,这就是无学问"。

用今人的话说,问题既是学问的起点,也是学问的中心,又是学问的基本点。说梁漱溟最有"问题意识",应非言过其实。而且他特别强调,真正的研究者并"不轻言问题的解决法,而深刻用心于问题的认识"。故"不感觉问题是麻痹,然为问题所刺激辄耐不住,亦不行。要将问题放在意识深处,而游心于远,从容以察事理"。

梁漱溟很注意顺着事物的发展脉络看问题,对他而言,真正称得上"研究"的,首先要"识得问题不是简单的,不是偶然的,而是复杂相关的,有所从来的"。所以,"看任何事,不要只看中心点,须看四周围,看背景、看环境;不能只看近处,还须看远处;不能只看浅处,还须看深处;不能只看一时,还须得看过去所以如此的成因与由来"。

据说老子曾对孔子说,六经乃"先王之陈迹",却又未必即其"所以迹"(《庄子·天运》)。能成为研究对象的"问题",其实都是语法所谓"过去完成时"的"陈迹",即都是一个行为过程的结果,自非无故而生,须由静的"陈迹"看到动的"所以迹"。梁漱溟就强调:"不从前后动态上理会,只看见眼前的静象,是抓不到问题的。"故研究问题必须"要有一个追求不放松的态度。不追求则很容易只看见一些广泛的材料,而不能把握其要点"。只有追求不已，"辗转深入而探到问题的根本"才能"把握问题所在"。

且"宇宙间最要紧的是那些关系，而不是——具体事物"，人类社会尤其如此。若"不从抽象关系注意，而徒为一二具体东西牵住自己视线"，也"抓不到问题"。则研究问题又必须"能将与本问题有关系之各方面都照顾得到"，不要"注意这个，就忘去了那个"，要能"辗转牵引，像滚雪球一样愈滚愈大"；一方面"不怕问题牵联广大"，同时不忘"始终还是一个球"。

在方法上提倡从上下左右看问题的不少，但坚持问题"始终还是一个"的则不多。一与多的关系本是辩证的，往往是"一通百通；一处不通，就是全不通"，故要从根本处进行整体探讨。如近代中国"社会已崩溃到最后，问题已经问到根本"。当出现"经济学者解决不了中国的经济问题，政治学者解决不了中国的政治问题，教育学者更解决不了中国的教育问题"的现象时，就"不能再从各方面分门别类来看"问题了。只有"超出这些分别，而当它是一个囫囵整个问题，从历史的转变而测其前途才可以"。若"有眼光能看通这问题，自然于各问题同时看通他"。

梁漱溟对"解决问题"的态度是审慎的，盖"解决了一层问题，与其说是脱去了一层困难，不如说引进了一层困难"。故"愈解决问题，就也愈发现问题"。在他看来，问题可分为根本的和具体的两类。那些看重应用的自然科学，"今天懂得一个问题，明天就可以去求解决一个新问题"，似乎"昨天的问题，今天就用不着再要去解决了"。其他很多学门，也都注重"解决后来的问题，不必再去研究从前已经解决了的问题"。但"哲学就不然，自始至终，总是在那些老问题上盘旋。周、秦、希腊几千年前所研究的问题，到现在还来研究"。

换言之，可以言"解决"的，都是具体问题；那些根本性的"老问题"，则与其说"解决"，不如言探索。梁漱溟并说，若有别的学科"也是要解决老问题的，那一定就是种很接近哲学的问题"。史学大概就是这样的学问。因为史学的核心，可以说是理解异时异地的思想。好的史家，总在思考和回答那种接近哲学问题的基本问题。只有以此为基础，才能认识和理解不同时空的思想世界。而尊重对方的问题，更是相互理解的关键。梁先生论研究印度哲学说：

> 常见治斯学者，因自己意思与彼方彼时之思想隔远之故，于彼之所谓"问题"者尚未了解，而徒聆其许多解答；若明若昧，勉强记诵，于自己思想上全无所受益。今取问题为本，先了解问题，则彼其一言一句，咸可得味矣。

我们常说过去就是外国。在经学领域，"通古今之异言"的训诂等于"译言"几乎是常识，而史学界过去不甚注意文字记载的"翻译"特性。实则史料如钟，叩则鸣，怎样叩就怎样鸣。要昔人解答"我们的问题"，远不如虚其心以了解研究对象"他们的问题"。由此可以看出，梁漱溟对史学的认识，超过很多专门的史家。

注重虚风的史感

研究者自己虚其心以理解往昔，是治史的基本态度，也是梁漱溟特别看重的。他曾提出，"人情大抵不相远"，故应"深切认识人都是差不多的"。只有"把自己的心先空洞起来，打破一切成见，去掉一切隔膜，彼此才可以求了解，才可以沟通一切而联合一切"。重要的是记住"人当初的动机都是好的，没有谁安心去害人"。

最后一语尤其重要，以前孟子主张和古人交朋友，现在有些年轻人喜欢学外国人，要"拷问"历史，就不够友善。本来你怎样看史料，它就有怎样的回报。你把它当朋友，它就以朋友回报你；你把它当罪犯，所得的回报也就可想而知，甚至不排除产生"屈打成招"的效果。且今人在庭审时还可以抗辩，已逝的过去只能沉默。对此梁漱溟有清楚的认识，他在讨论孔子时说：

> 孔子本人早已过去不在了，他不会说话，他不会申诉。如何评量，大权在我们手中。……我下判断，我要负责；应当多加考虑，不要考虑的不够，考虑的太少。如果轻率从事，抬高了他或贬低了他，于他无所增损，只是自己的荒唐失败。

研究历史的人，必须随时提醒自己是在处理"无语"的往昔，要承担相应的责任。章学诚注意到，朱子曾说屈原本不怨君，"却被后人讲坏"。依梁漱溟的意思，那些"讲坏"屈原的人，于屈子增损无多，反增添了自己的荒唐。我们要不把古人"讲坏"，只有多从良善一面认识"人都是差不多的"这一基本点，尽量保持一种温厚的态度。

前引梁漱溟说要把"问题放在意识深处,而游心于远,从容以察事理",同样适用于史学。因为史学的基础是史料,读书能"从容安详",才"随时可以吸收新的材料"。要人"在安详悠闲时,心境才会宽舒;心境宽舒,才可以吸收外面材料而运用,融会贯通"。吸收和运用新的材料,是史家每天都要面对的常课,若不能游心于远,从容以察,实难达融会贯通之境。

对吸收和运用材料,梁漱溟有着仿佛与生俱来的敏锐。前引他主张顺着事物的发展脉络看问题,注重其"所以如此的成因与由来",可以说就是专为史料解读立论。他把这提到很高的层次,主张"学问也是我们脑筋对宇宙形形色色许多材料的吸收、消化。吸收不多是不行,消化不了更不行"。做学问要"进得去而又出得来",才说得上是"有活的生命"。对材料的"消化",就是吸收和运用之间的一个重要程序。

有此认识,梁漱溟对文本解读的困难,便有超过一般人的认识。例如,在探询史料生成动机的同时,也要注意史事的发生和发展往往不依循当事人的动机和意志。梁先生注意到,"古人之立功、立言、立德",并非"一个人打算自己将要去立功或立言或立德"就可成事。实际上,"凡有意要去"做什么,往往"都是不行的",成败只能"在其人一生之后由别人来说"。这就提示我们,昔人做什么虽多半是"有意"的,实际做成的结果却常常是"意外"的。

进一步的问题是,还有一些东西是本身就说不出的。梁漱溟指出,某些自我的感觉,就像宋儒所谓"独知之地",是"旁人进不来的地方"。我们一般都说哑子吃黄连,有苦说不出,"其实岂哑子如此，凡人统统如此"。每个人都有说不出的一面，即"独知只是自知，旁人进不去，自己拿不出来"。或因此，一些人可能真是朝闻道夕死可矣，但还有一些人仍在试图立言，于是有我们看到的史料。对这些近于不能表述的面相，史家也不能放过，仍当细心体认。

且既存文本越是难以领会，越需要有解读的方法。一般说到解读，最容易想到分析。但梁漱溟一生对西方影响最不满的，就是什么都采取"算账的态度"。他自己处处讲究要"有活的生命"，学问亦然。而中国哲学"所着眼研究者在'生'"，其"方法为直觉"，自然成为梁先生的首选。他曾说过："凡是成大事业、成大学问的人，都是凭他里面的兴味、冲动，决非理智计较的力量。"若从方法层面看，其间最显著的就是"真诚的直觉"和"理智计较"的对立。

关于直觉与分析在认识论上的对立，梁先生有一整套看法，只能另文探讨。他怎样运用直觉去领悟近于刘咸炘所说的"虚风"，则可以简单一述。盖除了上面所说不能表出的"独知"，似乎还有感悟得来的整体性"独知"，也带有虚而不实的意味。

在梁漱溟眼里，直觉"是一个半情半知的东西——一边是情感，一边是知识作用"。可以说"直觉所得的意思是一种'本能的得到'，初度一次就得到如此的意思，圆满具足，无少无缺"。而"本能是生物的活动"，故"普通所谓直觉皆指本能发端谈"，本能"对于对象的认识就是直觉"。重要的是直觉的运用往往有些虚悬，如艺术家就靠辨别力，他们"所辨别者是美恶。美恶也就是好恶。好恶不能学，是直接的认识"，故艺术辨别力就是一种直觉。

进而言之,"对于情理的认定,也可说是直觉"。然"情味不是东西。花、小孩为东西,而情味万不能当成东西"。故"情味不能画。情味不能占空间的位置,也不能占时间"。简言之,"情味无体"。很多人"以我为有体",其实"从时空找,去立论,去推论,去找",或"从理智上找",皆"可有体而无我";若"从直觉上说、情味上说",就"有我而无体",故不能"硬拿情味当体"。这样看来,艺术家辨别出来的美恶,也不一定能表现出来;那些表现出来的,大体已是"翻译"过的,既在线条色彩之中,又在线条色彩之外,仍只能靠自觉去感悟。

因为有这样特别的体认,又能"游心于远,从容以察",梁漱溟常可从行为看到其后面的心理,或从行文看出立言者的思路,甚至能看到空话、形式背后的精神气息,以及史事后面那可能非常有力的"看不见的手"。如果我们借电脑词语把历史分为硬体和软体,梁先生似偏向软体一面,对刘咸炘看重的"虚风"更有感觉。包括秩序和制度那无形的一面,都在他的观测之中。

梁漱溟曾说他从小对老师讲《庄子》觉得头痛,他确实很少引用《庄子》,但下面一段话,却有《庄子》中老子说"陈迹"的影子:

> 古人往矣! 无从起死者而与之语。我们所及见者,唯流传到今的简册上一些字句而已。这些字句,在当时原一一有其所指;但到我们手里,不过是些符号。此时苟不能返求其所指,而模模糊糊去说去讲,则只是掉弄名词,演绎符

号而已；理趣大端，终不可见。

这是因为，"凡是一个伦理学派或一个伦理思想家，都有他的一种心理学为其基础"，是从"他对于人类心理的一种看法"建树起来的。如孔子当时说话，"原无外乎说人的行为——包含语默思感——如何如何；这个便是所谓心理"。则"心理是事实"，而伦理是基于事实的价值判断。孔子所说，都是"或隐或显地指着"及"或远或近地根据着"他的人类心理观而说。故"自然返求的第一步在其所说事实，第二步乃在其所下判断"。若不能返求简册上字句之所指，则不过是在演绎符号，而未见孔子的理趣大端，"讲孔子即是讲空话"。

说"行为如何便是心理"，真是睿见。据此而从容以察，自然看出常人所不见。如《论语》中樊迟欲学稼、学圃，皆不为孔子所许。一般多见孔子的反对，梁漱溟读出的却是"弟子既以为请，正见其初不回避"。又如孟子论天下事当分工，结论是"故曰：或劳心，或劳力；劳心者治人，劳力者治于人；……天下之通义也"。梁先生从原文的"'故曰'二字和'以天下之通义也'作结"看出，这"显明是在称述传统教训"。进而钩稽出孟子之前类似意思的表述，以确证此义是"自来相传之古语"。

这些只是从行为看心理的细微例子，对更广阔的时代风尚，梁漱溟尤能从形式见精神，有独到的把握。如"《书经》《诗经》以及其他许多古籍中'作民父母''民之父母''若保赤子'，所屡见不鲜的那些话，其精神气息是一致的"。《汉书》上"述职来京的外官说到人民便有'陛下赤子'的话"，以及后世"称州县亲民之官便为父母官",都是顺着这一传统观念演化下来的。后人"固然不能以空话当作实事,但看这一精神气息之流传",就可知古中国不是奴隶制社会。概言之,"风尚每每有其扩衍太过之处。尤其是日久不免机械化,原意浸失,只余形式,这些就不再是一种可贵的精神,然而却是当初有这种精神的证据"。

空话不必是实事,形式不一定表现原意,但空话、形式背后有精神气息,而且还会流传,这些都是治史的要诀。可知梁漱溟虽非史家,对史学却有过人的领悟。亚当·斯密曾以"看不见的手"说经济现象,梁先生也常能看出很多史事背后那只有力的手。他论哗众取宠的世风说:"哗众之具,亦随在可得。大抵各就所近,便利取携,以竞肆于哗众取宠之业。其人亦不难辨,言动之间,表见甚著。"这就是"从行为见心理"的一例,史家若从昔人言动之间察其所取所携以竞肆之具,知何者能"哗众",彼时世风也就昭然若揭、明晰可见,而"看不见的手"亦无可遁形了。

梁漱溟进而提出:"从来一个秩序的形成,除掉背后有其武力外,还要经过大众的公认。"也就是"不特有武力为之维持,且有道德是非维持着"。而秩序又分有形和无形两部分,其"法律制度一切著见形式者为旧秩序之有形部分",而"传统观念、风俗习惯乃至思想见解,为旧秩序之无形部分"。这是说常态,此外还有变态。如民国前期的军阀,就是政治上"一种格局或套式",是"为社会阳面意识所不容许,而又为社会阴面事实所归落的一种制度,故不得明著于法律,故不得显扬于理论,故不得曰秩序"。

尽管梁先生连用了三个"不得",仍明确了这介于有形与无形之间的格局或套式，正在实际运行之中。我们今天常说的制度（institutions）是个外来词，本有广狭软硬之分。所谓"格局"或"套式"，表面看似临时、短暂，仿佛是一种变态，其实近于常态。而不少众皆认可的"常态"，也可见类似表现。历来不少难以解决又不得不面对的实际问题，常因牵涉基本的文化或政治原则，既"不得明著于法律"，也"不得显扬于理论"，却又落实到操作层面。尽管为社会阳面意识所不容许，仍归落为社会阴面运行的"事实"。这样一种对秩序和制度的认识，是非常高明的见解，颇与刘咸炘所说的"虚风"相通。

余论

上述不重分析而凭直觉以探虚风的取向，看起来比较"传统"，而且还有些偏向"自然"，与前述"现代"而"人为"特色明显的问题意识也不那么协调。这正体现出梁漱溟治学风格的特点，介于新旧之间，似偏似正，甚或以偏为正，林同济说他"杰出"而又"例外"，实有所见。而梁漱溟自己，恐怕更倾向于集偏以成正。盖他本认为"错就是偏，种种的偏都集合起来，容纳起来，就是真理"。与林同济眼中的"新学术典范"相比，梁漱溟的治学取向，可以说是"非典型"的。

从很早开始，梁漱溟就被人看作国学家、佛学家或哲学家，后来还被人称为"最后一个儒家"。有意思的是，他自己不仅认为"这许多的徽号"都是"误会"，更常对人表示自己不是一个学者，而只是有思想的人。他到老年还说自己"对中国的老学问不行"，因为"小时候没有念过'四书五经'"，自然科学和西文也不行，所以讲到学问，就只能退避。这里有谦逊，也是实话。他经常泛论古今中外，更多靠的是体认，而非所谓"知识"的积累。

不过，梁先生自谦"老学问不行"，是和同辈人比。今日能有梁先生旧学功力的已经少之又少，而识力达到他那层次的更渐近于无。我们除了会用电脑等他们时代没有的新利器外，整体确有些一代不如一代的意味在。且尽管梁漱溟一生都强调自己是行动者而不是学者，同样的话需要一说再说屡次说，也表明在社会认知中，他更多就是一位学人。

其实梁先生是有学问追求的，他曾明言：

> 就我的兴趣来说，现在顶愿作的事，就是给我一个机会，让我将所见到的道理，类乎对社会学的见地与对哲学的见地，能从容地写出来，那在我真觉得是人生唯一快事。

我们如果注意这人生"唯一"快事的表述，就知道与那些自称行动者的累次表白相比，这偶尔吐露的心声或更接近梁先生自己的兴趣，不过是天下士的责任感，促使他不能不作一个"拼命干的人"。同时他也说过："人生是靠趣味的。对于什么事情无亲切意思，无深厚兴趣，则这件事一定干不下去。"反过来，如果做着自己有深厚兴趣的事，则一定干得不错。

所以，梁漱溟一生在事功上的努力，尽管为人所称道，自己却不时"觉得苦"，成绩也不甚显著；反倒是这真有兴味的学问，虽也不无争议，实得到更多的承认。如他自己所说：

一个人只要能完全听凭他真诚的直觉，他虽然不希望成一个大人物，但是他里面有真实的气力，自然有作大事业、成大学问的可能。

这可以说是他的夫子自道。正是凭着真诚的直觉，梁先生成就了大学问。他的治学取向，对各学门的研究都有启发，而学历史的尤当亲近，不妨学而时习之。

（原刊《读书》2018 年第 5 期）

学问真性情:
梁漱溟的批评与被批评

五四学生运动后,梁漱溟因演讲并出版《东西文化及其哲学》一书而"暴得大名",引起广泛关注,包括不少批评。而他自己在书中也常点名批评前辈和同辈学人,不仅不留情面,往往直斥以糊涂、不通、不懂等语。"受伤"的包括章太炎、康有为和梁启超等当世高贤,以及早几年"暴得大名"却已名满天下的胡适。

太炎一门似乎没人说什么。梁启超一边则由张君劢和张东荪联手出击,虽也点出梁书只能算"观察"而不能算"研究",甚至偶尔不点名地说出"沐猴而冠,既无所谓文,更无所谓化"的影射,大体语气尚温和,仍存君子相。后来陈序经则一面暗示梁漱溟抄袭谭嗣同,一面指出梁自己使用"贩运来的一些东鳞西爪的材料",以为"样样都好",同时"又不甘从人,人家的意见,样样都是不好"。

陈序经看到了梁漱溟论学的一个特点,即自我感觉不错,对别人却不那么宽容,指责时往往不留情面。有意思的是,梁漱溟本人对此几乎没什么感觉,常常指斥了他人而不自觉。他说自己"为人的真挚，有似于先父。在事情上认真，对待人也真诚"。信然。

梁漱溟论学非常诚挚恳切，不喜欢论而不断的含糊态度。如他曾对孔子研究提出正面三问题，要求大家"一问一答，闪避不得"。他指责或驳斥别人不留余地，也正因自己以一种诚挚的态度治学。

李石岑就说，《东西文化及其哲学》这部书许多地方是从"自己的特别遭遇或环境或研究弄成功的一种见解，自然不容易放下去依从他人"。于是"说某人'持客套的态度'，说'其实某公所说没有一句是对的'，说'他们把孔子、墨子、释迦、耶稣、西洋道理，乱讲一气；结果始终没有认清哪个是哪个'"一类表述，"在书内不知道有多少"。李石岑是梁漱溟的朋友，他肯定了"梁君不肯轻易依傍人家"，是"一种可宝贵的态度"，但别人是否能接受这样的诚恳，却要打个问号。

梁漱溟在书中指责胡适，就是一例。先是胡适在《中国哲学史大纲》里引蔡元培所说"统摄诸德完成人格之名"，并云"仁就是理想的人道，尽人道即是仁"。梁漱溟以为两皆无可非议，"但是这样笼统空荡荡的说法，虽然表面上无可非议，然他的价值也只可到无可非议而止，并不能让我们心里明白，我们听了仍旧莫名其妙"。然后放下狠话：这是"因为他根本就不明白孔子的道理，所以他就不能说出使我们明白"。

他又引胡适说孔子"不信好德之心是天然有的"，而主张好德之心"可以培养得成，培养得纯熟了自然流露"一段，指责"他这话危险的很"。人类社会正靠"这种善的本能"取得成功，胡适

"不但不解孔子的道理而臆说,并且也不留意近来关于这个的意见之变迁,才说这样话"。梁漱溟甚至说,胡适书中所讲的老子、孔子、墨子、庄子的哲学,无多见地,只能"供现代的大哲把玩解闷"。

写中国哲学史的胡适竟然既不理解孔子的道理,又不知道相关意见的后来变迁,还随口臆说,这哲学史的确没多少存在的意义,真是只能"供现代的大哲把玩解闷"了。梁漱溟的打击,不可谓不彻底。

对梁漱溟的挑战,胡适到1923年才回应,自称"沉默了两年,至今日开口",可知早已注意到了。他的不满,显著表现在一小段话中就连用了五个"笼统":

> 梁先生的出发点就犯了笼统的毛病,笼统的断定一种文化若不能成为世界文化,便根本不配存在;笼统的断定一种文化若能存在,必须翻身成为世界文化。他自己承认是"牢牢的把定一条线去走"的人,他就不知不觉的推想世界文化也是"把定一条线去走"的了。从那个笼统的出发点,自然生出一种很笼统的"文化哲学"。

这连续的五个"笼统"似乎还未让胡适满足,他继续指出:"文化的分子繁多,文化的原因也极复杂,而梁先生要想把每一大系的文化各包括在一个简单的公式里,这便是笼统之至。公式越整齐,越简单,他的笼统性也越大。"而梁的"根本缺陷只是有意要寻一个简单公式,而不知简单公式决不能笼罩一大系的文化，结果只有分析辨别的形式，而实在都是一堆笼统话"。

一连串的"笼统"明显表达出胡适的情绪，为梁漱溟所看出，遂致函胡适问道："尊文间或语近刻薄，颇失雅度；原无嫌怨，曷为如此？"胡适很有礼貌地复函致歉，但也指出，人若"认真太过，武断太过，亦往往可以流入刻薄。先生《东西文化》书中，此种因自信太过或武断太过，而不觉流为刻薄的论调，亦复不少"。并举出了自己"个人身受"的两个例子。

梁漱溟这才明白是自己先得罪人，更写一函，说"早在涵容，犹未自知"，"承教甚愧"！经此提醒，后来梁漱溟的朋友张申府半开玩笑地说梁和胡适"向来常常对垒互骂"，梁漱溟正式予以否定，再次说明"我于民国十年出版之《东西文化及其哲学》批评到适之先生处不少，然适之先生之转回批评我"，已在一年多之后，其间并无什么"彼此互不相让而急相对付的神情"，故张申府对双方均属"失言"。梁漱溟还特别提出：

> 今日之中国问题实在复杂难解决，非平心静气以求之，必不能曲尽其理。若挟意气说话，伤个人感情事小，诚恐天下事理转以意气之蔽而迷晦。

然而几年后梁漱溟旧态复萌，又在一篇文章中一口气打击了张君劢、丁文江、胡适和吴鼎昌等多位著名学者，说这些"虽有学问能出头说话的先生，对社会问题"却"缺欠研究精神"。他们提出的"解决中国问题的方案或中国政治的出路"，"无在不现露其为一种主观的要求、愿望、梦想"，有些话"说了等于没说，不说倒好些，说了更糊涂"。

这次李安宅对他提出了质疑，以为批评者的"责任是指明怎样不对，错误在哪里"，而不是简单予以否定。但对梁漱溟而言，他或不过在就事论事，并未"挟意气说话"。至于听者是否感觉"伤个人感情"，他可能真"没往心里去"，故此浑然不觉。

不过话说回来，当年《东西文化及其哲学》出版后，一时洛阳纸贵，反响热烈。在众多批评中，胡适的意见虽晚出，却是梁漱溟唯一做出回应的。对其余的批评，梁漱溟均未正式回应。这也是一个有意思的现象。

丁伟志先生已注意到，各方评论意见中，"纠正其知识错误的占了相当大的比例"。这一观察是准确的。当时就有人对梁漱溟予以全面否定，说他"对于东西文化的观察有四点错：一、对于中国化说错；二、对于佛法说错；三、对于世界未来之文化说错；四、对于我们今日应持的态度说错"。

李石岑也说："看完这部书之后，知道梁君是我们中国一个纯粹的学者，我对于他这个人的佩服，比对于他这部书的佩服，更加十分。"这其实是一种和缓的批评，后来黄杲读出了其中的弦外之音，即"李石岑说这书的作者比这书更可贵"。黄杲也觉得书中最精彩的是梁先生"贯彻全书"的一段"真情实感"，故李石岑"真不曾说错"。换言之，《东西文化及其哲学》本身，反不那么"可贵"。

一本广受欢迎的书得到这样的评价，作者的心情想必很复杂。除胡适外，梁漱溟未曾回应他人的批评，是因为他觉得别人的评论没什么启发，同时他也对一些批评的随意性不满。

在其书《三版自序》中，梁漱溟感谢了"许多位师友和未及识面的朋友给我以批评诲示"。但补充说，之所以"对大家的批评诲示自始至终一概没有作答"，有"一半是为大家的批评诲示好像没有能引起我作答的兴味"。而且他"很少——自然不是绝没有——能从这许多批评诲示里领取什么益处或什么启发"。稍后他在给章士钊的信中再说，出书"两年以来，批评之文，良亦不可计数，乃俱无所开益，只增否闷"。

十多年后，批评梁漱溟的陈序经也说，"十余年来之解释及批评梁先生者颇不乏人，然平情来说，他们好像看不出梁先生的病症所在"，所做多是"枝叶的批评"。陈序经的意思是只有他真正看出了梁漱溟的病症所在，但他的观察也大体应和了梁氏自己的观感，应可算其"知音"。且此评论已在十余年之后，若所说大致不差，则类似的状况至少十多年未见改变。

不过，对于梁漱溟的沉默，也有见仁见智的不同看法。如王德周就说："梁先生去年曾被人骂的缄口不言。"在唯一答复胡适批评的那次演讲里，梁漱溟解释了自己沉默的原因："大家读我的书，大概都像看北京《晨报》一样，匆匆五分钟便看完了。作者确曾下过一番心的地方，他并没有在心里过一道，就在这五分钟后便提笔下批评。这种批评叫我如何答？实在不高兴作答！"

那种匆匆一看"便提笔下批评"的现象的确存在，如署名"恶石"的评论者，一面赞扬这书"确是新文化里面第一部有价值的著作"，却坦承"昨天把一天的工夫看完了，今天便要来评"。他也知道"梁先生费多少年心血所得的结果，梁先生全副思想底结晶，我随随便便看一遍，就轻易拿起笔来评"，显得过于"大胆"，可能引起旁人"笑话"。

另一对梁漱溟比较同情的年轻人袁家骅也承认,他到写书评的"前几天"才把梁书"略读一遍",对于这书"非常敬爱,但不妨把一时直感而得的"几点意见"叙说出来"。一个"但"字,表明作者也知道对"非常敬爱"的书本应采取更加慎重严谨的态度才对。

按梁漱溟常以己律人,他觉得自己的演讲和著述是非常认真且有体会的,别人似乎很少注意及此。他反对大家像看报纸一样读他的书,简单看看就要评论,实际等于要求别人也认真详细地与他进行长篇讨论。真正做到梁漱溟所要求的只有杨明斋,他是唯一以专书形式来回应梁漱溟的(全书还包括反驳梁启超和章士钊的内容,关于梁漱溟一书的部分有一百多页)。

据其朋友说,杨明斋之所以写出长篇的批评,就是因为梁漱溟在那次回应胡适的演说中,"说了一大堆"话,以"人家看不懂他的书"作为他不回应的理由。杨明斋听时便"生了气,回到家里就作他的《评中西文化观》的稿子",很快就写成出版了。

这一批评的长度应当符合梁漱溟的要求,但他仍无回应。有可能是同样不满意,因为在梁漱溟"下过一番心的地方",杨明斋是否也曾"在心里过一道",看不太出来。另一种可能是杨书出版于1924年,那时梁漱溟正处烦闷思索之中,关注的"问题"已有所不同,兴趣也开始转向了。不过从前引陈序经的事后总结看,或许杨明斋也仍然没有看出梁漱溟的"病症所在"。

可知梁漱溟对他人批评基本不曾回应,可能真是感觉连反驳的必要都没有。不过,梁漱溟在《三版自序》中也说,他"虽没能从诸师友处得着启发"，自己却"有许多悔悟"，于是对其中"两个重要地方"做出了新的解释。从新版的"新解释"看，梁漱溟观念上的修正，恰是被人指出过的问题，则他是仔细看过那些批评的。

这可能是为人实诚的梁漱溟唯一显得有些不诚恳的地方，或许如他自己所说，自从进入北大，"参入知识分子一堆，不免引起好名好胜之心"。不过，还有一种可能，即梁漱溟自信太强，别人的"启发"经其消化，无意中当成了自己的"悔悟"。我自己倾向于后一种可能。前引他明知中国问题当"平心静气以求之"，而仍说出很"伤个人感情"的话，又浑然不觉是在"挟意气说话"，便最能体现梁漱溟的学问真性情，因为他一向就有"始终拿自己思想做主"的主体意识，而较少为他人设身处地。

立言是一种行为，表述的方式直接影响到表述的意旨。梁漱溟的学问本以体悟见长，不以精细著称。他提出中西文化这一代表时代声音的问题，意在让中国文化"翻身"。梁漱溟提问时对别人的批评，也表现出他认识和表述文化的特色。由于他提出的问题太具冲击力，直接触及众多读书人的心扉，所以引来各方面的批评。这些批评本身，过去未受到足够的重视。实则不仅梁漱溟提出的问题，就是他提问和对待他人批评的方式，也需要我们更进一步的理解和反思。

（原刊《读书》2017 年第 7 期）

脱弃机械的一片真诚

——介绍梁漱溟的《朝话》

世纪文景于 2017 年 5 月重版了梁漱溟先生的《朝话》，这是积德的善事。梁先生是提倡"再创宋明人讲学之风"的人，北伐后他在山东邹平办乡村建设研究院，天天黎明起来领着与他共学的年轻人作朝会，书中辑存的就是那时的谈话。这些谈话都是他对文化和人生的体悟，充满真知灼见，却又是娓娓道来；有些话看似浅出，其实相当深入。窃以为适应任何年龄段的读者。

梁先生出生于 1893 年，十多岁时科举制就被废除了，再两三年朝廷正式立宪，然而帝制旋被推翻，随后白话又取代了文言。在不过十多年里，就目睹了好几项以"千年"计量的根本性巨变，还不包括其他非建制性的长程巨变，最能体现那真是一个天崩地裂的时代。身临这样一个颠覆频繁而至的多事之秋，其感触非比寻常，对人生、人与人、人与自然的关系，认识可能很不一样，思虑也当更高远。读了《朝话》你就知道，这的确是当得起大时代的大认识。

书中的谈话发生在 1932—1936 年间，梁先生不过四十初度，却已身历两次改变政权的武装革命——前一次革命终结了几千年的帝制,后一次革命开启了以党治国的新政。尤其辛亥革命、五四新文化运动和北伐等事件,在我们教科书中都被列为时代界标。一位传承了"澄清天下"责任感的读书人,从青少年起就频繁经历"时代"的转换,能不生出无所措手足的彷徨和苦闷?

故对梁先生而言,北伐前后又是他自己的反省期。一般情况下,梁漱溟常给人一种能坚持也愿意坚持的印象。实则他有些像他少年时仰慕的梁启超,一生多变,只是他号称自己的主张永远跟随着心中的问题,故比很多同时代人显得洒脱一些,既可以像梁启超那样"与昨日之我战",还可以不像梁启超那样承认是在与自我作战,因为是心中的问题转换了,而不是他自己变了。

梁漱溟在五四后以揭出东西文化问题而迅速确立了在全国舞台发声的地位,但《东西文化及其哲学》一书刚出版,他心中的问题就开始波动,随后就有好几年的反省,思想观念有了不小的转变。其中一个主要的变化,就是他对中西文化的"不同"有了新的认识。此前他以为,只要经过一个世界化的阶段,"不同"的中西文化是可以趋同的——即中国可以西化,西方也可以中国化。北伐后他有了新的看法,主张中西文化的"不同"是根本的,无法趋同,亦即中国不可能西化。

《朝话》中的很多看法,就反映出梁先生思想的调整。作为一个天下士,中西既是他的关注所在,也是他表述的象征。其后的大关怀,是人类当时面临的问题和今后的发展。那些谈话中的一个重要面相,就是梁先生对今天我们所说的现代性,有很深

刻的反思。他的一个核心看法是,人不是物,必须避免机械性的
物化,所以人贵有自觉,即人人先能调理自己,然后再说改变环
境。在梁先生看来:

> 人类所以超过其他生物,因人类有一种优越力量,能变
> 化外界,创造东西。要有此变化外界的能力,必须本身不是
> 机械的。如果我们本身是机械的,我们即无改变环境之力。

简言之,"人类优长之处,即在其生命比其他物类少机械
性"。而"人类第一也是唯一的长处",就是人能自觉,"能调理
自己"。

一个人缺乏了自觉,"便只像一件东西而不像人,或说只像
一个动物而不像人"。因为"人类生命是沿着动物的生命下来
的;沿着动物的生命而来,则很近于一个动的机器,不用人摇而
能自动的一个机器。机器是很可悲悯的,他完全不由自主"。但
人类不一样,"他是能超过于此一步的'机械性';因人有自觉,有
反省,能了解自己",这是其他生物所不能的。

像机器一样不由自主,常表现在不能管住自己。例如"好生
气,管住不生气好难! 在男女的关系上,见面不动心好难! 他不
知怎的念头就起了。更如好名、出风头等,有时自己也知道,好
歹都明白,可是他管不了自己"。要改变这种"不停止的不自主
的"机械性转动,就需要"了解自己,使生命成为智慧的",减少
"自己生命中之机械性",而"培养自己内里常常清明自觉的
力量"。

人不能"只在本能支配下过生活，只在习惯里面来动弹"，只有"开发我们的清明"，才能"让我们正源的力量培养出来"，达到孔子所说"从心所欲不逾矩"的境界。

中国人所说的"学养"，就是让人人能够自觉。所谓机械，大体即平常所说的"血气"。血气有盛衰，所以不可靠。要使"人的神明意志不随血气之衰而衰"，就需要"增进自觉，增进对自己的了解"。孟子说的善养浩然之气，庶几近之。中国古人所探寻的，就是"能了解自己且对自己有办法的学问"。只要一生坚持求学，就能"让人生命力高强活泼"，不至于越老越衰，最终实现"一个自由的活泼泼的有大力量的生命"。

梁漱溟承认，他自己的"短处"，也在于"自己不会调理自己，运用自己"。而他治此病的方法，"就是'诚'"。尽管还没做得彻底，"在某一些地方上的念头不单纯"，还有"自己在勉强自己"的外在努力，没能达到"整个生命力的伟大活泼"。但大家也都看出了他的"一片真诚"。

这的确是实话实说。在20世纪的人物中，梁漱溟是很特别的。总有一些人受他感动，终身追随左右。在社会资源日益被国家（state）控制的时代，这是很多"大儒"都没做到的。但梁先生做到了，因为他的"一片真诚"能够感人。

梁先生说过，他要复兴古人讲学之风，意在"使讲学与社会运动打成一片"。因为那时的中国社会，"无论在思想上、在事实上，都正是彷徨无主时候"。据他的观察，彼时最缺乏的，就是"社会的信任"。因此：

　　现在的中国，必须有人一面在言论上为大家指出一个方向，更且在心地上、行为上大家都有所信赖于他。然后散漫纷乱的社会才仿佛有所依归，有所宗信。一个复兴民族的力量，要在这个条件下才能形成。

而梁先生的志愿，就是"使自己成为社会所永久信赖的一个人"，能够"终身为民族社会尽力"。

　　他做到了。从他整个的生命历程，从《朝话》中的点点滴滴，我们处处可见那脱弃机械的一片真诚。更因他的一片真诚是透明的，所以特别有感召力。

　　在梁先生眼里，要让人信任，透明最重要。要"如何才能使社会信得及"呢？"只有彻底的开诚布公"，根本铲除一切"遮遮掩掩的行为"。这是通行的道理，"无论在家庭之间、政府与人民之间、一切人与人之间，皆是如此"。毕竟"人心都是要求光明磊落的"，只有"自身先不使人怀疑，人家才肯相信；人家相信得及，才肯舍死相助，终至万众一心"。

　　他是不是说出了你心中想说的话，看看《朝话》就知道了。

（原刊《文汇报·文汇学人》2017 年 8 月 18 日）

要言不烦: 缪彦威先生论表述

在四川大学历史文化学院的图书阅览室里, 挂有十位"史坛名宿"的照片, 都是1950年后在历史系任教的老师。余生也晚, 这些老先生中见过面的, 只有徐中舒、缪钺(字彦威)、吴天墀三位。而实际听过课的, 仅缪先生一人。徐先生只给我们做过一次讲座, 然我以前读书时不够规矩, 时常翘课, 讲座也常错过, 后来才知是大损失, 虽悔亦晚。(我入学前曾随长辈学过一点诗词, 尚未入门, 略知粗浅规矩而已。但对于此道的兴趣, 那时也肯定是大于先秦史的。)而吴先生那时还没充分"解放", 不能开课。

无论如何, 川大的"史坛名宿", 我只有幸听过缪先生的课。而上课的感觉, 可以用现在微信上常见的"震撼"一词来描述。内容的精彩且不说, 先生对上课时间的掌握, 真到了出神入化的境界。当时先生的白内障还没动手术, 等于是闭目演讲, 由我们另外的老师(缪先生的学生)同步板书。每当缪先生说"今天就讲到这里", 接着就听到下课的钟声响起。老师可以不需任何提示而掌握课时如此精准, 隐含着对课程和学生何等程度的尊重,教过书的人才知道。我自己教书也算认真，但就是看着表也到不了这样的境界。

在这方面，彦威先生是下了功夫的。他曾自述讲授中国文学史一课的处理方式说：

> 每星期上课三小时，要在一年之中将中国三千年文学发展的情况讲完，应有尽有，不许漏略，的确是要很费斟酌的。我的办法是把所有应当讲的东西都选出，然后根据它们的重要性，规定详略轻重的比例；这样，有了通盘的计划，就不至于因为某一部分讲授过详，多占了时间，结果影响到讲其他的部分要缩短时间，或无暇讲授。

大概每一次上课，先生都是在整体的"通盘计划"之下又做出了一两课时的通盘计划，的确是用心良苦。如他自己所说，上课之前，总要先细看那一两节课的讲稿，更纯熟地掌握讲授内容，"尤其考虑斟酌如何能够表达得好，能够浑融成熟，深入浅出，使同学易于接受。譬如复杂的事实，如何清楚地说明；深细的理论，如何明显地讲出"。尤其"注意思想的逻辑性，注意条理系统。讲活清楚扼要，避免枝蔓芜杂、冗言废话"。

缪先生特别指出，上课固然要言之有物，"但是更重要而困难的工作，不在材料的搜集，而是在如何精简，如何组织"。课程的"组织要紧密，系统要清晰"，才"可以免去芜杂重复"。他上课时，对"每一个问题都交代清楚。每讲一段，随时提醒所以要讲这一段的目的。而每段与每段之间，亦紧密联系。使听讲的同学能跟随我所讲的系统想下去,思想集中,不至散漫"。

简言之,"课堂讲授是一种艺术,讲一节课,如果讲得好,能使同学愉快地接受,就如同一篇好的文章,使读者喜欢阅读钻研"。可以看出,口头和书面的表述本是相通的,其大体要求也是一致的。须注意的是,上引缪先生的话中,两次提到避免芜杂,他在其他地方也多次提到这一点。对先生而言,表述的基本原则,就是"要言不烦"。撰写论文要做到这一步,就不能随意下笔,而"要求作者在抒写表达方面下一番惨淡经营的工夫"。

有些人写文章常"信笔一挥,从不考虑如何构思,如何遣词,以及章法、句法等等,写成后也不修改,其结果往往是芜杂冗长,甚至于不通"。其实,"作文章并不是一件容易的事情。如果想作得好,在初稿写成后,必须自己反复阅读,不断地加以删改"。如"欧阳修的文章平易自然,我们读起来很容易懂,似乎他写时也并不费力。实际上不然,他是很费了许多惨淡经营的工夫"。

"惨淡经营"也是彦威先生谈写作时不止一次提到的,当是甘苦之言。先生曾引陆机《文赋序》"每自属文,尤见其情,恒患意不称物,文不逮意"一语,指出"文事益进,则运思愈精;运思愈精,则求达益难"。有时"虽读者以为义味腾跃、切理餍心,而作者犹觉湮郁莫宣、龃龉未适"。写文章总考虑到读者接受的一面,就相当不容易了。在尽力之后,读者已能满意而作者犹感不满,那更非一般的要求。由此理解"作文章并不是一件容易的事情",方能领会"惨淡经营"之深意。

先生体貌清癯,有仙风,文亦如其人。年轻时读先生的《诗词散论》,薄薄一本,真是清瘦,然确实"要言不烦",量不大而实耐读。后来的《读史存稿》稍显丰腴，仍比一般的论集清减不少。如先生自己所说，其行文"有一个原则，即是简明清畅"。其对于避免枝蔓芜杂，必曾下了一番惨淡经营的功夫。后来习惯成自然，无须刻意为之，也能要言不烦。

这与先生少年读书经历相关。那时小孩"读书受教育，并不谈做学问，而是先反复训练写文章"。受缪家庭训影响，先生本"喜读萧统的《文选》，尤其欣赏魏晋间文，清疏淡雅，起止自然"。而"在清代文家中，尤其喜欢汪中"。但在保定读中学时的国文老师王心研（念典）是桐城文大家吴汝纶的再传弟子，讲文章注重桐城义法，并要求学生学作桐城古文。几年的作文训练，使先生"得到不少益处"。因为桐城派"主张'言有序'，在一篇文章中，要结构完整，重点突出，辞句清畅，照应紧凑，不可散漫无归"。其长处在于"布局严谨，详略适宜，辞句雅洁，系统紧密"。由于少时的作文训练，先生以后行文都能"言之有序、文辞清畅"，而"无繁冗芜杂之弊"。

一般都说语言是思想的表达，我在高考前听过一次中学名师的作文补习课，他的教导是：想得清楚就写得清楚，想得糊涂就写得糊涂。缪先生也认为："语言与思想的关系是非常密切的，思想都要通过语言来表达。或是读书，或是写书，即便是默想时，也是无声的语言。"先生一向强调"好学深思"，不但写作是思，阅读也是思，甚至听讲也是思。学生听课，不能"只是记忆、了解，同时还要去思考。假设不用思考，而是一句一句地听，他们将不能记好笔记"。

换言之，语言和思想是一种相辅相成的关系，语文能力强的人，"读书快而且多，理解力与思考力也强"。一个"语汇贫乏，语法混乱"的人，其"思想一定是贫乏而无条理"。若提高"语文能力"，就能增进"思考能力"（此即前引"文事益进，则运思愈精"之脚注）。因此，"语文的训练对大学学生来说是非常重要的"。不幸的是，"现在受教育的青年，似乎缺少这一层功夫"。

缪先生的受学经历，在那个时代是常见的，遇到好老师就更突出。昔年学校对于写作，一向很看重，少年胡适就因此而在校中迅速"出人头地"。外国名校，直到大学也非常注重写作，美国的常春藤名校便一向如此。我们如今则不然，中小学的语文课越来越"标准化"，作文所占分量偏少。或因类似的训练一直不足，现在就连文科教授也难免"言之不文"了（我自己就一向被认为文字不够通达）。

在彦威先生看来，"文章是表达思想感情、记述事物的工具，惟求其方便而已"。这"方便"二字看似简单，却仍是"有序"的。我自己也曾亲近过桐城"义法"，但更多是背诵《古文辞类纂》，尚不及"有所法而后能"的阶段，对桐城派的"言有序"没有多少体会。从先生的论述看，"言有序"便近于孔子论文所主张的"辞达"，而归依于"得体"。

先生年轻时便写过《达辞篇》，主张辞之所达，是"达心之所明也，达中之所蓄也"。他引韩愈"所谓文者，必有诸其中"的论断，进而申论说，"心有所明，中有所蓄，而不能出诸口、宣诸笔者有之矣；未有心无所明，中无所蓄，而能文辞优洽、辞令周给者也"。这是对前述语言和思想关系的补充：语文能力可以增进思考能力，但还是要心有所明、中有所蓄。一言以蔽之："本深末茂,形大声宏。"亦即刘彦和所谓"根柢盘深,枝叶峻茂也"。

彦威先生进而提出:

> 作文章最讲究得体,就是说,在一定的题目要求之下,
> 哪些应当说,哪些不应当说;哪些应该多说,哪些应该少说;
> 都需要斟酌,不能信笔乱写。如果斟酌得好,则"轻重疏密,
> 各得体宜",就是好文章;如果信笔而写,杂乱无章,繁简有
> 无都不合适,就是坏作品。

作文要事先构思,而不能信笔书写,是先生反复强调的。在
他为考证辩护时便承认,一些考据文章确实"流于烦琐,使读者
生厌"。其原因,除一些作者不能割爱而尽量胪列证据外,也由
于作者"不善于行文,不知道文章中轻重疏密之适当配合,不知
道提炼勾勒之妙用",于是因堆砌而成烦冗。所以,即使作考据
文章,也"应当注意方法,做到线索清楚,论据分明,明白晓畅,一
目了然,不可烦冗芜杂,使读者生厌"。

如果说"深文周纳"(此用字面义)常不能做到辞达,浅显亦
然。古人也有"以浅陋为达"者,明代川人杨慎辩之曰:"夫意有
浅言之而不达,深言之而乃达者;详言之而不达,略言之而乃达
者;正言之而不达,旁言之而乃达者;俚言之而不达,雅言之而乃
达者。"缪先生据此指出:"辞之达意,期于密合,如响应声,如影
随形。意无恒姿,故辞无定检。俯仰丰约,因宜适变。"至于具体
的表述方式,则"表一意者不止一词,构一思者不止一式"。文章
的"措辞选字、安章宅句之方,巧拙万殊,妍媸千变,虽有巧历,所

莫能计"。

理想的表述，或当如刘勰所说，要"辞约而旨丰，事近而喻远"。缪先生是诗文兼修的，他对作文更多强调"简明清畅"，对作诗却主张造句"贵婉折而忌平直，贵含蓄而忌浅露"。在先生看来，诗要含蓄才能"言近旨远"。如果"倾筐倒箧，一泻无余，那就索然寡味了"。故作诗"总应当精练一些，含蓄一些，不可说得太多，太直，太尽"。但含蓄并非吞吞吐吐，反而是"用笔时要能飞跃"，不能"一步跟一步地走"。

这样一种飞跃式的含蓄，是需要慢慢体味的。缪先生晚年对庄子说庖丁解牛之"以无厚入有间"一段，自觉"颇有触悟"，以为若借此论词艺，便指"透过复杂错综的情势，婉转曲折，以表达其幽微的寄托之思"。他曾提出："一幅画，要有浓淡疏密；一部小说，也是有奇警处，有平凡处。奇警处自然会见精彩，平凡处则往往容易失于枯燥无味。"好的作家"在描写平凡的故事情节时，也能够使它不枯燥，不平凡"。

人们常说玉不琢不成器，即使最提倡"客观"的史家，也不能不承认绝大部分所成之器都经过了人为雕琢的阶段（理论上也不能排除浑然天成的可能）。而对"器"的要求本各不同，有的希望能体现匠人的雕琢之功，有的则企图尽量掩盖斧凿之痕，以近于浑然天成。有些文章看似平易畅达，其实下了功夫。缪先生便注意到："欧阳修对于自己的文稿反复修改，主要是要求语言的精练，繁简疏密的得体。"其修改不仅不是"故意地求艰深"，反而是要"使人读起来觉得更平易自然"。

这是一个重要的提示。流畅显明的文字不一定就没有"结构"，不过隐而不显，潜藏在意识的自然流动之中，使各种跌宕起伏，都仿佛是行云流水在"走自己的路"。我们确应避免过多的人为构思，特别是那种一看就知道是安排出来的"巧妙"。所谓"人同此心，心同此理"，历史上的人与事原本有其发生发展的逻辑，撰述者有所结构，也最好是顺应其原初的逻辑，彰显事物本身的逻辑力量，便可收不战而屈人之兵的效果。此或即所谓"得体"。

在此基础上，缪先生指示了撰写论文如何"要言不烦"的具体步骤。首先"通篇结构要完整，要能前后照应，彼此关联，不可松散"。如"开头如何引起问题，中间如何层层论证，最后如何总结；而每层之间又如何连贯衔接，其中关键性的论点如何常用警句说明，如画龙之点睛，通篇布局，如何做到轻重疏密，各得体宜"，都需要精思熟虑。同时，"用笔要能灵活跳宕，不可一句一句地平铺直叙，寸步不遗"。

史学无证据不能立言，连论文如何引证的问题，彦威先生也有具体指点："引用论证的资料，应当有选择，有详略。重要的证据，全文征引，据此进行考释、分析，说明问题；次要的则不必引全文，只引精要的几句即可；更次要的则可以用自己的话说出，注明出处来历。"若不必要的征引过多，成了专题资料汇编，容易使读者生厌。

由此回看先生对课堂讲授的论述，并把"讲"转换成"写"，即"组织要紧密，系统要清晰"，才"可以免去芜杂重复"。对"每一个问题都交代清楚"。且每写一段，要随时提醒写这一段的目的。而"每段与每段之间，亦紧密联系"。以文章自身"系统"的展现,使读者"思想集中,不至散漫",能跟随文章之进路,最终"喜欢阅读钻研"。这的确是艺术,或亦所谓"辞达"。

(原刊《读书》2015 年第 2 期)

延伸阅读:

《缪钺全集》(8 卷),河北教育出版社,2004 年。

缪元朗著:《缪钺先生编年事辑》,中华书局,2014 年。

与时代和社会相感应

——通儒吴天墀先生

前人说："共君一夜话，胜读十年书。"此说应很久远，在宋代大儒程颐的口中，已是"古人言"了。与高人晤谈，本是难得的机遇。是否获益，则全看缘分。有缘则能有所悟，似知似觉之中，学问已经长进，往往胜过自己读书。

余生也晚，不少大师已归道山。且老先生大多谨守不好为人师的旧训，不叩不鸣。读大学时尚不悟高人言传的紧要，往往仅向授业的老师请教，又错过了一些机会。大学毕业后，渐有所悟。曾到北大进修半年，北大的课仅听了一门，却蒙周鸿山先生引介，常到清华园向吴其玉先生请教，真是名副其实的获益匪浅。在美国念书时，蒙吴老先生介绍，又得以向他昔年的弟子刘子健先生请益，更领会了当面言传可以使人通达的微妙。回国之后，已知珍重类似的机会，而老先生却又少些了。

然而机遇总是有的。回四川大学任教后，承好友先容，有幸拜识吴天墀先生，面聆雅教，确有听一言胜读十年书之感。先生治学本目光四射，或也希望道术能传，故对各方面的后学皆不吝点拨，循循善诱，使人如沐春风。有段时间，常去请益，驽钝如我，亦觉学识皆进。而先生并不拒人于门墙之外，有时兴之所至，竟自扶杖叩门，说是"来看看你好不好"。那时我住五楼，先生已年逾八十，拾级而上，即使体力能支，亦非老人所宜。感动之余，也不免有些后怕。唯自己文债日多，登门向先生请教的次数渐少。后来也曾起念要为先生做一口述史，终未付诸实行，留下永远的遗憾！

我在川大念书的时候，吴先生便是位传奇式的人物。传闻徐中舒、蒙文通二先生都曾说过，四川大学历史系培养出的学生，吴天墀是最好的。两位老先生都是一言九鼎之人，所以吴先生在川大的地位，不问可知。那时只听说先生在1949年前曾任县长，是青年党的中央委员，也是第一届国大代表，遂被定为"历史反革命"。那些年能有工作名曰"参加革命"，反革命自然也就没有工作，只能长期靠拉车谋生。后经徐中舒先生援引，进川大历史系资料室，才稍稍回归史学，然亦长期不顺。

后来与先生接触稍多，才知先生任县长之前，还曾任西康省政府秘书，为省主席刘文辉写讲稿三年多。中江李鸿裔曾挽曾国藩，说他"上马杀贼，下马做露布"。若不计事功之大小，吴先生在国难（对日抗战）时之所为，庶几近之。理想型的士大夫，从来不必有专长，却也随时预备着召唤。以过去的观念看，先生亦所谓经世致用之才乎？

以前仅从先生自撰的《往事悠悠》中略知其经历，最近读了先生长子杨泽泉（随母姓）世兄自印的《犹忆昨夜梦魂中——遥祭我的父亲吴天墀》一书，始知先生的人生，远更坎坷，仿佛应了那句老话:不如意事常八九。

　　吴天墀先生1912年生于四川万县,七岁入私塾,八岁父亲就去世。入小学后,时断时续,辗转多校。甫入中学一年,母亲也因病弃世,先生竟不得不"自立",只能在同学扶助下继续学业。适逢过年,竟无家可归,还是同学何其芳邀至其家暂住。先生于年三十夜草草葬母,在寒夜中孤身步行二十余里,二更时分才找到何家。人生冷暖,集于一日,终生难忘。

　　后先生投靠在涪陵的母舅,得其资助,读完中学,又考入四川大学。也因此,先生常对人说是来自涪陵,以至不少人误认先生为涪陵人。或许万县已是不堪回首的伤心地,然先生仍以"浦帆"为别名(在一段时间里甚至代替了本名),寄寓其怀乡之情。万县古为南浦郡,先生自述,这名字表示他还希望"有朝一日能扬帆游弋于大江之滨的故乡"。不料帆从南浦起,漂泊此一生。无家之乡,终生难归,只成一位"从名份上讲还算是万县的人"。言似平淡,想是别有一番滋味在心头的。

　　不过,当年四川各地的教育水准不低。先生虽家境不好,少年时代所受的教育,实打下了坚实的基础。那段读书经历,他自己说得较少。唯从小学起就能常考第一,必以能文称。尤其旧学渊深,诗做得相当好,得蜀中士风之正传。如1962年初春曾有《闲居独学》一首:

　　　　　竟日不出户,寂寞守空斋。

　　　　　春风岂虚到,柳眼又新开。

　　　　　竞食鹅儿闹,窥帘燕子来。

陈编看不厌，暝色上莓台。

时先生落难于川大十四宿舍，那是一片由过去火柴厂旧址改建的简陋平房，须用公厕，先生所居小屋，适为其邻。地面潮湿，杂草稀疏，藓苔错落，实非宜居之地（莓台既是用典，也是写实）。而其诗不怨不怒，字面疏淡，有老杜之风，所谓"蕴藉最深。有余地，有余情；情中有景，景外含情"（陆时雍语）。不见其人读其诗，也可略知其襟抱。

先生在中学就熟读了章学诚的《文史通义》，考大学时便以一篇《六经皆史论》获第一名，给主考老师以深刻印象。入高中适逢九一八事变，遂有书生报国之志，与同学一起在成都《大川日报》上创办《满蒙藏周刊》，并自撰《英国侵略西藏之前前后后》一文连载之。考入川大后又在校刊连载《地理环境与藏族文化》一文，实亦中学时所作。

那时先生已参加青年党的活动，同时又学习世界语，两者都是当年的"四川特色"（四川不仅是青年党的大本营，也是世界语在中国的重镇，如卢剑波、巴金等，都曾是名扬中外的世界语健将）。从《文史通义》到世界语再到青年党，仿佛相隔甚远，却印证着一个身世坎坷的漂泊少年，正成为胸怀天下的士人，既温故知新，又放眼世界，并已露出经世致用的倾向。这位青年士人有传统的积累，却又是现代的，还表现出明显的地方特色——工诗文，习世界语，参加青年党，关注着四川周边最可能发生国际纠纷的区域。

先生1934年考入川大，读书期间的一个大变化，是国民党因预备抗日而真正进入四川。（四川在北伐时虽然易帜，仍成功抵制了中央的进入，维持着"北洋"风格的统治。）外来中央政权与明显带有"北洋"特色的地方政治，有着种种或隐或显的紧张和冲突。（此前入川的红军，也带来很多新风尚，不过其影响更多是区域性的。）而四川的青年党，在与国民党竞争的同时，也就自然接上了所谓"地方军阀"的地气，逐渐显露出一些独特的地方性认知。这类"地方性知识"，是认识和了解那个时代四川政治、四川文化和四川读书人的必备基础。

吴先生大学毕业后在《史学季刊》上发表的《张詠治蜀事辑》，便是一篇学以致用的力作，既体现了严谨的学术规范，又深具上述的"地方性知识"。针对"天下未乱蜀先乱，天下已治蜀后治"的流传说法，先生以为，其实并非蜀人之好乱，而是其处境常驱之乱。盖四川"民性脆柔，易启奸蠹之虐；积忿蕴怒，不敢与校。及至生事艰困，不可复忍之时，铤而走险，遂归必然"。此大体本苏辙《蜀论》所言，特别表彰其"古者君子之治天下，强者有所不惮，而弱者有所不侮"之意。

文章指出，历代"治蜀苟得贤者，使其民有以乐生送死，则心悦诚服，从风而化，其效亦至易睹"。故"历代蜀乱之责，常不在蜀人之本身，而系于治蜀之得失：得贤则治，失贤则乱；治则蜀人安以乐，乱则蜀人危而苦"。思安恶危、趋乐避苦，本人之常情，蜀人自不例外。而其被"处境"驱之乱，乃因"地偏一隅，山川修阻，朝廷之政令难达，上下之情意易乖"。先生晚年修改此文，更明言宋初朝廷对四川"猜防控制，深怀戒心，有不可终日之势。惟张詠守蜀，擘画经理，能洽民心，使地方与中枢之矛盾隔阂，有所消除。情意既通，政化易行，从此川蜀局势，步入正轨"。

　　此所谓蜀人之"处境"，稍近西人近年爱说的 context，也是一种"地方性知识"——其"山川修阻"，仅是自然的一面；"上下之情意易乖"，则更多是人为的一面；而"生事艰困"到无法维持常规生活，则是其社会的一面。三者结合起来，大致近于史家所谓"思想语境"了。任何时候，若治蜀得人，便可消除"地方与中枢之矛盾隔阂"，也就不会出现"乱先而治后"的现象。反之，则川蜀局势便很难"步入正轨"。

　　此文无一语述及时政，然似乎处处皆针对当时川局而言。无怪不久之后，西康省主席刘文辉忽聘请天㙮先生做他的秘书，专门负责撰写讲演稿。此前两人并无过往，据说刘就是读到《史学季刊》上的文章而知先生之名。我的猜想，或许刘文辉深感吴先生说出了他（以及其他地位相类的四川军人）想说而没说出的话吧。

　　那是1940年秋的事，此后先生担任西康省政府秘书达三年多。在讲话不靠念稿子的时代，为大人物写讲演稿，是一种"代圣立言"的工作。此乃双向的选择，起草者不仅要能写出讲述者的心胸思路，还要后者能接受、能认同。如先生晚年自述，既"要去揣摩一个军阀的心态，作些冠冕堂皇的议论"；还要言之有物，使讲者有临场发挥的余地，能"表现自己的才华"。对一般刚毕业的书生，这是相当困难的。而吴先生本通人，虽进入状态有些困难，毕竟素怀经世之志，对川康政治有切身的体会，又有历史文化的积累，后来显然比较得心应手。

　　这些讲稿都是时代的痕迹，对研究吴先生和刘文辉，以及当时的川康政治,都有重要的参考价值,应集结起来,出一本代拟刘什么公奏议集一类的书。据说刘文辉当年就有此意,大概是不希望先生多年都"白辛苦"了。我也曾向先生言及,但先生说并未留稿,一笑置之。想想也是,若曾留下,历次"运动"岂不更添罪状,恐早难生存了。唯雁过留痕,将来若要给先生写传,当去查那时西康和四川的报纸,必有所获。

刘文辉还是那种知人辛苦的长官,遂在 1944 年任先生为芦山县县长。至抗战结束后,先生自动辞职卸任。中国的传统,能读书也就能做官。然而官也有很多种类,一个读书人究竟是否具"百里之才",这是直接的考验(在此基础上,还有"方面之才"的更大考验)。芦山就是最近地震的那个县,地处偏远,民风彪悍,产鸦片,匪盗出没,至少不是所谓"卧治"可了。有老师后来曾就此询问过吴先生,据说先生笑了笑,然后回答:"不会做,做不好。"

这话要细心体味。吴先生在 1946 年曾撰文说,离开芦山回成都教书几个月,体貌较前丰腴,"于是我才感悟到,以前数年的官吏生活,对于自己的身心两方都未必相宜"。可知"不相宜"的觉悟还是后出,此前并无太多不称职的感觉。"不会做"意味着必曾努力尝试,"做不好"则既是述实,也含谦逊。实际上,先生在同一文中又说:

生活在内地的多少带有农村气息的小城市中,物质的享受和便利种种固说不上,但邻里往还,情谊是亲切的;彼此内心都能关照,精神上不感孤立迫胁;人格所能代表的价值,相当的被人公认,信用也能流通无阻。尤其是我们若能置身于乡野之间,绿畴平衍,苍穹悠悠,我们的心思也随之而活泼丰富,自由自在,并不感觉到有什么"窒碍系缚"。

这应当就是不久前在雅安、芦山的生活体验,只要步出衙门,心思就会得到解放,是颇足留恋的记忆。不过,所谓小城生活不感"窒碍系缚",是广义的;若仅言政治社会,先生终感其陋浊,乃抽身他去。

离芦山后,吴先生回成都教书数月,又赴上海任职于前川大老师何鲁之创办的中国人文研究所。这是一个青年党的文化机构,先生当时已涉入党务渐多,被选为中央检审委员,后并以青年党代表身份出席了第一届国民代表大会,为中华民国制宪。不过,也是在此期间,先生进一步感到自己不适合干政治,乃就商于适在南京的老师徐中舒,希望回川大教书。在徐先生支持下,很快落实了教职,正式结束了参政的活动,回归教书治学的生活。那一年,先生三十四岁。

然而,终因曾有一段从政的经历,在天下巨变后,先生遂不得不办理"自新"登记,成了"管制分子",日常"学习改造"之余,只能以拉架架车(板车之一种,窄而长)为生。那是一种怎样的生活,从佛学大师王恩洋致先生诗中"能死非勇能生勇"一句,稍可领会。人生不顺,若到了生不如死的程度,便无所谓什么"求生的本能"。那时的存活,是名副其实的苟活。所谓忍辱负重,有些人靠修养,有些人靠责任感(因还有家人在),的确需要勇气。

以后见之明看，先生少负才名，读大学时已崭露头角，若潜心学植，专意研究，或早已硕果累累，似乎有些可惜。唯不曾落难之人，不容易了解一份优厚的薪水对身负养家糊口责任之人的吸引力。而国难之时，国家民族和乡邦的召唤，更让有志者无法拒绝。抗战期间，亡国已成为一种现实的可能，正所谓"天下兴亡，匹夫有责"，更何况读书人。

书生报国，写文章是一种方式，参与政治是另一取径，且更直接。先生素负经世之志（他后来从一生读书教书的刘咸炘那里看出其"抱有经世致用的宏愿"，若非心同理同，焉能见此），高中时便开始参加青年党的活动，投笔从政，也是一个自然的发展。

而且，在时人眼中，吴先生本非所谓"迂儒"，读书时就是学校中著名的干才。他大学毕业时，便被校长张颐介绍到川康绥靖公署主任邓锡侯那里任"座谈会"干事，与包括张颐本人在内的名流一起受薪议政。尽管先生自己很快感觉不适，又回到川大历史系任助教。但在张颐眼中，先生显然就是想要一展抱负的青年才俊。

我的感觉，吴先生的议政从政，既不是向往的，也不是被迫的，更不是有些人理解的误入歧途。澄清天下，从来是读书人的传统责任。先生之所以屡进屡出，是总期望自己能对国家民族和乡邦有所贡献，或也盼望政治能更清明，使他可以有所作为。然而，虽其随时准备接受召唤的心态不改，却总是不断认识到自己并非此道中人；一次次的参与，一次次的退出，终于让先生明白，他其实属于另一个世界。

在吴先生的笔记中,曾抄录老师常乃惪的一段文字:"历史家之任务,在能接受时代的潮流,以其个人伟大的天才与社会心灵相互渗入,反映社会之要求,并进而指导社会的新趋向。"故"必有伟大的生命力,始得为伟大之历史家"。这其中正有以史经世之意,颇与吴先生的心灵相契。吴天墀先生的生命历程,适可验证最后一语。至于先生博大精深的学问,不敢云有心得,或另文表述。

(原刊《读书》2013 年第 11 期)

延伸阅读:

杨泽泉著:《犹忆昨夜梦魂中——遥祭我的父亲吴天墀》,自印本。

目光四射的史学大家

——吴天墀先生学述

　　读书受益，本有很多种，有的书给人以启发，有的书叙述事情的原委，有的书示人以可用的材料，有的书则直接告诉我们：书不可以这样写。吴天墀先生的书，属于第一种，不分专业，皆开卷有益。其言传亦然，不论何人，有缘即有所悟。

　　先生后来得名，似乎多靠那本《西夏史稿》。其实先生的学术视野一向广阔，西夏史仅是他在特殊环境下的"业余写作"，不过小试牛刀而已。盖先生虽从少年时就关注西藏，又曾身往西康，西夏史却非其所素习，真正用心用力的时间，也就几年而已。正如其高足刘复生兄所说："在先生的治史生涯中，'西夏史'并不是最主要内容。"以先生的学力，若治学环境稍顺，不知会写出多少超过《西夏史稿》的鸿篇巨制。

　　以我外行的陋见，吴先生最关注的，是在厘清中国中古时代宏观演变的基础上，再现宋代和四川的历史，特别是文化史。然因其在抗战时一度从政，后来便成了"历史反革命"，故一直坎坷，难以出其所学。复因家世贫寒，不能不从小加倍用功，致眼睛深度近视，视力越来越差。晚年虽境遇稍好，看书则较他人远更费力。史学不比其他,论述必须建立在史料的基础之上。目疾导致的困难,也使先生的著述,未能达其素志。

吴先生治学,非常强调"目光四射"。他常对学生说:"如果研究宋代历史,而对其前的汉唐以及其后的元明全无了解,则宋代历史是研究不好的;如果研究宋代的某一专题,而对宋代的整体历史缺乏了解,那么这一专题你也就难以研究深透。"这大体就是他老师蒙文通先生所说的上下左右读书。而先生的目光,更远射及欧美。他晚年编写五代学术文化系年,便拟在"附录"里纳入世界学术文化方面具有标志性的事件,包括"某年某月牛津大学成立"一类,以便读者知所参照。这样开阔的视野,是研究中国所必需的,却也是很多中国史研究者所缺乏的。

且吴先生目光所及,又不仅限于书面史料的领域。他自己阅历丰富,故对史学有着特别的体认,如其《治学小议》所云,搞社会科学,"不当忘忽自身所处的时代和社会"。先生引张居正所说"人情物理不悉,便是学问不透"一段话,强调"一个人懂得当前的实际越多,对古代和外国进行研究也将增多了解、大有助益";史家"若知古而不知今,务外而遗内",便做不好学问。这是真正士大夫的通达识见,非一般不出书斋者所能喻能言,没有自身的经验,体会很难亲切。而其著述,也能常表现出这方面的特色。

从已发表的成果看,先生之学,早年睿智,中年厚重,晚年博大,彰显出大师风范。然若结合先生未曾发表的遗作考察,这看法就要修正。吴先生的大学毕业论文,是蒙文通老师指导的,后来文章写长了,一时难以结束,遂经蒙先生同意,以其大二时修明史所撰的《明代三吴水利考》一文代之。然而其原本毕业论文的题目，先生自己和他人似都未曾提及。

据我猜想，现存尚未完稿的《中唐以下三百年间之社会演变——庆历变革与近世社会之形成》，就是先生那篇没来得及完成的本科毕业论文。这是一篇气象宏阔的大文字（仅成其半，约五六万字）。从其使用的表述方式（略带文言味道的白话文）、所引用的材料和对话的论著看，此文撰写颇早。后因他从政一度中断，到1946年回归学术后又重拾修改（从引用材料可知），大致完成上篇，便身逢巨变，再次搁置。

如果这个猜想不错，先生之学就不是晚年博大，而是大器早成。其广博的眼光、雄伟的气魄和通达的识见，在大学读书期间便已初步形成，并贯通其一生。文章开篇云："中唐以下之三百年间，为吾国社会之一剧烈锐变时期。于时，旧文化体系由动摇以趋崩溃，而新文化之端绪，亦崭然露以头角。"在长期酝酿发育之中，虽不无波折洄流，到宋仁宗庆历之世，全面的文化更新遂如瓜熟蒂落，臻于功成。"自是世局改观，形质焕变，无异为中世、近世历史画一明朗之大界。"

此文之作，"乃就此期中平民社会崛兴之事实，考察其于庆历时代之全面文化更新，究有何种渊源与影响？并借窥此一伟大变革之意义与价值，以明中国近世文化之趋向"。故文章的核心，是这一时段平民社会之崛兴。主要通过科举之影响、经济之演变（含兼并激烈、商业活跃和都市发达三节）以及南方的开发三方面来论证。

在吴先生看来，门阀衰落和平民解放是这一时段基本的阶级升降,"颇似晚周社会现象之复演"。尤其平民解放使原本静凝的社会转趋活络,同时也因已定型的社会结构被毁坏,"组织解体,无多拘束之力;由是个性发展,思想趋于自由,人人务于表现才能,生活竞争转激烈,则社会之动进不宁,自有必然之势"。因此,文章也以较大篇幅论述了"平民社会之病态",表现为"政治理想之卑""国计民生之困""社会风俗之陋"三部分。文章最后说,新的社会中"文人无行,蔑弃绳检,世风污陋,实堪可惊"。盖因:

> 平民社会之出现,无领导之阶级以明示型范,无中心思想以提携人生,林林总总,蠢然而动;熙熙攘攘,惟利是竞。浊波混流,正复弥漫。庆历变革之伟大文化运动,盖即志士仁人,不安于污秽凡陋,遂乃致其精诚,趋赴理想,矫时变俗,而崭然开出另一光焕之新景者也。

一个社会到了读书人也"无行"的时候,世风的污陋,乃是自然的结果。而"无领导之阶级以明示型范,无中心思想以提携人生",是最基本的原因。类似场景,或许是社会"转型"时的常态,吾人或不无似曾相识之感。而是否能有不安于污秽凡陋的志士仁人,"趋赴理想,矫时变俗",开出另一光焕之新景,恐怕也是所有"转型"社会能否产生一伟大文化运动的关键所在。

从先生文章的脉络看,大概是先有侧重平民社会的初稿,后又根据新出版的论著进一步修订。初稿中一些观察和思考的面相,隐约可见日本学者的影响。(吴先生在1936年曾翻译桑原骛藏的《晋室南渡与南方开发》,文中明显可见对此文思路的影响。)增补的修订中,则多引证陈寅恪发表于吴先生毕业后的意见,盖因陈先生向来重视社会演变时的新旧异动也。

而对一些时贤的看法,则有所商榷。如陈登原的《中国文化史》说,中唐以下兼并剧烈,民生困苦,故平民地位低落。吴先生指出,"地位高低,乃基于阶级制度之判分。宋以下由于特权世袭阶级之取消,君权独尊之下,万民转趋平等",故平民地位实在上升。而钱穆先生说,隋唐习见官吏以经商致富,自唐中叶以后此风不扬,官吏兼务货殖者少,商贾在政治社会方面活动力亦渐绌(《国史大纲》)。吴先生则认为,中唐以下社会的平等化,"应指贵贱阶级之混泯言,而非可语于经济上之贫富"。

中国传统文化本有甚强的"非物质"特征,观先生与时贤的歧异,两皆强调阶级之"贵贱"有其特定的含义,与民生贫富不必同,实对此文化特征有着深刻的认识与领会。而"君权独尊之下,万民转趋平等"一语,对宋以降中国社会的体认,极有识见,由此可以开拓出一片开阔的研究领域。

按先生以宋仁宗庆历之时为中国中世、近世历史的分界点,是一个大胆的识断;且前面从中唐说起,亦为一分界点(即中世),这与他的导师蒙文通的见解有些不同。不知这是否即先生后来一直暂缓修改发表此文的一个考虑。盖蒙先生向以晚周、魏晋、中唐、晚明为中国古代四大变局,虽也说可以再细分为若干段,并明确承认北宋庆历前后的不同,但终不以为超过了晚明那一大分界点。

以我外行的凡眼看,蒙、吴两先生的卓越贡献,在于强调并明确了中唐以前豪族世家的社会影响和社会作用。所谓晚周的一大变化,正是贵族制的崩溃。用通俗的话说,孔子一个最持久的贡献,或即以文化代替血缘的高贵,塑造出一个通过读书而确立其地位的精神贵族,为社会所供养。但一个已定型的社会结构虽被毁坏,仍会有"死而不僵"的余波长期存在,并以新生的形式"恢复和巩固"陈旧的内容(马克思语)。于是这后起的文化贵族,旋又以门第的方式延续了血缘高贵的传统。

在很长的时间里,以谱系为基准的门阀实际成为社会的中坚,在一定程度上甚至超越了朝代的更替和南北的分治,维系着以衣冠礼乐为象征的文化"正朔"。这不仅构成了对一般百姓的压迫,也足以与大一统的朝廷分庭抗礼。只要看看唐太宗对超越于本朝功业的世族那种不满和三番五次的打压,便可见其力量所在。

这也意味着,在对付豪族世家的斗争中,王朝统治者和以农民为主的平民其实有着共同的对手。隋文帝罢州郡乡官,恐怕与那时基层社会的转变不无关联。而隋末大规模的农民造反,的确摧毁了豪族世家的经济基础。其结果是,"农民和豪族世家的人格依附关系便逐渐为佃农和地主的经济契约关系所代替"。农民不仅和地主同样成为皇帝的编户齐民,在法权上也"取得了与地主同等的政治权利"。

随着豪族世家特权地位的丧失,"唐以后社会上的主要阶级"一是皇室及皇亲国戚,一是地主和农民。在政治地位、经济地位的不稳固方面,地主正与农民同。所谓"君权独尊之下,万民转趋平等",或可由此理解。而科举制对朝廷和平民的共同重要性,也体现于此。

换言之,编户齐民的体制虽确立于秦汉,却并未稳固,实有长期的反复。尤其中国幅员辽阔,同一时代的不同地区,可能处于不同的历史阶段;不同时代的不同地区,也可能处于相同的历史阶段。徐中舒先生在论述古代田制演变时,也注意到经济基础和宗法形式的互动,故贵族社会的瓦解和平民社会之养成,进行得相当缓慢,大体始于战国,历经反复,到唐实行两税法以后才完成,至明清一条鞭法实施,乃不可逆转。徐先生所说的各类宗法形式,亦即蒙先生所说的豪族世家,大体都是先秦贵族在后世的变体。

蒙先生已注意到,宋儒与汉儒的一大不同,即其谆谆于基层社会教养之道。两宋"儒者极多究心于社会救济事业",既是针对当时社会的情势,同时也"源于理学理论之必然"。而"宋儒于乡村福利,恒主于下之自为",故"重乡之自治,而不欲其事属之官府"。宋代民间社会已初步构建起来的一个表征,即蒙先生指出的"东晋南渡需要侨置州郡、建立门阀,南宋南渡不需要侨置州郡,也无门阀出现"。

受蒙老师的影响,吴先生后来在多篇文章中,都进一步强调从北宋延续到元代各地义学、社仓等半体制化的基层建构。如范仲淹在苏州创置义田、张载试图在家乡实验井田制、蓝田吕大钧受张影响而创立"乡约",以及南宋"社仓""义役"一类,皆是"乡村建设的实验",或"乡村自治的创举"。而这些"地方自治工作",就是"儒学的复兴、理学思想的建立和发展"对社会风俗产生的重大影响。

　　窃以为这与朱熹等礼下庶人的努力相同,都是一种着眼于地方的基层构建,回应的是延续千年的历史大挑战,即秦汉大一统后,怎样在广土众民的局面上延续以前诸侯国时代直达基层的治理模式。封建与郡县虽各有利弊,其实也都面临一个基层社会的控制与管理的问题,具体即是否及怎样设置乡官。而基层社会的构建,则是一个相当不同的思路,乃以自治取代被治。物质基础既备,再加上礼下庶人,意味着普通人与"天道"的直接衔接,使平民自治具有了自足的合道性(legitimacy)。若地方社会可以自立,则上层政治变动的影响就不那么大,甚至可以做到"亡国"而不"亡天下"。

　　后者或是南宋士人心中萦回的一个切要思虑。吴先生后来指出,面临辽、夏政权的冲击,"宋代道学家的潜在意识中,既有文化民族主义的思想因素,也不无政治危机感"。尤其在宋代"武力不竞"的背景下,"民族文化得其宣扬,深入人心,不特起着安定社会的作用,亦使人情敦厚,风俗善良"。重要的是,这些基层建制确实在元代得到了延续。蒙古入主中夏后,虽"欲悉诛汉人,空其地为牧场",而乡村之自治自理,反"视宋为尤美备"。其主要原因,就是已构建起一个独立于政府的基层社会。若与蒙古入侵对欧洲的中断性影响相比,就更能明白此类基层社会的构建对民生的相对稳定和文化传承所起到的关键作用了。

　　不过,这样一种平民社会的完全确立,或真要到明中叶以后,即蒙先生注意到的,明世宗时乃正式确认有一个非官非民的"绅"之阶级存在。不论这"绅"的含义更多是经济的(与土地、财富的关联)还是文化的(即后来日渐显著的绅与士的关联),这都

是一个划时代的变化。故两先生的论述可以互补,对我们理解
几千年的中国文化与社会,有极大的启发。

　　现在回想,有这样宽宏学术器局的学人,不论有多么强的经
世意愿,恐怕总会想着回到学术,去完成这一构思已经成熟、仅
待写出的宏大史学杰构。在先生心中,很可能有着持之以恒的
强烈学术召唤,去走完他已经起步的征程。要理解吴先生为什
么在实际政治中屡进屡出,或许这是另一重要因素。

　　也只有理解了吴先生心中早有对整个中世(中唐以下三百
年)和近世(宋仁宗庆历以后)一套基本清晰的构思,他那些处处
闪现着灵光的早年和晚年论文,看似意义自足的具体题目,仿佛
信手拈来,其实背后有着宏阔的纲维,可以借此贯串起来。此即
昔人所谓如网在纲、纲举目张乎?

　　先生中年的代表作,就是那本享誉中外的《西夏史稿》。那
也是特殊时代的特殊产品。在先生以吴浦帆之名拉车度日之
时,1954年某日,徐中舒先生忽到访,不遇,嘱先生往见。后谒见
于徐府,告知已与蒙文通先生议,不能坐看先生废其学,决定由
二先生每月资助30元(那时此数略可养家),让这位已不年轻的
学生回归学问(后来王恩洋先生闻知,也参与资助)。在那个时
代,这不仅是经费的问题,出资者还要承担相当的政治风险。有
这样的老师,宁非幸事!人生有时真是需要贵人援手的,先生无
此转折,或许就是完全不同的人生旅途了。

　　且徐、蒙二老连研究的题目也替吴先生想好了,就是西夏
史。这是老先生们体贴入微而又深思熟虑的选择,一方面照顾
了吴先生从中学时代开始关注西部边疆的治学心路,历史时段

又在先生用功较多的中古,同时也有回避当时学问"主流"、不与他人争锋的意思。盖以吴先生当时的身份,无业而兼"历史反革命",若所做题目太"预流",难保不生枝节。而西夏史又确是一块需要填补的空白,其自身的价值不言而喻。

与一般民族史、区域史的研究不同,吴先生的西夏史立意高远。各族环绕之中的西夏,本身就是一个多民族的政治实体,常以诸"蕃族"的代表自居,在很长的时间里维持了西域的局部统一。从后来的中国版图看,当时的宋、辽以及后来的金,也都是局部统一而已。各政权虽分疆而治,政治上对立(对立也是一种关联),而经济、文化等则有合作互补的一面。先生延续其关于中世、近世社会构建的思路,特别注意考证道路、商路、市场的情况。即在政治空间分裂之时,文化空间和经济空间却从未断绝,仍相连贯。正是文化、经济网络对国家的维系作用,将"中国"确立在超越单一民族国家的层次。

天墀先生是胸怀天下的士人,又有明显的四川地方特色。他素负经世之志,在国难时曾投笔从政,服务乡邦。这些经历给他带来很多生活的坎坷,也使他的学问更为通透。其论著的共性在于,既重视广土众民的国家里各区域、各民族发展的不平衡及其独自特性,更强调基层社会构建,以及民间的文化、经济网络对维系国家的重要作用。这众多面相的关联互动,凸显出多民族中国那多元丰富的内涵。

在刘咸炘的《推十书》影印再版时,吴先生追述其学术,曾引释迦牟尼"一指入水,四大海水皆动"的话,以为该书的再版"是值得高兴的善因,必会招来善果"。如今《吴天墀文史存稿》将出增补本，借先生自己的话，相信这一善因也必会招来善果。

（原刊《读书》2013 年第 12 期）

延伸阅读：

　　吴天墀著：《吴天墀文史存稿》（增补本），北京师范大学出版社，2016 年。

把意境深远的话说得风韵疏淡

——忆张芝联先生

人过中年,告别的情景就多起来。过去的两年,尤其是个告别的年代。

张芝联先生,是北大历史系太老师一辈中我唯一熟悉的一位。前年驾归道山,屈指算来,没几天就是两周年了。

现在特别后悔的是,到北京这些年,尚未拜谒过芝联先生。这也不全是不懂事,而是事出有因。我是"非典"出现那年的年初到北大的,如果不是消息知道得滞后,或许就不会到京工作了。(川大是我的母校,待我极厚。当初因公事与校领导产生歧异,不得不引咎辞职。若知"非典"在北京肆虐,自然不会马上动身。而不久校领导就换届了,新"领导班子"对学术的态度与前不同,很可能就没有走的必要了。)我到京没几天,公众对于"非典"就从不知情到知情,人与人的当面交往乃成忌讳,所以从父执到长辈到朋友,全都未敢打扰。

好几个月后,禁忌解除了,事情也多起来。迁徙之初,谒长辈、拜师友乃人之常情,一般人多会将此排入日程。时过境迁,渐入常规工作程序,拜客便从常事转变为非常之事了。如今我这年龄层的人，始终很忙，总是在赶做已经逾期的事。有人曾说我手快，其实也多靠积累。即使这样，经常还是赶工不及。结果，连在北大及附近的父执，均未曾请安。失礼之至！其余老师亲友等，大部分也都只是电话问候而已。有些很敬重的前辈，以前恐怕找机会也要去请益，如今所居近在咫尺，竟也未曾拜谒请教。

以芝联先生的年辈，本是到北大应当最先拜谒请安的，自然也因"非典"而延后。事情一拖，往往就会再拖；总以为还有机会，终于淡化到没有机会。这一点，要经历了才能明白，能不深感遗憾！而之所以会拖，也因为芝联先生身体太好，对他的弃世，全无思想准备。"非典"的危险解禁不久，我到历史系办事出来，忽见一长者骑自行车翩然而至，见面径呼："萝卜丝，你来了怎不来看我！"（我和芝联先生第一次见面是在90年代中期，当时"博士"似乎还是尊称，所以有人以罗博士之名衔把我介绍给他。我对先生景仰已久，彼此一见如故，从此先生就以"萝卜丝"称我。）那时芝联先生似已年过八旬，骑自行车的车速可不低，所以人人都以为他定能成为百岁寿星。正因他体健如中年，此后也曾多次想去拜谒（我曾想为他做口述史，因先生出自世家，知道各方面的事情真多），又总是因事推延；反倒是先生请人来讲学，还命我去陪宴。偶尔碰见高毅兄，也从他那里得知一些先生的近况。后来知道先生已不能骑车了，身体却没什么特别不好的征兆。然而……竟然……

从小学开始，在我的受学和成长经历中，遇到很多非常好的老师，总觉得比其他人更为幸运。后来自己也教书多年，深知师生是一种难得的缘分。自己原以为尊师内存于心,外则或更体现在重道;至于日常的请安趋奉,向来做得很不够。过去从芝联先生的言谈和论著中,获益良多。虽无拜入先生门下的荣幸,心里一直以师视先生,然而却未曾做到以师事先生。现在回想,甚感愧疚!我知道先生是相当洒脱的人,或不以为不敬。也常常这样安慰自己,稍释心头的遗憾。但在自己这一面,做得不好就是不好,是不可推卸的。也只有增强修养,继续朝着善的方向努力吧。

以今日世俗标准看,芝联先生生前,是颇有些名衔的。然以先生的资质、学养和境遇看,他的一生不能说很顺遂,恐怕还常有不如意之事。在与先生次数不多的见面中,先生却总是乐呵呵的。据说先生常以孟子"无恒产而有恒心者,唯士为能"一语勉励年轻人,这大概也是他自勉的箴言。若说对待生活境遇,则先生似常以仁者乐山、智者乐水的态度处之,真正做到了人不知而不愠,总能乐而忘忧。

我的感觉,芝联先生的重要性,可能尚未得到学界和他执教处所的足够重视。20 世纪 50 年代的大学,在组织安排下从事世界史教学研究的,好多都是改行(我们所谓世界史,其实就是外国史,那"世界"并不包括中国,故改行也真彻底),颇不乏学贯中西者。即使非改行者,好多人的中学修养也常远过于今日中国史的专家。不仅张先生那一辈,再年轻些的,如大学本科时教我最多的顾学稼师和稍后启迪我甚多的罗荣渠师,都被认为是当行的外国史专家,然其中国文化和学术的基本功,并不让同辈的中国史专家。

　　不过,读书人当放眼古今中外,本是从清季开始形成的学风。其间虽以尊西趋新为时尚,早年那些提倡不读中国书的尊西者,自身的中学根柢实深;而被视为文化保守之人,又常常显示其西学修养不差(盖不如是则不足以言保守)。到 20 世纪三四十年代,眼界开放逐渐蔚为风气,造就出一批目光四射的学人。他们那种上下左右的全局眼光,与今日目不斜视的学风,真是大相径庭。如果不是世事坎坷,那一两辈人中,是很应当出一些学术大师的。

　　对眼界真正开阔者而言,改行本不甚难,也并非全无好处。不过转换领域之后,要能出口成章而左右逢源,也还有一个适应和积累的过程。愈是治学严谨之人,这一过程愈不会短。人生精力是个常数,用于此即少于彼,所以 50 年代那批从中国史转入“世界史”的,著述都相对较少。

　　以今日讲究数量的标准,芝联先生或也近于述而不作一类。然而先生每一论著,不论长短,常常看似随意,却无不透出长时段远距离的睿见。在很长的时间里,他可能是中国最了解外国史学新进展的,对其利弊的认识,也最深入。在我记忆中,先生评介法国年鉴学派的时候,国人还很少听说过这一名目。且先生并不仅把外国介绍到中国,也常出入与国际学界,以睿智隽语著称于世,向外国展现了中国学人的琅琅风采。

　　傅斯年曾说,与人交谈一刻钟,便可知其职业。真正的内行,出语便知深浅,片言可决高下。那种言谈间所获得的尊重,常不是几篇文章、几本书所能做到的。以我们今日尊西的风气,张先生所得外国一流学者的仰慕,是很可以吓唬人的;尤可以据此"证明"自己而"说服"尊西的领导和同行,以获取所谓社会承认。然芝联先生意不在此,倒是利用他与外国一流学者的交往,送了不少年轻人到西方名校读书(这方面,那些有缘受惠之人比我所知更多)。

不知是否有什么预感,芝联先生在 2007 年将其主要论著整合起来,分类编成《我的学术道路》《二十年来演讲录》《中国面向世界》《法国史论集》四书(均由生活·读书·新知三联书店出版)。几本书都不特别厚重,而意蕴则均甚悠远。四书编排之中,隐约可见从个人之身、家到国与天下的传统思路,既兼容而并包,又有专攻之术业,很能体现先生学养之所在,是珍贵的文化和学术遗产。

姚鼐曾说:归有光"能于不要紧之题,说不要紧之语,却自风韵疏淡,此乃是于太史公深有会处"。或许是文史视角不同,从史学眼光看,这话恐有些不入流,甚至暗中"诬蔑"了司马迁——《史记》焉有"不要紧之题",又岂长于把"不要紧之语"说得风韵疏淡!唯另一位司马公,还真善于就看似不要紧的题目说语不惊人的平常话,却能意境深远,而又风韵疏淡。芝联先生于司马光之《资治通鉴》"深有会处",是无须我提醒的。

正因中西修养深厚,先生最长于把意境深远的平常话说得风韵疏淡。对那些中西学问均浅尝即止,又乐于追逐惊人之语、偏爱口吐真言式表述的时辈和后辈,这恐怕只露出几许"浅显"。其实,作艰深语以惊他人,并不费难;以平常言可表学养,最是功力。盖言须有物,而辞贵达意。"不著一字,尽得风流"的境界或许太过虚悬,若真说出了什么,却语不必多,贵在"不诡其词而词自丽,不异其理而理自新"(裴度语)。

今日雅俗分途,渐行渐远;相知须待,共赏难期。学界最常见的,不故为深语,便肆出村言,而意境全无。以云淡风轻之言,表幽玄高妙之意,即使仅欲一睹,也已是可遇而不可求了。展卷思人,不免望洋兴叹!

以意逆志,从其一生遭际,又可知先生不止治学清雅,更重在教书育人。芝联先生出于教育世家,在教育方面,不仅坐而言,也曾起而行。他做过光华中学校长,后长期在大学任教,对办教育既有经历,也有思考。

先生晚年最投入的,是想要恢复我们应称太先生的张寿镛老所创办的光华大学。似乎有一批当年的校友,筹措了足够的复校经费,张先生为此四处上下奔走,不遗余力,终未能如愿,只是在各大学中留下了一些以"光华"命名的学院。当年的私立大学不少,而光华大学的规模实不算大,校友亦不以众多著称,却能疏财兴学、筹足复校经费,足见该校尊师重道的校风,已熏染出深厚的凝聚力。芝联先生的努力,不仅是作为创办人的后裔而尽孝,恐怕也是希望这样的校风能长留世间吧。

先生对大学教育有着深入的思考,也曾多次向"有关方面"建言。前几年还特别提出大学发展最重要的是要有一个方向,院系、专业亦然。不能大而不当、没有特点。这一睿见,是立足于中国的实际状况,即没有那么多资源来支撑"大而全"的办学倾向。"就是有资源,还要有好老师才行"。而严酷的现实,恰是"全国各高校都缺好的老师"。

如今大学里的定位,似乎是领导管理、教授治学。后者是从

"教授治校"转出,一字之差,转变不可谓小。有些教授对此很是不满,我个人倒觉得,以今日教授的水准,真要让他们尝试"治校",还未必就能更好(或也不至于更差)。芝联先生似取折中的意见,希望大学领导能了解自己的队伍,也就是大学的老师。这些人好比打过仗的老军人,经历过各种事情。大学朝哪个方面走,领导最好多听老师的。(以上两段参见吴志攀《回忆与张芝联先生的一次谈话》)

后一说只能算是期望,前一说可真是一语破的!我们从院系到学校的各级领导,向来都好大喜全,在全国都缺好老师的前提下,出现三流学者任学科带头人的窘境,亦良有以也。我有时也在窃想,如果张先生所说的能见诸实践,北大或别的什么大学的面貌,会不会有所不同呢?

最后让我抄一段深情的话:

> 一位曾经当过中学校长的历史学家,一位用典雅的英语和法语介绍中华历史文化到外国去的学者,一位九十高龄还伏案为自己的父亲写传记的孝子,一位临终前还在思考北大发展特色、发展方向的教授,一位在校园里骑着老式"二八"自行车飘然而过的老人。他带走了一段九十年的历史,带走了北大最令人心醉的一幅风景。但是,他的学问,他优雅的风度,他的真知灼见,还有他对大学的理想,将在我们这个校园里永存。(上引吴志攀文)

这段话的作者也是大学的管理者,我衷心希望,最后一语不

仅是愿望,也会是事实。则芝联先生在天之风采,必依然如旧,
还是那样笑呵呵的。

（原刊《东方早报·上海书评》2010 年 5 月 30 日）

北大历史系的地震

在微信上看到田公余庆纪念逯耀东先生的大作，引动一缕思念。

有些事好像已经过去，却又近在眼前，因为往事并不如烟。

对于北大历史系来说，2014—2015 年的冬天，不啻经历了一次大地震——老一辈的田公和正值壮年的刘浦江兄，在十来天里先后归去（2014 年 12 月 25 日，2015 年 1 月 6 日）。那个冬天有着不一般的寒意，给人以时代转换的感觉。

两位离开时，我本应说几句话，也感觉有话要说。不过那时说话者众，都有比我更亲近的关系，所以觉得沉默虽不礼貌，或更合适。

2003 年我初到北大，本有一些拜谒的计划，如家父读私塾时的同学黄公枬森，曾经一见如故的张公芝联，不认识的田公也在其中。因为田公是有自己想法的人，在历史学界，这样的人不算多，他们那一辈学者中尤少。同时王汎森兄也曾特嘱，要我代向田公致意。但到京后即身临"非典"的正式宣布，人人见面都无比温文尔雅地保持距离，真不是适于拜访的时候。到"警戒"正式解除,已是半年之后,既投入紧张的工作之中,遂不复有出门拜谒的情绪。(正式的参拜总要有些类似沐浴更衣的准备,不是说走就走的。)就是教过我的业师林被甸老师,也是很久以后才登门拜望,非常失礼。正因此,也留下不少遗憾。

如黄公枬森,很多年前在黄府见过,记得他还特别给我看他在自贡市檀木林里拍摄的各种照片(那是我祖父曾居的园子,后来捐献了,我却还没进去过),结果直到他归道山,我也没去拜谒,真是不懂事到极点。

田公亦然。后来在一次吃饭的场合见到,基本没说什么话。田公似乎也知道我来北大了,好像对我不去看他有些感觉,不过据说还帮我想出了理由,说此人不拜大佬,说明人还耿直(非原话)。我们其实住在同一栋房子里,后来有时在园中见到他散步,也趋前请安,但我感觉他并不知道这后生是谁。

按过去的老话,我和田公之间是缺一些缘分的。那是在他90岁的时候,弟子们组织了一个纪念聚会。我在系里的群发邮件里看到了,还特别问罗新兄是内部的还是也对外开放。罗新兄说是开放的,欢迎参加。于是做好了去贺寿的准备,但后来不知为什么,再也没有收到群发的邮件。我是属于比较"迷信"的一类,总觉得这是某种看不见的手在代为安排,也就是缘分不够。不久田公遽归道山,就成了永远的遗憾!

其实田公走得有些突然,那时在微信的朋友圈里刚看到他的照片,仍可见那特有的凝视,眼神中全无告别的意思。而刘浦江兄的离去,却是有心理准备的。因为听说了西医对他病情的判断,而他好像又和中医无缘。但真听到消息,还是感觉震惊。

我自己也不知道为什么，和宋史的人比较熟悉。所以浦江兄的大名，是久闻的。外面都说他自视甚高，桀骜不驯。最有名的故事，就是他不考研究生，因为他觉得中国可以指导他的，只有邓广铭先生，可是邓先生已去世了。这个故事不知是真是假，但我知道有些比我们高一辈或半辈的宋辽金史学者，是略有些不高兴的。他升教授时，我在评议会上的一项任务，就是万一有评委提问"出言不逊"，引得他口出直言，那我必须奋不顾身，立刻制止他说话，以免产生副作用。但那样的事并没发生，或许他那时已足够"成熟"了。

记得他曾给系领导提过意见，说好几次升等都是担任副系主任的老师先上，以后最好让已有教授职称的人做副系主任。或许就是以此为理由，他升教授后即被牛大勇兄敦请出山，真做了副系主任。在很多人眼里，浦江兄是一位不谙世情的人，结果发现他非常适合管理工作，不得不佩服大勇兄的眼力。

我快到北大时，别人告诉我浦江兄是四川老乡。后来发现北大历史系其实川人不少，不过并不抱团儿，私下也未曾听说有川籍学人的乡聚（至少我没被邀）。我和浦江兄的交往，就像很多人回忆的那样，基本限于工作关系，也就是他领导我。

我们最频繁的一次邮件来往，是某次牛大勇兄对我诉苦，说他引进不少大腕儿，却没有什么位子（指各级各类委员会）可以安置。我说这忙我可以帮，就是我辞去这类头衔，一下子给他空出三个可以"引进人才"的空缺。大勇兄话刚出口，不便直接挽留，就把这任务交给了副系主任。于是浦江兄以各种理由来劝我留任，其中一条，就是委员会里需要有人说可能得罪人的话。

或许是我自作多情,感觉和他有些惺惺相惜之感,因为我也敢讲真话。(不过我在北大自定位很清楚,那就是客卿。所以该说的话我会说,却从不争,尤其不会坚持非怎样不可。)但那次我没给他面子,现在回想真是十分抱歉！如果那时我至少留任其一,不也表示出了对领导的尊重吗？

在一个系里,像田公这样的人物,其实不需要做什么,就像是定海神针,可以让人感觉到他的存在。做得好的人,可能会想到他的认可;而那些接近"倒行逆施"的作为,恐怕做的人也会有几分忌惮。一旦失去,或许就是一个时代的结束,什么都可能发生。而对于浦江兄,我知道相当一些人是把北大历史系后来很多年的管理寄托在他身上的。他的忽然离去,打乱了北大历史系一些不言的设想,可能也改变了那个系很多年的发展。

(原刊《文汇报·文汇笔会》2015 年 8 月 27 日)

【附记】

附带说,这篇小文曾引起一些人的联想,其实就是陆灏兄当时的半命题作文。他在约稿时指定了文字的长短和内容的方向——怀人,于是有了这篇小文。这也是我感觉应写的文字,不过因为报纸栏目的字数限制得很明确,有些还可说的话也就略去了。

追随余师英时读书的日子

　　在大陆的学人中,我可能是较早知道余师英时的。我是大陆恢复高考后的第一届学生,名曰七七级,实际是 1978 年初才入学的。那年秋天,余老师率美国汉学家学术团访问中国,遂来我念书的四川大学看望缪钺老师(缪先生的妹妹是杨联陞先生的太太,也就是余老师的师母)。因为缪先生的文孙元朗是我同班同学,所以也得知了一些有趣的内情。那时大陆的"文革"刚结束,很多善后工作尚未进行。缪先生家的住房在"文革"中被"造反"的人占了,被迫搬到一套很小的两居室住房。川大校方以为,这样的住房不适于接待"海外学人"。所以最初是想藏拙,拟请缪先生到旅馆去看余老师。可是余老师认为这有违长幼之序,表示若不方便就不见。那是改革开放之初,川大可不能承担这样的责任。于是迅速给缪先生新增一套同样大小的住房,并把学校接待室的沙发临时搬往缪府,完成了这次涉外的学术交流。

　　所以,余老师来访的意外效果,是提前改善了缪先生的居住条件(其他老先生要到后来"落实政策"时才逐步有所改善)。我也从那时起就知道了世界上有余英时先生这位著名的海外学人，但仍不了解他的实际学术地位。后来余老师再也没有回过大陆，要到他的《士与中国文化》于 1987 年在上海出版（是老师在大陆出的第一本书），才真正风靡一时。这当然也有一个过程，最初是"专业"接近的人读，然后是非专业的学人也读，再后来就成了偶像——大概是 1990 年，那时我已在美国念书，一位在美国学社会学的学生回国一趟，回来后告诉敝友葛小佳，我这回从国内带了一本好书回来，书名是"土与中国文化"。也许是学社会学的人对"土"比对"士"更敏感，这位朋友连书名都没看仔细，就知道这是一本好书，足见当时影响之大（这个故事也曾向老师禀报，引他一哂）。即使如此，恐怕很多学人还是和我当初一样，并不真正了解余老师的学术地位。那以后也还有朋友问我，余英时和唐德刚两位，谁的学问更好。（唐先生 20 世纪 80年代中后期曾在大陆几个大学讲学，一时颇有影响。）

我自己在《士与中国文化》出版的前一年赴美读书，起初并未想要追随余老师。后来在老师指导下写博士论文，有一个曲折的过程。

我先是进新墨西哥大学历史系，师从 Noel H. Pugach 教授读美国外交史。1989 年转往普林斯顿大学历史系，仍是念美国史（研究美中关系），所以系里对我的外语要求是按美国史的标准处理的——普大历史系规定亚洲史和东亚系一样，要学两门亚洲语言加一门欧洲语言，而美国史则仅要求一门外语。我问系里管研究生的主任 James McPherson 教授，中文算不算外语？他说当然算，随后就直接把考试也免了。理由也直接，他说你在中国都教过大学了，中文就不用考了。现在回想，念书时多学语言固然辛苦，对自己的研究肯定是会有更多帮助的。

我进校不久，想要追随的 Arthur S. Link 教授告诉我他第二年要退休，另一位美国现代史的教授刚出任文理学院院长，还有一位年轻教授没拿到长聘（tenure）也要离开。McPherson 教授对我说，这意味着你在两年之内没有主科老师（因为要聘别的老师，起码在一年后本校教授正式退休之后才开始找，实际来的时候就已两年了），而常规是两年内要通过资格考试。他说要么你就念美国古代史（就是从殖民地时代到内战以前，他自己就是研究美国内战史的大家）吧。然而那时我还在为顾学稼师主编的《美国史（1898—1929）》写美中关系部分，到新墨西哥大学是因为 Pugach 老师是研究 1913—1919 年驻华公使芮恩施（Paul S. Reinsch）的名家，到普大部分也因为北伐时驻华公使马慕瑞（John Van A. MacMurray）把他的所有文件都捐给母校普林斯顿了。既然有任务在身，就不能对美国古代史有太大的兴趣，于是我问 McPherson 老师，可以转到中国史吗？他说可以呀。这样我就转到了中国史（其实研究的题目无大改变，不过从美中关系变成了中美关系）。

普大历史系规定每个学生要念一个主科、两个副科。转换专业后，我的主科是中国近代史，师从林霨（Arthur N. Waldron）和詹森（Marius B. Jansen）教授。那时林霨师仍为助教授，按普大历史系规定可指导博士论文，却不能单独任主科指导教授，故授我中日关系史的詹森师也成为我的主科指导教授。同时我继续以美国外交史为副科，师从 Richard D. Challener 教授。而我对思想史一直有兴趣,到了美国后也修过一些美国文化史与美国思想史的相关课程。先已请林霨师先容,跟随余老师修习中国思想史,作为另一副科。后来林霨师也没拿到长聘而他就,余老师同意做我的论文导师,这才正式转到他名下。记得我答辩时詹森老师还跟余老师开玩笑说,别看你是他导师,我可是主科老师,而你是副科老师哦。

其实我进入普大不久,就大大惊动了余老师。那时普大历史系有二十多年没收过中国学生了,据说我申请时和一位日本同学并列,似乎只能收一人。最后是詹森师调停,让那位同学进了东亚系,而我也没有拿到奖学金,是一位美国朋友 Jeffrey Smith(我以前在成都的英语老师)办的"中国之桥"基金会承担了对我来说是今日所谓"天价"的学费。但 1989 年后,很多美国人对中国的观感生变,基金会的捐款顿减,连维持都有困难,居然"欠费",差点被普大告上法庭。关键时刻还是余老师出面,想办法从其他途径解决了这笔学费。同时学校和历史系也很帮忙,通过资格考试后,即以不在校学生的身份免交学费,仍得享学生宿舍等优惠。

那时的生活费主要是林霨师提供的研究助理费,同时也四处申请各种基金会的奖助金,结果美国各大基金会的奖助金都拿过(最高的是 Guggenheim 的一万美金),使我的简历看起来很不错,其实却是为生活所迫。特别值得一提的是,经王汎森兄提示,还从台湾的德富文教基金会申请到一万美金的奖助。同时,内子也到普大研究生院的食堂打工(学生家属每周可合法打工 20 小时),所得虽不甚多,也能贴补家用。现在回想,那时的日子也不能算一帆风顺吧，然而有师友的热心帮助，感觉过得还比较惬意。

我是 1989 年到普大的，那段时间老师的事情特别多，一天到晚都忙得不可开交。林富士兄是和我同年进入普大的，我们曾共同表示愿意为老师做点处理邮件一类的事，因为他办公室里的邮件已经真正堆积如山了，但老师从不让学生为他个人做事。于是我们相约尽量少打搅老师，好给他留一点治学的时间。也因此，我们那一届的学生，至少有一年与老师的接触相对少一些（依稀记得中国学社最初是和学校有些关系的，后来移出校园独立了，老师这方面的事就少很多了），或也可以算是"大公无私"吧。

曾有记者在采访时问我师从余先生得到什么教益，我说得到教益当然很多，主要还是做人。因为老师也不会讲太多怎样读书什么的，我们更多还是自己看他的书。当然去见老师的时候谈一谈，就得到很多指点。专业上老师是典型的古风，很少主动问论文的事，要有问题才指点，小叩则小鸣，大叩乃大鸣。不过在没有特定的问题时，也从闲谈中得到启发，有时获益还超过具体问题的请教。

老师待人总是温柔敦厚，永远让人如沐春风。然而老师接待客人时陪侍在侧，就会感觉到他说话的分寸，和对自己的学生说话还是不一样。记者又爱问"最让你印象难忘的话"一类问题，坦白说，平时感觉老师的重要教诲很多，有时谈话后还会和住得近的同学进一步分享探讨，但要说特别难忘的印象，一时也不知是什么，好像句句都重要。对我们来说，老师的教诲，正所谓春风化雨,润物无声;大概都像盐化于水,不一定直接显现出来。能做余老师的学生,随时可以面聆雅教,是难得的殊遇,然而当时也没觉得有什么特别。现在回想,最大的遗憾就是没有把每次与老师谈话的内容记录下来。

我的印象,老师对研究对象和研究者自身的主体性都非常重视。他似乎说过,不论你研究什么,一定要明确自己真正想要做的是什么。尽管他最擅长用比较、对照的方法看中国历史,但又反对用外来概念笼罩中国历史。他自己不接受任何根据西方的阶段论来划分中国历史的时段,但他很注意研究中国历史上各个时代变化的阶段(改朝换代),以从中国历史自身的内在变化、发展中找到一条整体性贯穿的线索。老师曾以提倡思想史的"内在理路"著称,这大概也是一种广义的"内在理路"取向吧,毕竟中国历史的延续性确是独一无二的。

读过老师文章的人都知道,他的考证功夫一流,常常能借助人家不注意的材料证成大的见解。他非常重视原初的史料,但他更强调不能仅在材料上做文章,从事具体问题的考证,而一定要关注和思考时代、社会的结构变化等大问题。记得有一次向老师请教时谈到了论文,他特别提醒说,一定要对自己题目背后更大的时空有一种框架性(framework)的认识,并始终把自己的题目放在这框架里思考和表述。以前有人说傅斯年每句话背后都有四千年的历史在,读老师的论著,最能感觉到句句话背后那几千年的古今中外。或者这就是老师说的 framework?虽不能至,心向往之。

也曾有记者问我:"你觉得余英时教授是一个怎么样的老

师?"我想,如果要用一句话说,他是一位难得的好老师。多年前在老师荣休的学术研讨会上,我引用了"桃李不言,下自成蹊"的古谚(大概是用四川腔的国语说的,"蹊"读若蹊跷的蹊)。我的感觉,老师是一位身教甚于言教的老师,以他自己的人品、风度和学问,吸引并感染着众多的学生。他永远关心着学生,但从不灌输,而更多是引导。俗话说"响鼓不用重锤击",老师很少督责学生,通常都点到为止,总能让学生感觉到你就是不用重锤的响鼓;但每当你需要的时候,你会发现,他就在那里。

罗荣渠先生的"学贯中西"取向

最近因研究梁漱溟及其在后五四时代引发的文化争论,重读了《从"西化"到现代化——五四以来有关中国的文化趋向和发展道路论争文选》。这是罗荣渠师主编的一册大书,密密排印,也达997页。(黄山书社2008年出过一个新版,就有一千一百多页。)

这是一本资料集,选编了1919—1949年间中国思想界关于东西文化观、中国现代化问题、中国文化出路问题、以工立国还是以农立国问题共四次大论战的有关文章资料。据荣渠师写于1988年的"代序"说,这本书所涵盖的四次大论战,"除东西文化问题的论战过去被人们谈论得较多外,其他几次论战却很少人研究,甚至不为人所知"。因此,书中大多数文章,是第一次按专题汇编出版。

不过几十年,过去思想界的"大论战"竟已不为研究者所知,思想的断裂和史学界此前因所谓"问题意识"而导致的萧索,不呼亦出。而荣渠师则以温故知新的方式,把这些论战"连结成为一条总的发展线",以探索中国"现代化思潮演变经历的曲折过程"。书的编排也有深意,即文章按专题分编,依发表时间先后为序排列,但也选录一些论战过后发表的重要文章,附于各专题之后。这是从事研究人的内行处理,因为盖棺未必论定,具体论战或有"终结",而相关议论仍会延续。那样的"后之视今",对认识和理解论战本身,甚有助益。

现在获取资料的条件远胜于过去,所以荣渠师作为"代序"的那篇大文《中国近百年来现代化思潮演变的反思》,或更需要读者的关注。文章关于后五四时代的发展说,第一次世界大战和十月革命是伴随的,"在这些新思潮的激荡下,中国的新文化运动、东西文化的论战,都面临一个大转折。曾经讴歌过维多利亚的西方文明的梁启超到欧洲旅游归来,对西欧文明的幻想破灭了;曾经鼓吹过西方的民主自由的陈独秀,则从西欧文明转向了俄国社会主义新文明。前者引起东西文化论战的新波澜,后者引起新文化运动的大分化"。如此简明的总结,以对仗的笔法写出,真让人担心读者会因文字的优美而忽略了意旨的深邃。

我曾说荣渠师是近于"学贯中西"取向的,他学术眼光之广远,有时可能要很多年后才能领会。如胡适在讨论全盘西化时曾提出一套独特的"文化惰性"理论,即在多文化竞争的语境中,各文化自有一种"惰性",使外来的冲击无论怎样全面,都无法形成根本的改变。故为了改造中国,"只有努力全盘接受这个新世界的新文明。全盘接受了,旧文化的'惰性'自然会使他成为一个折衷调和的中国本位的新文化"。

荣渠师指出:"这就是胡适坚持必须尽量承受西方文明的重要根由。这种看来非常过火的西化观,同我们常说的'取法乎上,仅得其中''矫枉必须过正,不过正不能矫枉',其精神是一致的。从文化人类学的观点看，可说是一种颇有独到之见的文化'涵化'（acculturation）理论。"

涵化理论提出虽较早，但在西方也是近一二十年才走出文化人类学领域而得到较大的发扬，国内有些人可能还是借"新清史"的争论而有所了解，荣渠师在三十年前就用之以诠释胡适的"文化惰性"理论。不经意间的信手拈出，让人不得不佩服他平时眼界有多宽。而我最佩服的，还是荣渠师眼光的宏通，虽不避其细，却总见其大。他总结说：

> 从几次思想论战来看，各种折衷派观点，中体西用论也好，中西调和论也好，中国本位论也好，都一直受到责难和批判。但中国的现实思想生活却正是沿着折衷的道路在走着，具体的表现为不中不西，半中半西，亦中亦西，甚至是倒中不西。这说明民族传统事实上是既离不开，也摆不脱的。

我们为什么总是责难和批判现实中所走的道路？是不能不继续思考的。

或许这就是一本好书的功用——让读者掩卷犹思。

（原刊《澎湃新闻·上海书评》2017 年 4 月 12 日）

延伸阅读：

罗荣渠主编：《从"西化"到现代化——五四以来有关中国的文化趋向和发展道路论争文选》，北京大学出版社，1990 年。

眼光前瞻的学术带头人

——怀念隗瀛涛老师

我写过两篇与隗瀛涛老师相关的文字,第一次是1999年奉余长安兄之命为隗老师祝寿,题目是"眼光前瞻的学术带头人";第二次是2010年奉何一民兄之命为隗老师的纪念专辑撰文,题目已成"怀念隗瀛涛老师"。不过十年,却已从祝寿转为纪念,时过境迁之意的无情,于兹顿悟!呜呼,能不别有一番滋味在心头!两文所写,都是我与隗老师的接触与感受。现整合于下。

我在川大念书期间,与隗老师的师承关系非常疏淡。他只给我们讲过一次课,类似今日所谓讲座(似乎是历史系向我们这些"文革"后第一批学生展示系里"实力"的安排)。不过我从高年级学生那里听说过隗老师的大名,故也曾去旁听过他的专题式系列讲座(那时还有两三届学长未曾毕业,他们因此前的大环境而不甚注重专业学习,系里特别安排一些那时的中年教师在暑假期间为他们集中补课,以专题方式讲授),但没有单独的接触。

　　我大学毕业后即离开川大，直到 1994 年返母校历史系任教，才有机会经常向隗老师请教。现在已不记得最初怎样和隗老师见面，或许是在什么正式场合，也未可知。更可能是因为我在海外曾受教于他的老友章开沅老师，因此蒙隗老师青眼相加。从那时起，我就常有机会向隗老师请益。再后来，隗老师一些限于及门弟子参与的活动，也将我纳入。自我搬家到桃林村成为隗府近邻，甚至有些不是全部弟子参加的活动，我也有幸厕身其间。当日情形，今仍历历在目，不觉唏嘘之忽至。

　　我当年听课的最深印象，就是隗老师上课如瀛海之水，滔滔不绝，而且"口锋常带感情"，富有感染力。昔年梁启超自谓其"笔锋常带感情"，论者引为共识。相信听过隗老师讲课的人，都有与我类似的感受。

　　后来我自己也做了别人的老师，观察的角度自有些不同。我感觉隗老师有两个许多大学中人不具备的特点：一是具有随"世变"而进的前瞻学术眼光，能摸着时代的脉搏，也看得相当远；二是善于发掘年轻人可造之长，奖掖后学不遗余力。前者限于学力，只能点到为止。后者我自己就是身受者，不妨多说几句。

　　隗老师的一个特点，是具有观察"世变"的前瞻性学术眼光。大家都知道隗老师曾以辛亥革命和四川的保路运动研究享誉中国史林，但四川大学的中国近代史团队是否要以此为长远的研究方向，则是隗老师时刻在考虑的一个现实问题。从 90 年代初的出版物可以看出，川大的近代史研究已向地方史和社会史方向发展，后来更侧重落实在城市史研究这一国内新兴的研究方

向之上,逐步形成以区域城市研究为特色的中国地方史研究重
镇。隗老师告诉我,当他开始进行"重庆城市史"这一"七五规
划"国家重点课题的研究时,他自己心里也没有充分的把握。川
大的城市史研究真可以说是在"游泳中学会游泳",完全是扣住
时代变动的脉搏而探索出的一条新路。

　　早在三十多年前,著名史家沈刚伯先生就以《史学与世变》
为题讨论了史学发展与时代的关系。在后现代主义的冲击下的
西方学界,史学家是否应主动介入"历史的制造",已成为每一个
史家面临的困惑。今日海峡两岸的学人也都(因不同的语境)在
思考和探索史学怎样为现实服务,或史学如何从时代社会转变
的刺激中寻找研究的新路径和新境界这类问题。当然,任何"学
术"的社会价值之一,正在其与所处社会的距离感(以及实际的
距离)。史学如果走向社会甚至走入社会,怎样保持其相对的
"学术独立"?怎样做到不随社会之波而逐社会之流?把握这一
分寸恐怕是史学界不得不深思熟虑的一个基本问题。但史学与
世变的关系将会比过去更密切,大概也是 21 世纪学术发展的必
然倾向。对于这一点,"躲进小楼成一统"的取向恐怕已难以实
现,勇敢者当会直面挑战而善筹因应方策。隗老师开创的川大
城市研究,那时就朝着这一方向"摸着石头过河"。

　　隗老师所思考和探索的当然不仅这一点。我记得非常清
楚,有一次他对我谈及他那段时间一直在思考马克思主义史学
在 21 世纪的发展问题。任何一个近年在西方念过书的人都知
道马克思主义在西方史学中的重大影响,今日中国青年一代史
学研究者所了解的马克思主义恐怕已不如西方的同龄人。这一

现状固然在很大程度上是因前些年将马克思主义作为条条框框来灌输所造成，但怎样纠正这一状况，也是每一个马克思主义史学家必须认真考虑的问题。毕业于50年代的隗老师应属在历史唯物主义体系下培养起来的第一代学人，他对于教条式地使用马恩语录当然反对，同时也看到现状有许多令人不满之处。中国的马克思主义史学要在21世纪发展壮大，不能不从改变现状起步，以类似于对待经济体制那样的改革思路来探索前进的方针。

对我上面的说法，隗老师当时看了觉得尚不谬，曾当面对我说："知我者，志田也。"后来有人告诉我，别人在隗老师面前说我的话有弦外之音，我不知这是基于什么理由，甚至不排除是不仁者见不仁，但我相信隗老师有他自己的判断。

隗老师的第二个特点，是奖掖后学不遗余力。这方面他的及门弟子当然最有体会，我自己也身受而感同（详后）。这一点其实不用多说，历史系"文革"后入学的学生留本系者，第一位升副教授和第一位升教授的，都是隗老师指导的研究生；而这些人中第一批增列博士生导师者，仍包括隗老师的研究生。

善于发掘后学的可造之长和具有前瞻的学术眼光，正是今日所谓"学术带头人"最需要具备的品质。一般以为学问做得好便可起带头作用，其实并不是每一个自己治学有成的人都能做好学术带头的工作。学术带头人的工作对象当然首先是自己的学术研究，但一个好的带头人不仅要自己"多出成果"，更要看到学术发展的趋势，甚至引导学术发展的趋势。同时，学术带头人也还需要以西人所谓团队精神（team work）来带动学术梯队里的其他人,沿着最有发展希望而又最适合于团队人员自身素质的学术路向共同前进。

从我个人的接触看,当年四川大学中国近代史和专门史两个学术梯队的发展进程表明,隗老师就是这样一个具有前瞻眼光的学术带头人。

我个人对隗老师奖掖后学的不遗余力,也有深切的体会。隗老师待我甚厚,不仅在各方面耳提面命,更有实实在在的关照——我的第一本书和第一项(也是唯一的一项)"国家社科基金"项目,都与隗老师的鼓励和支持直接相关。

我回母校后不久,在一次向隗老师请教时,得知他受四川人民出版社的委托拟主编一套"强国之梦"丛书。那时隗老师正主持着国家级重点项目的研究,本无余力他顾。但出版社方面想以这套丛书去争取获奖,希望主编和作者的层次能高一些,以区别于"一般"的通俗读物。基于这样的设想,策划者先确定了十位副教授以上学衔的中青年作者,然后敦请隗老师担任主编。那时隗老师正主持着一个重点项目的研究,本无余力他顾。但出版社促请甚殷,而相当一部分列入此丛书的中青年学者或直接出自隗老师门下,或长期向其请教(其中有些人可能还盼望有书出版可有助于提升职称,另一些人则希望可借此"创收"),隗老师终于同意出山(他曾明确告诉我,他的参与主要是想对中青年学者表示支持)。

据我后来所知,出版社在策划这套书时原拟作为普及性的"通俗读物"来处理,最初的立意是本着学术为现实服务的精神,计划在"强国之梦"之后续出一套"强国之路"丛书,以两套丛书来共同表述"只有社会主义才能救中国也才能强国"这一主题，以弘扬主旋律思想，并争取"五个一工程"奖。据此设想，前一套书的撰写对象即"做梦"者就包括了一些不那么"先进"的人物，借以凸显后来"走路"者的高明（据原设计，"走路"者是以中共革命家为主）。

这一设想后来证明有些书生气，至少两套书没有一起推出，使策划者的设想未能清晰地表露出来。据说正是有像胡适这样不"先进"的人物被作为强国之梦的"做梦"者来进行研究，而又未对其做出有力的批判，引起一些社科奖评委的强烈反对，直接影响了丛书获奖的可能性。对此我个人负有直接的责任，因为胡适其人的"入选"，就是我提议的。

从学术层面言，孟子曾提出通过"论世"来"知人"的方法。如果反其道而行之，有意识地进行系列的人物研究，即在积累对个别人物研究的基础上通过"知人"以"论世"，或者对这些人物所处的时代会有更深一层的认识。从正反角度双向处理孟子的"知人论世"方法，相信必会有助于对历史人物及其时代的共同了解。隗老师似乎即希望以"强国之梦"丛书来尝试通过对系列人物的研究这一"知人"途径以"论世"的取向（至少我的理解如此），他告诉我原策划者拟定的十位研究对象，记得是包括洪秀全而没有梁启超和胡适，并征询我对这套丛书的看法。

我这人少小失学，性情鲁直而修养甚差，当时即冒昧提出，论历史作用，太平天国诚不可谓不大；但就对当时人的影响言，洪秀全恐怕还不如曾国藩（暂不论其"革命"与"反动"）。而近代最能影响其同时代人的，还有梁启超和胡适，这三个人最适合借

"知人"以"论世"的取径,应列入写作范围。

我原不过顺便说说而已,没想到隗老师立刻予以鼓励(后来洪秀全与另一人果被删去,而增添了梁启超和胡适)。他知道我写过有关胡适的论文,当即命我担任胡适一书的撰者。我虽读过与胡适相关的多数材料,却从无为其写传的思想准备,自然不敢受命。但隗老师以胡适的"尝试"精神鼓励我一试,并指出胡适列入这套丛书本由我提出,因而我也有"义务"担任此书的写作,这样我就成了该丛书作者队伍中唯一由隗老师"提名"的作者。(现在回想,原已约定的十位作者,有一两位或只能转写他书,是有些遗憾的。)参与虽是偶然的,却因此写出了我的第一本书《再造文明之梦:胡适传》。

隗老师既出任丛书主编,立刻强调丛书的学术性。(实际上,希望以著作升等的学人也只有写出"学术著作"才有用。)但新的问题很快就产生出来了:一方面丛书主编与一些作者希望强调丛书的学术性,我自己更深知写"通俗读物"需要特定的才能,并非人人能做。(中年学人特别忙是今日的共相,我不仅不具备写普及作品的能力,也确实没有这么多时间;若非学术丛书,自然不敢参加。)但在另一方面,学术水准似非"五个一工程"的首要要求,如果以获奖为目的,显然需要优先考虑其他的方面。编撰方(至少是其中部分人)与出版方对此丛书的认知其实已有相当大的不同,而这一点不幸始终未予正式澄清。

我是后加入者,所以只出席了最后一次编作者与出版方面的讨论会。在那次会上隗老师仍强调这是一套学术丛书,而出版社则再次提出希望尽量"通俗"的意见,尽管部分作者以为写得好的学术著作也未必就影响销路。对这套丛书的定位，各方其实都在各自表述，不过都表达得比较婉转。对各书"体例"（包括是否使用注释及使用多少注释）是否要一致，也出现了不同意见。后经主编裁定，研究取向和"体例"由各作者自定。

这是一个颇具今日中国文化特色的妥协结局：各方都觉得自己的观点已说明白，并据此操作。结果是主编者按其所理解的编（包括写序言），作者按其各自的理解写，而出版社也按其所设想的那样出。后来其中某书曾引起一些争议，大概即因不同的作者依其自己对丛书的认知和定位去撰写，有的可能是在提高与普及之间走钢丝，有的也许根本就按"通俗读物"的方式在写。实际的情形是，这既非一套学术丛书，也不是一套通俗读物（拙作即尚未达到通俗读物应有的一些要求），大概也只能以就各书论各书的方式来看待。

因为出版社以通俗读物的要求操作，所以给各书撰写的时间相当短（出版社对学术研究所需的时间当然了解，若全无积累和前期研究，通常也只有通俗读物才可能在他们要求的短期内完成），审校也很仓促。丛书交稿时，隗老师因其主持的重点项目已占去大部分时间，实无余力在短期内全部审阅各书，乃采取抽查方式。由于我是他唯一提名的参与者，且所居较近，就抽看了我那一本。拙作当然也尽量考虑了所谓"可读性"，但仍基本是按照"学术著作"的要求写作的，尚能得到他的首肯（我想这也可能使他确认了自己所编的就是一套学术著作）。

从我这方面看，如果没有隗老师的鼓励，要将我对胡适的一些看法较系统地整理并表述出来就教于学界，恐怕还是很久远的事情。这正体现了隗老师发掘后学可造之处的眼光。我猜想，像这样在隗老师的鼓舞下大胆写出自己尚无确切把握之研究的少壮学人，当不在少数。

然而我最感觉对不起隗老师和出版社的，就是拙作直接导致了"强国之梦"丛书未能像预先策划的那样获取"五个一工程"奖。先是由于各书体例不一，遵照隗老师的指示，这套书以单本的形式申请省社科奖。《再造文明之梦：胡适传》被省历史学会作为唯一的一等奖候选者上报，但在上一级评审时引起了争议。据说有人提出，研究胡适这样"落后"的人物，应对其做出有力的批判；而该书不仅未批判，甚至没有与胡适"划清界限"。结果讨论时从一等奖降到二等奖，仍不能获共识。再降到三等奖时，隗老师拍案而起，代我表示拒绝接受。

那情形，是另一位参与的前辈评委告诉我的，并绘声绘色地描述了隗老师的"拍案而起"。那位评委自己也很诧异，以隗老师向不与上级作对的一贯风格，何以能有那样的表现！的确，对那个年龄的学者来说，为一个刚出道的学者而冒与上级不保持一致的风险，并不是很容易的事。而且，隗老师的作为虽然维持了学者和省历史学会的尊严，但也直接断送了那套丛书获"五个一工程"奖的可能性。（有此前科，恐怕连申报都难，遑论获奖。）我想，出版社和策划者一定都非常失望。

后有内部人士告诉我，其实先已内定，就是三等奖也不可能。据说隗老师拍案之后，有人念了一张纸条，说该书具有探索精神，甚至文笔也异常好；同时申明学术研究本无禁区，但这样研究胡适，不宜由政府来承认云云（因为社科奖是政府奖）。结果，那一年的省社科奖，历史学科的一等奖竟然空缺，这在当年是相当罕见的。以今日的后见之明看，参与各方，从不同评委到主事者，其实也都尽量以其觉得合适的方式，表达了对学术的不同态度。

现在的年轻人可能体会不到，也不过就在二十多年前，中国近代史的研究，还有那样多的禁忌。很多人可能也没注意到，像我这样连杨奎松兄都以为属于"另类"（在奎松兄那里并非贬义）的学者，其实屡屡获得隗老师的指导和支持。

隗老师对我的另一次直接关照，就是我竟然获得一个"国家社科基金"的项目。记得在返回母校之际，那时还是布衣的马敏兄就教导我，有会就要参加，有经费就要申请。对此我在好几年中都努力遵循，唯马首是瞻，于是也曾申请了一个"国家社科基金"项目。据说在项目评审时，有大人物说这个申请书我看不懂。在那样的场合，这类谦虚表述基本也就可以决定结果了。幸隗老师在场，遂提出可否给后学一个"改正错误"的机会，并当场代我改正了一部分错误（即修改了题目），又承诺回来后还要指点我修改研究设想，终获通过。

作为一位没有事先获得申请者"授权"的长者，隗老师在评审现场能做的，大概也不过如此，最可见他奖掖后学之不遗余力。回来之后，他也并未指示我一定要修改研究取向，只嘱咐我一定要好好做。我那本《国家与学术：清季民初关于"国学"的思想论争》，就是这一项目的产物。惭愧的是，那书只是该研究计划的序论部分，其正文部分迄今尚未整理出版。

如今隗老师已驾归道山,不同人的心目中,隗老师或有不同的形象。不知道上面所说与一般人心目中隗老师的形象是否一致,这却是我的亲身经历,也是我记忆中的隗老师。

(原刊余长安主编:《一个历史学家的历史》[四川教育出版社,1999年]和《四川大学学报》2010年4期)

一位坚持自己独立思想的学者

——纪念朱维铮先生

人过中年，就进入告别的时代。所谓的永别，也渐渐多起来。

对于朱维铮先生的撒手仙去，我既有思想准备，又觉有些突然。因为此前获得误传的讯息，说先生已奇迹般地好转了。

认识朱先生，是在十五六年前清华大学的一个学术研讨会上。我报告的内容似为近代经学与史学的关系，报告后，经葛兆光兄先容，见到了先生。蒙先生指出，拙文还有一些可以注意的地方。用今天的话说，就是"还有提高的空间"。朱先生的"严谨"是很出名的，了解他的人知道，没有具体的批评，大概就已接近于赞扬了，对此我真是有些受宠若惊的感觉。

我本久仰朱先生大名，此后就常向朱先生请教。每到上海，必拜见先生。起初多是晚上见面。无论按长幼有序的传统，还是依行客拜作客的习俗，都应是我去拜见他。可先生客气，总说自己家里乱，坚持到旅馆来看我。盖先生往往夜谈兴浓，或许怕谈晚了，我人生路不熟，有所不便。待后学如此宽厚周到，让我特别感动！后来的见面，则多在饭桌上。到先生在新楼有了办公室,也曾在办公室拜会他。再以后,就得知先生的身体出了问题。最后一次见面,已是手术之后了。先生精神不减,谈锋仍健,看起来应可渡此劫难,不料竟是永诀。

这些情形,几个月前参加追思会的时候是不能说的,怕动感情,影响会场的情绪。因为在我心目中,朱先生是个洒脱的人,或不希望会场一片唏嘘之声也。他大概也不一定希望大家都像以前电影里的政委一样在那里正襟危坐,所以我在会场的表述,并不那么严谨,甚或有些故作轻松,还请先生的亲友学生谅解。

不装聋作哑

从追思会提供的材料上看到(以下所引,亦多出此),葛兆光老师特别指出:"很多人会说,朱先生很爱批评人、很爱骂人,但他一贯的立场就是疾恶如仇,那就是因为他立场太强。"这让我想起胡适评论陈独秀的话,即陈是个"终身的反对派"。的确,陈独秀的一生,总是在反对着什么,批评着什么。但那是一个不得已的做法——没有人不想做好人,可是遇到一个转折的时代,面临国家存亡的根本问题,就不得不出来说一些反对的意见。

其实,朱先生知道,"说实话很难,你说的到底合不合历史,能不能被历史承认,能不能被历史否定",都是一个需要考量的问题。学术是天下公器,一个人的学术有没有贡献,有多大贡献,历史自会生出判断,或无须当下的评价。但从上面这句话,可知朱先生心里是有历史这一衡器的。

很多时候,说实话和说真话确不容易。即使是在很枝节的方面,或许因为一个偶然的原因,你就没有办法,不得不知难而退。在这种情况下，朱先生自己，我想是选择知难而进的。而他不得不站出来说真实的话，与我们现在学界的风气有直接的关系。

目前的学术界，用比较正面的描述，是非常多元；若是不那么正面的看法，则感觉非常杂乱。与现代社会强调的标准化不同，我们今日的学界，仿佛是一片前现代或后现代的面貌——高下优劣，大家未必分得很清楚；即使不说赵孟所贵的一面，就是一般的学术言说中，被视为榜样的人，或者被引用的人，以及不同层次的引用，都非常不一样。

对此状况，不少人是有些忧虑的。在徘徊歧路之时，面对各种泛滥或流行的学术取向，至少初入道者特别需要指点。若大家都不说话，不知道的年轻人要是追错了，可能就不知走到什么地方去了，甚至会走错一辈子，不能复返。

然而，如葛兆光兄所说："在现在这个时代，难得有人立场清晰，反而是暧昧的人太多。"这是一个确切的描述。我们的学术界，渐已形成"不聋不哑，不做名流学者"的局面。（这是以前青年党人批评胡适的话。胡适当然不是靠装聋作哑而成为名流学者，但他确实也因对人温文尔雅而广受欢迎。）

若引申陈独秀的看法，在关系到学术方向和学术存亡的根本问题时，真正的学者是不能"装聋作哑"的。我想，这是朱先生批评人的一个重要出发点。可能因为他经过了太多坎坷，见过了太多历史的变化，所以他一方面对我们学术的未来有很大的期望，同时又对朝着不好方向发展的可能性有很强的警惕。不过，反过来从积极的一面看，多样性往往也意味着可能性——既可朝不好的方向发展，也可朝好的方向发展。

陈独秀在抗战最艰苦的时候曾强调，最重要的是"不把光明当作黑暗，不把黑暗对付黑暗"。"即使全世界都陷入了黑暗"，只要有"几个人不向黑暗附和、屈服、投降，便能够自信有拨云雾而见青天的力量"。在"黑暗营垒中，迟早都会放出一线曙光，终于照耀大地"（《我们断然有救》）。

光明和黑暗是需要分辨的，且不能以黑暗对付黑暗，必坚持以光明对付黑暗。我的感觉，朱先生对学术对人生，都有这样的气概、这样的自我定位。即不向自己认为不对的东西屈服、投降，而希望做个拨云雾见青天的人。只要这样的人存在，也就必有让曙光照耀大地的时候。

或可以说，朱先生的学术人生，是带有战斗性的。特别是对于一些流行的风潮和倾向，他真可以说是疾恶如仇，遇到就要说。所谓当仁不让，庶几当之。且他的批评，往往是在公众场合当面臧否，不稍假借，也不留情面。记得在一次关于汉学的国际学术会上，外国汉学界的很多人都出席，朱先生上来就说，目前的国际汉学界，是"聋子的对话"。不知坐在下面的中外同人，是否有振聋发聩的感觉？

朱先生的直面批评他人，实因心中有其理想、信念在。如他自己所说，陈寅恪提倡的"独立之精神，自由之思想"，是"中国史学家必须以死坚持的基本权利"（《汉堡大学名誉博士谢辞》）。陈独秀就曾说："我只注重我自己独立的思想，不迁就任何人的意见。"傅斯年看到了陈独秀这一特质，强调"他永远是他自己"。与胡适所描述的"终身的反对派"相比，傅斯年或更具了解之同情。

与陈独秀相类,朱先生基本上也很少迁就别人的意见,最多就是不说。(他私下告诉我,其实他也很懂"江湖",实在不能说的时候就不说。)我想,一个在学术上、思想上能够始终像葛老师所说的"立场清晰"、始终不轻易迁就的人,就是一个坚持了自己独立思想的人。

批评别人历来是要付出很大代价的,如今更甚。(现在就连表扬人没有表扬到最好,对方都可能不满意,何况批评。)这样的坚持,当然也付出了代价,更表明了他的执着。在追思会上,很多人都说到,对于朱先生归道山,社会反响之大,出人意表。以前所说的天听天视,其实就体现在今日所谓的社会反响之中。(这是早年的君主也深悉的道理,所以专门有人负责采风。)如今社会如此珍重一位能坚持自我、常说实话的人,或也是对装聋作哑者渐多的一个自然反应。

独立而不狭隘

朱先生所说的独立,特别指向学术与政治的关系。很多人都注意到,朱先生言学术,有很强的现实关怀,大都坚持学术对政治的批判立场。如果有谁妥协、顺应(或美其名曰建设性),他就看不惯。例如,20世纪中国新史学中,顾颉刚可以说是少有的几位有方法论的自觉,也在方法上有所创获的学人。朱先生对史学史有特别的关注,本应看重顾先生的建树,但由于顾颉刚曾经较为积极地参与了对国民政府领袖蒋介石的献鼎工作,朱先生对他是不原谅的。

　　我自己在《南方周末》上写点小文字，有时不免谈到大学校园的一些现状。我知道朱先生对此是不甚满意的，以为有"小骂大帮忙"之嫌。（其实我恐怕连"小骂"都没有。因为今日的报纸一般不作批评，偶尔释放一点不同意见，相关责任编辑还可能"负责任"。在这样的时候，既然选择说话，也只能尽量多说"建设性"的话，不给编辑和报纸添麻烦。）先生的担忧，对我是一种提醒，让我更注意说话不能离了读书人的本位。

　　有一次和朱先生谈话，不知怎样涉及这一话题，我当面对先生表示知道他的不满。朱先生则连声说，没有没有，不会不会（非原话）。那仿佛带点羞涩的神态一闪而过，少见而异常可爱。我的体会，先生知道我明白了他的提醒，也就心到意到了。

　　由此可知，朱先生其实很愿意提醒人，很乐意帮助人。他也注意提携后学，时因别人的小成绩而予以表扬。他曾公开赞扬过一位学人有关经学的著作。我的感觉，那书没有多好，于是私下请教朱先生，您真觉得有那么好吗？他微微一笑，不做正面回答。我的理解，朱先生或以为，经学史现在没几个人做，一些做的人也不太知经学。现在还有人做这个事，且也不是太离谱，就该表扬了。

　　这样看来，朱先生在学术上，是很希望其道不孤的，也因此而对人宽宏。他晚年开设了一门名为"历史上的中国与世界"的本科生通识课程，所上的最后一课，涉及古今中外，特别讲到近代的中外观念及其影响，希望学生们不要把自己变成一个狭隘的人。

　　作为一个中国人，不知道自己的历史，恐怕是难逃狭隘之称的。同时,所谓"地球村"的说法,形象地表明今日的世界已是一个真正相互关联共为一体的"空间"。要做一个中国人,恐怕也不能不是一个世界人,至少不能少了世界眼光。即使仅言中国史的研究,也早已成为世界性的,不可能闭门造车;一个狭隘的人,基本也已无法研究中国史了。朱先生曾希望"现在和未来的中国史学家,能够不忘人类文明的共同传统,认知学术无国界、真知无种族,随时汲取他人的智慧,来建构自己的历史认知体系"(《汉堡大学名誉博士谢辞》)。此或即"不狭隘"之注解乎?

我想,朱先生那次课上对学生的期望,恐怕也不仅限于课程的内容。做一个不狭隘的人,是一个非常重要的提醒,也是一个很不容易做到的要求,因为我们现在已经太讲究专门化了——我们有些人真是很专,自己研究的那个领域,每一个细节都知道得清清楚楚;可是旁边一点点的,就视而不见,或根本不看了。朱先生不是这样,他自己虽是"专门化"毕业的(以前的专门化,或是受苏联的影响,约略相当于我们现在的专业、教研室一类),却是一个非常宽宏的人,其学术眼界的宽广,确达古今中外,远非很多目不斜视的"专家"可比。

尽管朱先生以熟悉传统学问著称,其实他对西学向来注重,尤其和他那个时代的人一样熟悉马克思的学说,且真能领会其精髓,而不是跟着念一些大家都知道的话。朱先生并未引用太多马克思的言论,我想他至少比陈独秀更懂马克思主义。"走出中世纪"一说,似乎就有些这方面的影响,因为"中世纪"本不是中国描述过去时代的话(中国人一向景仰三代,往往借"说三代"以表达对现实的不满,却也并不视三代之后的时代为黑暗,直到有了从西方引进的"现代"意识）。

最能体现朱先生眼界之开阔的，就是编书。这在今天是不太能列入"科研成果"的，实际却真正嘉惠士林。朱先生编了很多的书，各种各样的书——从最早跟周予同先生一起编书，到后来自己编各种人物文集，也担任不少丛书的主编。网上有人攻击某些学者当了无数次的主编，可是连书都没看。（我倒很理解那些学者，人家请他的时候就是希望他既当又不看——偶像的作用正在于此。）但是朱先生不一样，他做主编是真的要"编"。他编的这些书，过去已经产生了很大的影响，在很长的时间里，还会继续影响更多的人。

余论

依我的陋见，真正的思想家，永远都有几分孤独。朱先生无疑是有自己的思想，我不知道他是否也有英雄落寞的寂寥感觉。或许有，也可能没有。他的很多批评、"反对"，甚至"骂人"，都是因为跟他所在时代的某些倾向不太一样。只不过他的孤独要表现出来，而其他很多人是不表现的。若细心观察，他的各种批评，其实就是一种特定风格的表述，盖多为有的放矢，往往对事不对人，不过借机抒发对时风、世风的不同意见罢了。

我自己只是个学人，对思想不太懂，所以不敢妄谈朱先生的思想，留给更有资格的人去说。在学术方面，我的学力也不足以"评价"他的贡献，仍只能留待高明者去评价；或如朱先生所说，留给历史去判断。上面说的，仅是一个后辈学人与"学者朱维铮"的片断接触，以及一些个人感受。

余英时师曾论胡适说："胡适毫无疑问地已尽了他的本分。无论我们怎样评判他，今天中国学术与思想的现状是和他的一生工作分不开的。但是我们希望中国未来的学术与思想变成什么样子，那就要看我们究竟决定怎样尽我们的本分了。"(《中国近代思想史上的胡适》)

在参加追思会的时候，我也有类似的感觉——我们今天学术与思想的现状，是和朱先生的一生工作分不开的。无论我们怎样评判他，他已尽了他的本分。但是我们希望未来的学术与思想变成什么样子，那就要看我们怎样尽我们的本分了。

谨此纪念一位坚持自己独立思想的学人。

（原刊《南方读书报》2012 年 12 月 9 日）

朋友不在朝朝暮暮

——《东风与西方》修订版序

这本小书，所收的是葛小佳和我合写的读书心得，以及两三篇各自单独写的小文。本书初版时，小佳远在美国，当时的自序只能由我独自执笔。如今出修订版，小佳更远在天国，这个小序仍只能由我独自执笔。天有不测风云，最近一两年随时都在经历；人有旦夕祸福，不意也成这一两年亲历之事！所谓朋友，或许就是相见甚欢，不见亦如见，并不在朝朝暮暮。然而此后就真只能不见如见，能不别有一番滋味在心头！

小佳与我，相遇在四川大学。他在二班，我在一班，大概是通过戴思杰兄认识的，结果一见如故。思杰兄不住学校，后来更不常来学校，所以我和小佳的来往反多。那是我们一生的转折，不过当年似乎也没这么想，就是觉得读书已晚，所以稍更勤勉而已。读书之余的生活，也有不少的乐趣。其中重要的一项，就是遍寻成都大小饭馆去吃价廉物美的好菜。小佳从工厂来，带薪，所以吃完他付钱的时候要多许多。他的另一业余活动是踢球，因此结识不少朋友，有的也成为我的朋友。

我们的另一共同行动是学英语。我在入大学前只念过不到一年的初中，他的中学，恐怕也不到以前的常规水准。第一学期我是乱读杂书而过，小佳则似乎对未来有着某种预感。第二学期开学，他忽然对我说，他的英语已远远超过班上的进程。我们基本都是进大学才开始学英语的，忽然间彼此的水准就真正不可同日而语了。为了让我能赶上，他特意停学英语一学期。我则拼命追赶，到二年级差不多赶上他的水准，又共同推进。再到三年级时，我们竟然成了全校文科的前两名。没有那时的努力，后来恐怕就不能出去读书了。

当初在美国念完书，他也准备回来。然而那时葛公子亦杰不过几岁，多年在美国生活后，回中国竟然严重水土不服，几十天不能安宁，终于确定在海外定居。后来小佳虽然事业有成，进入那一行的顶端，但似乎总有些许遗憾。近些年他一直在为国内的心理学界（特别是中科院的心理学所）做些帮忙的事，也因此让我们多了不少见面的机会。小佳当年以讲义气著称，也包括为朋友与人打架。造化弄人，自从他成了美国的名教授，义气仍在，而为人则斯文了许多。甚至到我家，也要到门外去抽烟，俨然一个外国君子。

小佳是绝顶聪明之人，学科对他似乎没有限制，反多借鉴。他本科学的是明清史，硕士改台湾史，博士则学社会学，毕业后从事心理学，很快以在顶级心理学刊物上频繁发表重要论文而著称。1996 年，也就是他进入心理学领域后两三年，他在《发展心理学》（*Developmental Psychology*）上发表"The Developmental Interface Between Nature and Nurture：A Mutual Influence Model of Child Antisocial Behavior and Parent

Behavior"一文,产生很大的影响,被认为开拓了一个新的研究方向,后来又得美国家庭研究会正式表彰,誉为理论与研究结合的典范。该文现已成为那一领域不能不提的经典论文,引用达数百次。

他的专业论文均以英文发表,所以国内人或不了解其影响有多大。说点今日一般人所关注的:2002年德克萨斯大学奥斯汀校区请了十位对21世纪发展心理学有大影响的教授展望学科的前景,小佳便在其中。他曾是美国著名的NIH(National Institute of Health)的项目评审人,那一位置有多么位高权重,内行都知道。他也是世界青少年心理学会的执行理事(member of the executive council),并担任该会2006年年会的大会主席之一(co-chair),清晰体现出他在那一领域的世界地位。2010年3月在费城召开的美国心理学年会,特意为他举办了纪念会。

小佳一向为人低调,近年他做了很多为他人帮忙的善事,为朋友,为心理学所,为各式各样的人,就是很少为自己,为家人。若他还在努力,我不会把这类世俗的名位挂在嘴上。但我们确实应记住,世界上还有这样一位著名的华人心理学家。现在中科院心理研究所已将他帮助建立的行为遗传学实验室和少年双生子库命名为"葛小佳青少年发展与行为遗传实验室",四川大学也将在历史文化学院设立以葛小佳命名的优秀论文奖,让那些认真研究的学子得到鼓励,并知道他们曾有过眼界何等开阔的学长。

在美国那种讲究竞争的社会,凡有所成就者,专业压力都相当大。然而小佳不仅想着中国的心理学界,也没忘记他始终保持兴趣的文化和历史。他能写出本书所收入的这些文字，真正可说是"拨冗"而为。在我为初版写序的时候，他曾从美国来电话，特别提出要说明我们这些文字都是诚诚恳恳用心力认真写出的。这虽然有些像戏台里自己喝彩，却是出于对读者的尊敬，以及个人的自重。

本书各文的写作缘起，初版序言已略述及。今日不少享大名的海外学者，当年即由本书首次介绍到中国。近年不少青年学子对我说，他们对海外汉学的了解，就是来自此书。然此书坊间早已售罄，借阅则不甚方便。曾来联系再版的出版社，其实也有数家，过去都辞谢了。适社科文献出版社新推出"书与人丛书"，拟纳入其中。这次是故人出面，且小佳也忽然驾归道山，遂使再版之事不能不重新考虑。

这一次的修订，除订正文字讹误外，内容基本未作改动。初版中几篇针对今日学风士风的商榷文字，凡我所独撰者，在修订本中已删去。增添了一篇小佳评王汎森兄《傅斯年》的遗作——《重建傅斯年学术与生命的历程》，是兆光兄据手稿整理的。回想我们合作的第一篇书评，也是评汎森兄青年时的旧作，或许也是一种缘分吧。

小佳匆匆离去，已经一年。本书的全部版税，都会捐助给四川大学的葛小佳优秀论文奖。所以我要衷心感谢社科文献出版社提议再版此书！

2010 年 9 月 8 日

（原刊《读书》2010 年第 11 期）

雾里看花：书与人的故事

最近由京返乡，与故人相会。戴思杰适从法国归，亦在席间，酒量不减，谈锋依旧。另一位曾去法国的故人霍大同特地买了十本戴著《巴尔扎克与中国小裁缝》的中译本，分赠座中人。那是一个有关书与人的故事。我也曾是四川的知青，也曾风闻书中的故事，虽然原来故事里的女主人没那么本土，而且更有"文化"，即也是个外来的知青。但如果小说全像实录，则可为此者大有人在，又何需戴思杰呢。

书不厚，至少比我想象的要薄。以前读过其中文剧本的某一版（为拍电影而送审的版本），那是戴自己的文笔，幽默无处不在，不无一些苦涩，仍带几分轻松；没有《围城》那样尖刻，看上去并非有意为之，仿佛与生俱来，不经意中带出厚重的中西文化积淀和乡土气息。当我听说此书在翻译时，估计文风会变，曾向某位颇识各界高人的朋友建议，将戴的中文剧本作为附录，也让观众了解一下原作的风采。但这恐怕和我很多自以为是的建议一样，也都像一阵清风，缥缈入云中了。

翻译也是创作。这次的文笔，更多是译者的，而且是习惯了进出于外文和中文之间的那种特殊的"外国文学"文笔。(这方面另一个例子是我们翻译的外国影片对白,尤其是以前的经典电影,你不能不叹服译者的文字功底及其运用的巧妙,但那感觉虽非中国,却像出自一国,即"外国"。)中译本的文字其实甚好,就是没有多少戴思杰的风格,尤其人物的对话。有点像个体户忽然进了政协,操国语作政委腔,很多似乎不言自明的诙谐,皆流失于无意之间。

据说有位著名导演以为,戴思杰拍的电影总像雾里看花。用今日的流行语说,这话其实说得很"到位"。不过在那人看来,这是一个缺陷,而我却以为是一个长处。我甚至怀疑,对思杰而言,这恐怕还是一种有意无意之间的追求。雾里看花当然有些模糊朦胧,然而朦胧也许正是魅力之所在。视其为缺陷者大概重写实,而且是西方式的那种讲透视按比例的写实;视其为长处者或重写意,所谓"丹青难写是精神",意到神在,不妨飘逸空灵,恍惚渺茫间,又几番秋雨春风。

有一个英文单词 fiction,以前多译为"小说",如今常被译为"虚构",窃以为或译作"创作"更好。盖"虚构"的中文字义总让人产生"无中生有"之感,而"创作"则既可凭虚凌空,也并不排斥其"源自生活"。自以为善文学又讲究写实的胡适即曾说,"做梦也要经验作底子",开后来提倡写实主义之风。但"写实"若被认知得太过直观,则或与"创作"背道而驰。其实即使要描写现实,也仍不妨写意,给创作更多发挥的余地。

雾里看花的一个重要特点是距离感。(因雾的存在,感觉的距离又超过实在的距离。)作者是用非母语创作,为了扬长避短，"所以决定选一段自己最熟悉的生活经历来做素材，讲一个自己最熟悉的故事"（自序）。这样在距离感中创作，又在创作中维系着距离感；想象和记忆互竞，又彼此覆盖。想要不似雾里看花，或许也欲罢不能吧。读者亦不妨稍留距离，远观而不必近玩之。

学中国近代史的，其实很羡慕能有这样的距离感。陈寅恪曾说，他不做近代史主要是"认真做，就要动感情"，会导致看问题不客观。陈先生与一般人不同的是，其祖其父都是"中国近代史"上必写的人物，他所谓的"动感情"，当然有具体的意思在。但近代中国实在有很多不如意的事，即使常人研究，直面不如意的历史现实，与研究古代史（特别是汉唐）者相比，仍不可同日而语；也只能在表述中尽量保持冷静，甚至冷酷。不习惯这样表述的读者，感觉像雾里看花，也说不定。听说有些研究汉唐者号称患了抑郁症，其实应该是我们研究近代中国的更容易得病吧。

但为了距离而调适，也是相当危险的。作者在自序中讲了一个"很悲哀的故事"：一位希腊裔的法国名作家说的法语，就像另一个人的声音，连自己的母亲也没听出来；他则希望"自己的母亲还能听出她的儿子的声音"，即使是"用法文讲的故事"。当这法文又变成中文时，说他母语的那些人还听得出是国人的声音吗？

作者旅居巴黎二十余年，仍做着中国人，有着双重甚至多重的距离感。在西方各文化中，拉丁文化最接近中华文化，其中意大利和法国又更近之。最简单的例证就是"嗜饮食"，曾被梁启超痛斥为中国读书人的一大弊端。我个人比较能接受拉丁文化和斯拉夫文化的小说，因为里面常常有着"嗜饮食"的描述，使人感觉亲切。在巴黎吃火锅和吃奶酪（有文化的个体户和媒体人多称"芝士"）下酒，都是有饮有食有话说，那感觉虽不尽同，总也相通吧。

其实戴思杰成名甚早，80年代中期就曾以短片《高山庙》获得威尼斯电影节的青年导演奖，应该是中国人最早"进入"三大电影节视野的。后来的长片《牛棚》也颇获好评，可惜国内未曾放映。从那以后，他便时常出入外国文艺界的上流社会，不时需要身着燕尾服与人握手行礼。见过戴思杰的人可以设想，一个身躯颇不伟岸的光头（或长发人）着燕尾服游走于竹竿般的"佳丽"之间，时常还要行面颊礼，应很能考验人的想象力。当然，更艰辛的，可能还是捕捉镜头的摄影记者。

虽然在巴黎过着可以整夜喝酒吃、四川火锅这样"穷欢乐"的好日子，不知怎么，戴思杰忽然有了写小说的念头。小说他以前也不是没写过（当然是用中文），发表了的好像不多。在这个读图时代，很多人可能会更愿意弃文从影吧。但不要忘了他是"一代文学青年"中的一个，就像他自己说的，"世界史上恐怕没有哪一代人像我们一样对文学如此崇拜和倾倒呢"。文学是这些人的世界，今昔之感，中西之分，就像什么歌中所唱，都变得像雾，像雨，又像风，缥缈又朦胧。

译者以为是书中所谓异国情调取悦了外国读者，也许，然而未必。我们不要轻看了外国读者，尤其最先欣赏此书的法国读者。对一个"嗜饮食"的民族而言，异国情调最多也只能到浅尝辄止的程度，难以产生洛阳纸贵的效果。譬如我们四川人，真正欣赏的还是回锅肉、粉蒸肉、白片肉一类，至于海鲜等物，即使用"川味"烹调，也不过更多出现在看重档次的宴席中，对雅俗食者而言，都到不了众皆认可的程度。

其实人总有通性，是人的故事就能感人。

而人与书的故事就更能感动一些特殊的群体。一本书可以畅销是一事，能得许多书评人的青睐，固然也可以从雅俗共赏一面看，或许还有一个附带的助力——在读网时代，还有人这样钟情地讲述"书"的故事，恐怕也是其感人的一个因素。小说中正是"书"改变了读书（听也是读）的人，也重申了"读书"行为的魔力，能不让人心动！

中国传统最重读书，在某种程度上，孔子就是想树立一种精神或思想上的"贵族"来取代原有的世袭贵族，而以"读书"这一具有特定含义的行为方式来规范和支撑这新的"贵族"。孟子充分承认经济的支配性影响，以为要有"恒产"才能有"恒心"；但却强调"读书"这一方式可能提高人的主体性，至少改变人对经济的依赖，故唯一可以"无恒产而有恒心"的，就是读书的士人。

戴思杰和他的法国读者当然未必像这样认知"读书"行为，即使在中国，上述重要观念在物质兴起后的近代也已逐渐式微，渐至不为人解、不为人知了。然而，从法国电影人对好莱坞的持续抵制和法国政府对此的政策性支持看，与中国人一样"嗜饮食"的法兰西民族对那些可以形塑和改变人的想象力的各种因素，恐怕都相当看重。喜欢读书的人当然也会欣赏看重"书"的小说，他们又恰是所谓购书族的主体，这本小说能够畅销，应该有这方面的因素吧。

据说美国很多中学和一些大学已经把这本书列入指定参考书范围，这里当然不排除日益关注文化多元性的美国人对"异国情调"的青睐，但我总隐约感觉到一些大中学老师看重的很可能是"书"能改变读书人这一"通识"，因为今日最爱网络的大概就是中学生和大学生，而在教学和指定阅读中最受网络冲击的也就是这些中学和大学的老师。

译者曾预测，法兰西文化诱惑中国乡土文化的主题满足了"法国读者的虚荣心"，也会吸引中国读者。似乎不见得如此，有些评论人恰相反。今日有些受民族主义影响的人，总关注巴尔扎克的国籍，但当年的文学青年或更倾向世界主义，至少不那么民族主义。那时的人或也不免"崇洋媚外"，但倾向世界主义的"崇洋媚外"与倾向民族主义的"崇洋媚外"不甚相同——

在那一代读者的眼里，小说就是小说，感人的小说是因其本身感人，而不必是其产地（以及生产者）有魅力或有威力。就像"困难年代"的古巴糖，颜色虽与国产白糖稍异，品质也稍逊一筹，人们仍趋之若鹜，不因其产地而增减对糖的爱憎。译者与作者有着相近的人生经历，应该是在"知天命"的年龄段，或已不那么了解怀抱民族主义而又"崇洋媚外"的新一代了。

虽然是雾里看花，对经历过那个时代的人而言，小说又非常"贴近生活"。里面对各种人物心态行为的描写，虽偶带夸张，皆栩栩如生。即使只有几段文字的人物，如"四眼"的作家母亲，也都如见其人。这或许就是所谓功力了。写意就要有意，包括人情世故。不知世故，何以创作生存于社会中的人；洞晓世故，仍存童心，或即所谓"文学青年"乎？而他们也在文学里永远年轻，和文学一样永远年轻。

（原刊《读书》2007 年 11 期）

延伸阅读：

戴思杰著：《巴尔扎克与中国小裁缝》，余中先译，北京十月文艺出版社，2007 年。

与哲学的缘分

三十年前的读书风气，比较时兴的是文学和哲学。这既有远因，也有近缘。

远因或可上溯至百年之前。辛亥革命前后，胡适在美国习农学，感觉与其心性不洽，初拟转文学，终入哲学，想要"以文学发挥哲学之精神"。后来到新文化运动时，这两学都成为比较得意的学科。顾颉刚本出于北大哲学门，却在稍后致信友人王伯祥，表示"自知于哲学、文学都是不近情的"，故只愿"做一个科学的史学者"。他说出的选择次序，恰提示着哲学与文学才是时人的首选，而史学不受看重。当时文科学长陈独秀要派中文系的朱希祖去做历史系主任，朱却百般不肯，十分勉强。

近缘则受惠于当时刚开始"结束"的"文化大革命"。伟大领袖毛主席曾身与新文化运动，向来喜欢文学与哲学。他工文而好诗词，哲学更是其长期的喜好，后来数次试图将哲学从哲学家的课堂和书本中解放出来，普及于大众之中（其解放哲学的最后一次努力，就在"文化大革命"中）。"文革"中出版书籍不多，以前出的也大多列入"封资修"而不许看。书店中可以得到的作品,除毛选外,就是一些经过选择的马恩和鲁迅著作。前者以哲学见长,后者基本是文学作品。好读书者大多在此两类读物中成长,无形中也促进了哲学和文学在"知识青年"中的普及。

我自己就是这些"知识青年"中的一个。还在农村的时候,承一位中学学长的厚意,借我一本当时出版(或再版)的《简明哲学词典》,是苏联人罗森塔尔·尤金编著的。我这个年龄的人,可能很多都知道此书。当年对于上述三类(毛选、马恩和鲁迅著作)之外的书籍,即使出版,也不多印多卖,反而限制销售的数量。这本词典,或许还是"内部读物",未曾进入书店公开销售。总之此书在那时颇不易得,大致不差。

我借得此书,就像昔年山西举人刘大鹏获得《三国志》一样,真所谓"如获至宝,爱不释手"。词典本是分词条的,上下不连贯,实没有多少"可读性",何况还是关于哲学的!把词典当"书"读的景象,今日的青年或已不容易想象了。我当年的哲学知识,最初大都由此得来。然而好事不常,一次我外出访友,适一同班好友来,见我不在家,遂抬门直入(四川乡间的房门是真正防君子不防小人的,在靠近门柱处抬起来,即可不破门而入)。他看见那词典,比我更加"如获至宝,爱不释手",遂留一字条,携之而去。而且这是名副其实的久假不归,迄今仍未释其手。

这在当年,也是不小的打击。书不在手边固已至感可惜,更重要的是在学长那里失信,还不怎么说得出口。因为那时的书籍实在太珍贵太难得,借到一本书已经相当不易,拥有或丢掉一本书,更是一件大事。我的同学能重书轻友,我也不能无此嫌疑——你说被别人拿了,其实也真是空口无凭,安知不是托词。

那位学长是以"藏书"丰富著称的，从此我便在他那里失了信誉，自己也不好意思再提借书一事了。直到好多年后，大概已经从乡下进入大学了，才在另一位中学学长家里见到一本稍残破的此书，百计央求，总算是送给我了，然后还给早年借书给我的学长。所还的书已有些瑕疵，不能说是完璧归赵，但到底全了信义，彼此释然。

从借得那本词典开始，我对哲学也有了些兴趣，尽量找一些外国的哲学书来看，然实杂乱而无系统。也曾有位"惜才"的学长，送过我一本休谟的《人类理解研究》，书不厚，读来尚有趣。（可能是因为修养不够，我对哲学大本营德国的哲学书，读起来总感不顺；而英国的饮食和小说都不甚喜欢，哲学书却觉似较可读。）印象较深的是休谟说到人与人的理解可以不必基于同样的体验，他举的例子是男性也可同情女性分娩的痛苦。我当年甚至感觉记得大致的页码，近年曾想找出来引证一下（这对我们是否能理解往昔之人颇有关联），却不仅不在原来记得的页码，甚至根本就找不出。也曾请教读西书更多的冀小斌兄，看看英文版中是否好找一些。他也说依稀记得休谟确有此说，但一时没能找到。

进入大学之后，哲学的兴趣还维持了一段时间，但已逐渐转入为求知而读书的层次了。大一时还曾从图书馆中借出亚里士多德的《形而上学》，好像是较厚重的一本。戴思杰兄后来常挖苦我，说我故意将此书夹在腋下，封面朝外以露出书名，然后徘徊于校园之中，示人以博学状。我那时似乎没那么崇洋媚外，不过因为哲学似乎只能看外国书而已。以现在解读史料的方式看,此或表明立言者自己其实颇看重外国哲学家,或当时的世风是能看外国哲学书的译本便可算博学。早知如此,我应多借几本封面更吸引人的,在校园多漫步几圈,或许当年就已声名大著,亦未可知。

在我记忆里,那可能就是最后一本为求知而读的哲学书。此后虽然也看一些哲学著作,却都出于专业需要,有预设的工作目的,读法和感觉都已今非昔比,大不相同了。

与我多数的同时代人一样,我也曾是个所谓"文学青年"。以前我分外羡慕以文学和电影为专业的学人,因为看小说、看电影就是他们的专业,颇有些当年所说的"革命生产两不误"的感觉。想象他们必然乐此不疲,比我们读史料有趣得多。后来一些以此为专业的朋友告诉我,那真是极大的误解。据说一旦成了专业,小说和电影便再无消遣的味道。所谓外行看热闹,内行看门道。每天都以"门道"的眼光看本可消遣的东西,没了热闹,也就不复可以消遣;连趣味都成了专业的,与我们从史料中看到的兴味,也相去不远了。

这似乎也有点"哲学"意味。以前一些老师常鼓励学生要干一行爱一行,我总感觉有些不顺遂。孔子早就说过,好德不能与好色比(与今人口中的"好色"意相通而不尽同)。前者是后天的修养,后者是先天的本能。即使后天的事物,也还要有点出自个人的主动意趣才好。凡是需要提倡和鼓励的"爱",总带些勉强的味道,大致已到索然无味的程度,甚至可能会有反作用。然而当我知道以文学和电影为专业者也不那么让人羡慕时,似有所悟,对那些老师的鼓励,多少也能理解了。盖后天的乐趣,有时也是可以培养的。此或即《荀子》所说的"习俗移志,安久移质"乎?

《吕氏春秋》说:"人之情不能乐其所不安,不能得于其所不乐。为之而乐矣,奚待贤者,虽不肖者犹若劝;为之而苦矣,奚待不肖者,虽贤者犹不能久。"学习不能反乎人情,否则可能事倍功半。我自己教书之后,常对学生说,只有自己爱好,才能坚持认真做,也才真有所得。即使从功利角度言,也要自己有心得才做得好,做得好才有出路。所谓"学也禄在其中",或可由此理解。故即使为出路计,选题也不必去找什么时尚的热门或"最新的前沿",而要尽量寻求自己性之所近的方向和题目。

不过,选择和培养本身,都是后天的努力,在个人主体性的一面之外,有时也还要看缘分。我想,无意之中有人提供哲学书,大约是我与哲学的缘起;为兴趣而读哲学书,是我与哲学的缘定;为求知而读哲学书,是我与哲学的缘续;到为专业而读哲学书,与哲学的缘分虽一息尚存,也便无多少情趣。凡事若成专业而又无情趣,最多只能做到次好,永远不可能做到最好。我对哲学史虽略有兴趣,而始终取一种敬而远之的态度,这就是原因之一了。

（原刊《南方都市报·阅读周刊》2008 年 11 月 23 日）

七七级： 无须复制的一代 *

填写简历时,我非常愿意接受的一个群体认同,便是"七七级"。对有些人,这或许是个可以分享"集体荣誉"的称谓。对我自己,却更多是一段难以忘怀的记忆。(然而正因"七七级"渐渐成为有"面子"的称谓了,而简历又是相对开放的,我现在反有些不敢把个人的记忆放进表格了。或许人生就是这样曲折向前的吧。)

个人的回忆

1977年是我下乡的第九年了,那一年大队中学临时请我代课。我虽号称中学毕业,实际念书不到一年,却要教初中三年级的语文和化学,实在有些误人子弟。记得是放农忙假时,我回到成都的家中,母亲既惊讶又高兴地说,这么快! 上午才给你打电

---

* 原刊于《那三届——77、78、79级大学生的中国记忆》,中国对外翻译出版有限公司,2014年。邀稿者希望写"不可复制的一代",故文中有些针对"复制"的话。拙文在书中也被编辑命名为《不可复制的一代》,今恢复原题。

报，下午就回来了。原来家里得知停止多年的大学考试真要恢复了，所以要我赶紧回来准备，其实我根本没收到电报，不过是碰巧而已。于是在家集中补习了一个多月。由于上中学不到一年就进入了史无前例的"文化大革命"，那是名副其实的"补习"；与今日高考前的"复习"，完全不是一回事。

由于"时间短、任务重"，可算是真正的拼命。每天睡觉也分成两段，一次约睡三个钟头，其余时间基本都坐在窗边的桌前。对面楼里也有一家的小孩正做同样的事，后来其家长说，早就推测我一定考上，因他们几乎就没看见我离开过桌子，颇叹我何以能不睡觉。当然偶尔也要出门请教，记得还去成都二中学习怎样写作文，请教以前教过我二哥的费绍康老师，那真如醍醐灌顶，获益良多。考试前又回大队中学上课，自己教作文的段数也突飞猛进。恰好全公社举行统一的作文考试，我的学生还获得第一名。一个大队民办学校的学生超过镇上公办学校的学生，在当年乡下也是不小的新闻。（其实主要是那学生自己聪明，他后来一路念乐山专区的重点中学、上海交大，更到美国常春藤大学念博士，是乡村孩子中的一个异数。）另一女生也得高分，后来到县高中或师范校念书，现居西安，小孩都进清华大学了。

我就这样白天教书，晚上继续补习，准备即将到来的考试。我所在的四川省仁寿县是个大县，人口过百万，当年应届毕业的高中生班就上百个，全县还有和我一起下乡的知青近两千人，绝大多数学历都在我之上，不少是老高中的。这样，在填报志愿时，我第一志愿填的是成都师范学校的中文高师班，即所谓中专"戴帽"的大专；第二志愿是四川师范学院中文系；到第三志愿需要换专业，才填了四川大学历史系。考完后已近过年，大队中学放假了，我也就回到成都家中。大年三十的前一天，我正在城里一老同学家中喝茶，忽然弟弟从郊区的家里赶来，告诉我录取通知到了，我被取入川大历史系。

那是长期停招后的第一次，录取不太看志愿，所以我能被第三志愿的重点大学先录取。大学毕业后我才知道，取我的老师当初也担有政治风险，因我的家庭出身有些"问题"，经过争议，终以"重在表现"的理由取了我。且我本是在农村考试，通知应是寄送到乡下的。川大招生办的人竟然查到成都我家的地址，特地寄到家里，让我们能愉悦地过年。下乡已九年的我，是家中的"老大难"问题，那次过年的气氛当然好极了。

我会永远记得这一经办人的细心周到，我猜其家中或者也有知青，所以很能体会这个通知的重要吧。那时"文革"尚未完全结束，"斗争哲学"之余威尚在，而川大从招生到发通知都相当有人情味，非常不容易，使人难以忘怀。

实际开学已进入 1978 年了，我在农村的好友姚仲文兄，用背篼背着我的行李，把我一直送进学校报到。在川大校园里，这一图景或也不多见，似乎象征着人生的一段结束，又一段开始。

那几年学习的经历，恐怕也是中国大学教育中前所未有、后亦未必会再现的。大学停止招生已十二年，同学中应届生很少，彼此的年龄相差甚远；班上年龄最大的约 32 岁，恰是最小者的两倍，25 岁的我则属于中间一段。而当时的师资，几乎动员了全体高段位的老师；有些现已不在世的老师，当年还没有轮到给我们上课呢。

晚来的学习机会不易,那时我暑假也住在学校。记得第一个暑假就是读《资治通鉴》,而一些同学还曾组织起来共读《史记》。我自己散漫惯了,经常逃课,到学校图书馆看各种"内部书籍"。曾经有那么多年,全部公开的读物不过几十种。突然可以使用图书馆,而且可看"文革"中给老干部准备的各种翻译书籍,那种感觉,说是如饥似渴,实不过分。内部书看完了,又泛览他书。坦白说,除《通鉴》和前四史外,还真没看多少"专业书"。

川大历史系当年的学风是重基本功,特别是语言。同学中不少人相当注重语言工具的掌握,后来考外校研究生的,不分中国史还是外国史,大多在古汉语和外语上皆得高分。我在乡下背过半部《古文辞类纂》,离桐城正宗自然还远,或可说稍得皮毛。但英语则完全是从头开始,摸底考试仅得十分,即写完字母而已。

最初学英语也不过跟着走,过了一学期,参与读《史记》的好友葛小佳说,他的英语已远远超过班上的进程。当时同学中有的英语甚好,已在看所谓原著。而小佳的英语也同样是进大学才开始学的,那时与我的水准就不可同日而语了。他为让我能赶上,自己特意停学英语一学期。这样的义气,现在大概较难见到了。我不能不拼命追赶,到二年级差不多赶上他的水准,大家又继续推进。再到三年级时,我们竟然成了全校文科的前两名。没有那时的努力,后来恐怕就不能出去读书了。

现在有些同学回忆,说我们那时就一心想出国,所以努力学外语。其实如我前面所说,当时"文革"的"结束"还在进行之中,在成都这样的地方,几乎无人能有出国念书一类的"高瞻远瞩"。

简言之，那根本不是一般读书人"上进"的选项。历史记忆在不知不觉中常随后见之明而移易，于此可见一斑。不过，当年的形势发展确实日新月异，到毕业的时候，去外国读书，对一些人就成为实际的可能了。

后来同年级中真有不少人到欧美读书，且所读多是名校，反倒是在外国治学最有成绩的葛小佳，念的是美国一般州立大学。我想，当年那批留学生，大概也和国内的七七级学生一样，进入什么学校，基本看机缘，但其训练未必都在课堂上获得，所以在国内国外读什么学校不特别重要，主要还是靠自身的修为。我自己是在毕业工作五年以后才负笈远游，紧赶慢赶，博士答辩时已经 41 岁了。

川大历史系七七级学风的另一特点是眼界较宽，思想开放。在本行的固然出色，留学的却大部分都转了行。朋友中，葛小佳始念社会学而转治心理学，霍大同学了精神分析，而戴思杰干脆进入著名的巴黎电影学院学导演，都成为那一行的佼佼者。念什么专业就教什么的，也就一二人而已。我在美国念的课程是以美国史为主，不过因拟追随的老师退休，一时后继无人，系里许我改换门庭，遂转入中国史，大大缩短了读书期限。（普林斯顿大学的亚洲史要学两门亚洲语言加一门欧洲语言，而美国史则仅要求一门外语。）所以我一共就念过两门中国史的阅读课，如今所教的专业，也还是半本科的教育、半从自学而来，算不得科班出身。

现在回头想想，当年川大历史系老师所教，未必是历史学的所谓知识，恐怕更多是学者怎样治其所学。在此基础上，我们得到的鼓励，是做什么都要做到尽可能好（按宋儒程颐的说法，不想做到最好，便是自弃）。前者大概就是所谓入门，后者或一般所谓发展。入得其门，学校之能事已毕。以后如何发展，就是学生自己的事了。

蕴涵丰富的符号

七七级这一群体是多元的，工农兵商，做什么的都有。对有些阅历特别丰富的人来说，这或只是人生的一个插曲；那些年少的，不过是按部就班地上了大学。就我个人而言，却真正是人生的一大转折。

我下乡时仅16岁，此前也和全国人一样饿过饭，身高还不到一米五，贫下中农不得不为我制作特定高矮的粪桶。记得临走时母亲在我的棉衣里缝了五块钱和五斤全国粮票，意味着已经做了非常不妙的准备。在那时的各种人生选项中，可以说基本已经排除读大学了。（从20世纪60年代中期开始，大学招生已经实行"有成分、不唯成分论"，像我这样的家庭出身，实已难进大学。）后来居然能进大学读书，有那样好的老师和同学，不能不说是意外的惊喜。上天如此眷顾，能不常怀感恩之心！

或因其特定的机遇，"七七级"后来成了一个象征性的符号，仿佛是风云际会，天才一群群地来此相聚。然而，这些人中很多都少小失学，缺乏从小到大的系统训练；先天不足，其创获多来自阅历和悟性。在那些阅历无法代替或补充训练的领域（例如自然科学的一些学门），悟性也就难以体现其作用。即使在人文学科和社会科学里，当风尚偏于追随而轻忽积累之时，"天才"也往往在不知不觉中就变成了"奇才"。（把"奇""怪"一类字冠于"才"之前，通常意味着对才气的不充分承认。）其实不论天才、奇才，多少都带些"倒放电影"的味道。那的确是个相对独特的群体，或许真是难以"复制"；但也和所有群体一样，兼具高明与平庸。

盖若要"复制"，则包括读大学前的经历，意味着大学十多年不招生，这当然是谁都不希望重复的。七七级的学生，都是"文化大革命"的亲历者。对那一代人的多数来说，"文革"更多是一段暗淡也黯然的记忆，有点像西方的中世纪。（中世纪是因为后来的人自居"现代"又向往古代而得名，也因此被视为一段"黑暗的时代"。）不过，由于七七级在大学读书时"文革"尚在"结束"之中，这些人虽被视作"后文革"的学生，却并未出现多少对"文革"的反思（那些参与"伤痕文学"的或是例外），以至于后来一些对"文革"的"理性"认知，部分似也出于七七级人之手。

就整体言，"文革"的暗淡，或也使七七级自身多少带点"文艺复兴"的味道——因为一下子"解放"了很多老教师，包括那些经历过五四的一代，七七级人在课堂上衔接的，往往不仅是"文革"前的学术，更是直接回溯到更早。当然，这更多是一种"客观"的相似，他们中多数人并不像意大利人文主义者热爱希腊、罗马那样，对其所衔接的时代亦步亦趋；不少人毋宁像那些年两套丛书的名称所提示的，更愿意"走向未来"，也更关注"中国与世界"。

而上述衔接的跨越性，恰也反映在中外学术交往之上。或因从 20 世纪 50 年代中期开始的闭关锁国，中国学界对 50 年代中后期到 70 年代的西方论著（包括研究中国的论著），极为生疏，所知甚少。由于这一断层的存在，尽管我们现在追赶"国际前沿"的速度已经相当快，但今日西方的"国际前沿"，正是在那基础上产生的——其回应、修正和突破的很多问题，就是那个时代的学术取向和学术成果。追赶者若不了解其针对性，很可能追到不同的方向上去。

换言之，七七级的不可"复制"，包括了强弱两方面。他们中很多都曾上山下乡，接触了中国的底层，类似于上过高尔基所说的"社会大学"。这可能是其特有的强项，尽管也仅在一些特定的领域里才是明显的强项。不过，即使在适用的领域里，也还要不忘上述双重学术断层的存在。学问从来是积累的，较具建设性的态度，是温故才能知新；即使基于更坚决的"走向未来"态度，也要推陈才能出新。"故"与"陈"且不知，自然谈不上"温"与"推"，也就大大减却了创新的基础。

我自己的感觉，我们这一代人，总带几分理想的色彩（譬如多曾经过"文学青年"的阶段，总有些办刊物的冲动，等等），又稍多独立精神（这极不适合于官场，在越来越向官场"倾斜"的学界，也渐不合拍，却是做好学问的根基），两者都使这些人容易坚持己见，不够随和。若能保有理想而兼顾现实，坚持独立而不忘包容，或更能随顺时世。

不过，某次一位年轻人告诉我，在他们眼里，"50 后"有着阴暗的一面，因为从提倡阶级斗争的年代过来，不免带点儿整人害人的遗风。我对此有些保留（至少我自己的同学，见面都有发自内心的亲热；步入老年，还能开稍带攻击意味的玩笑而不往心里去），但平心而论，这看法也不无所见、不乏实据。这也引起我的反思——既曾受过熏染，可能真需要随时告诫自己，不要无意中堕入旧日窠臼。

七七级这一代人，现在已渐入老境。他们的命途，其实不那么幸运——少小即曾饿饭，中学多未读完，稍长又颠沛流离；开始事业闯荡之时，看重的是资历；眼看渐有所成，又讲究年轻化了。但那些大都是所谓"赵孟能贵"的部分，亦浮云而已。正因比其他时代的人领受了更多生活的艰辛，就更应多识得几分人生的真谛。至少身心状态要努力保持一致，不宜身已老之将至，而心态仍然年轻，继续经历着"成长的烦恼"！

我们的学术状况，有着特定的国情。恢复高考后那几年入大学者，身当十多年的断裂，的确多些传承的责任。不过，学术乃集众之事，总有易代之时。在理工科，学术易代似乎已经完成。文科方面，这一代或可多发挥所谓"传帮带"的作用——年富力强的，固不妨"站好最后一班岗"；对大多数人而言，恐怕还要尽可能支持新人接班，甚或扶助其"领班"。最好是慈眉侧立，多些旁观，少些介入。很多事确非人人可为，年轻人却也未必就做不好。总要"相信人民"、相信后来者，不然，学术又何能前进？

人生不论苦乐，总有很多可以开悟的机会。机会来了，人多有所触动；然而若无所悟，机会也就过去了。凡事看得远一点，就少许多近忧。这一代也曾看着那些不放心又力不从心的前辈累得够呛，到自己也成了"大佬"，可别失了分寸，永不知老之将至。前人四十就已不惑，我们成熟得晚点，五十、六十总可以了吧。所谓"不惑",大概就是知所进退,该放手时就放手——

那些难以企及者,可弃若敝屣,不必总在思虑未来。真合己意者,乃幸福之所在,尤当珍惜。肉食者且不论。对读书人而言,治学本含英咀华,厚积薄发。含蓄日久,自有一股郁勃之气,沛然不可遏抑。临近退休,亦正久积洋溢之时。善养浩然之气,可补锐气之不再。充分利用这精力减退而识力增进的时间,做几件自己想做的事,写几本自己想写的书,又何乐而不为。

好友葛小佳1996年曾在美国《发展心理学》上发表一文,探讨禀性与教养(Nature and Nurture)之关联互动,被认为开拓了一个新的研究方向,已成为那一领域不能不提的经典论文。我不敢讨论该文的内容,却不妨借其题目"说事"。

对任何人而言,禀性都是重要的。常乃惪甚至认为,文学的"伟大与否,全视乎作者个人情感是否伟大";史学亦然,"必有伟大的生命力者,始得为伟大之历史家"。但不论我们出身如何,教养都可以让人改变。(古之所谓教,正在于改变人。)唯改变之后,能不忘自我,也不忘教养之所从来,或可兼具本性与教养之长。

七七级者,禀性千差万别,更多成就于教养。其共同的特征是:学生多来自社会,阅历丰富而志趣广泛;老师也不仅为一校一专业培养人,而是以天下士的标准为时代为社会育人。与后来人比,七七级的学生多少都有些迂远而放不下身段,但眼界开放,无论治学从业,并不十分拘泥;且总是向往独立,不肯俯仰随人;又始终保留几分理想的色彩,故与日趋现实的世风稍感疏离。

　　这更多是基于我在四川大学历史系的经验之谈，但整体言，七七级是特殊时代的特殊产物，已为天地留此一景，却无须复制。一个人或一代人明白了自己在社会甚或历史上的位置，也就是知了天命。这一代人，其实也和历史上任何世代一样，不过守先待后而已。于斯足矣，夫复何求。